외로운 방

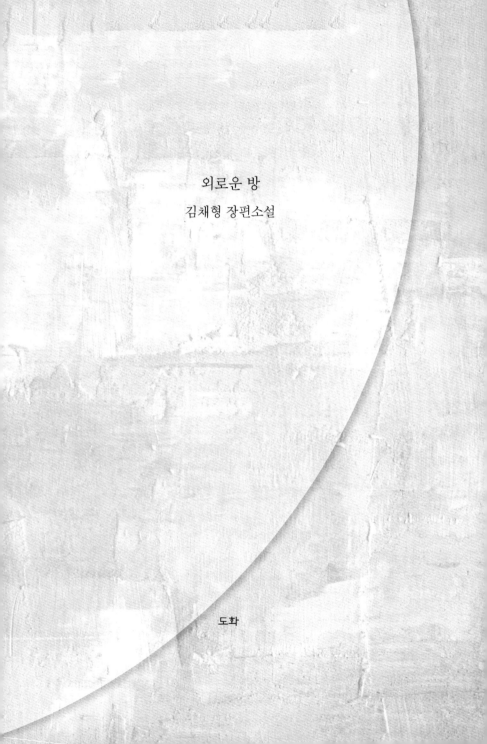

외로운 방

김채형 장편소설

도화

■ 작가의 말

펜데믹으로 격리된 시간 속에서 나는 이 작품에 매달렸다. 이 소
설은 2013년에 낸 소설집 속에 수록된 중편의 내용 중에서 일부 에피
소드를 떼어 새로운 이야기와 접목해 장편으로 만들었다. 눈부시도
록 푸르른 스무 살 청춘의 고뇌를 그대로 묻어 두기에는 아쉬워서 다
시 쓸 생각을 하고 있었다.

나는 늘 다수를 이루고 있는 보통 사람들의 평범한 삶에 대해 생각
해 왔다. 보통 사람들은 대부분 큰 명성을 얻거나 대단한 부를 축적
하지 못하고 살아간다. 그렇다고 끼니 걱정을 할 정도로 궁핍하거나
집이 없어 길거리를 전전하지도 않는다. 적게 벌어 적게 쓰지만 나름
대로 만족하고 행복감을 느끼기도 한다.
중산층에도 약간 못 미치는 듯한 계층. 노력 여하에 따라 중산층
으로 발돋움할 수 있는 능력이 있는 사람들. 내가 소재로 삼고 싶은

이야기가 바로 그들의 이야기였다. 그들의 결혼과 부부생활이 내 관심거리였다. 화려하지도 않고 이악스럽지도 않아 재미가 없어 보이지만 선량하고 꾸밀 줄 모르며 주어진 인생에 충실한 사람들이다.

그들의 삶은 평범해 보이지만 속을 헤집어 보면 누구에게나 그렇듯이 어김없이 고난과 역경은 있기 마련이다. 그렇다고 모두 고난으로 점철되거나, 반대로 평탄하기만 한 삶도 아니다. 때로는 고난을 겪으면서도 성실성 하나로 극복해 내고 그 결과를 누리기도 한다.

특히 지난 세대의 사고를 대표하는 가부장적인 관습과 제도의 영향을 받은 그 평범한 계층, 그들이 생각하는 결혼은 무엇인가, 그들이 생각하는 부부란 무엇인가를 살펴보았다.

창밖으로 가을이 무르익어가고 있다. 한 달 전에 이사한 이곳은 숲이 우거져 아름답고 이웃이 친절하다. 우리 가족을 아주 따뜻하게 맞이해 주었다.

이 동네는 온타리오에서는 드물게 지형이 높은 언덕으로 이루어져 있다. 이곳에서 새 책을 출간하게 된 걸 기쁘게 생각한다.

늘 내게 격려와 응원을 주시는 스승님께 감사드린다. 그리고 항상 응원해 주는 가족들에게 감사하고 세 명의 손자들의 건강과 행복을 기원하면서 글을 마친다.

만추의 계절에 오로라에서
김채형

차 례

작가의 말

의사의 선고

　서정원은 담당의로부터 암이 재발했다는 검사 결과를 듣고도 이상하리만치 담담했다. 십오 년 전에 난소암으로 광범위 적출 수술을 받고 항암치료를 받았는데 다시 폐에서 일 센티 정도 크기의 종양이 발견되었다고 했다.

　치료받지 않으면 얼마나 살 수 있냐는 그녀의 물음에 의사는 '한 일 년 정도?'라고 대답했다. '치료받지 않으면'이라는 단서가 붙기는 했지만, 시한부 선고를 들은 거나 다를 게 없어 보였다. 그럼에도 마치 감기니까 며칠 약 먹고 쉬면 좋아질 거라는 말을 들은 것처럼 어떤 동요도 없었다.

　그녀는 언젠가 재발할 수 있다는 걸 늘 염두에 두고 살았다. 그렇더라도 의사의 재발 선언에 의연할 수 있었던 건 아마도 그때 이미 마음을 내려놓았던 때문이 아닐까 짐작되었다. 마음을 내려놓았다는 말은 포기했다는 말은 아니었다. 최선을 다하되 그래도 안 된다면 기꺼이 받아들일 수 있다는 뜻이었다. 지난 십오 년 동안을 그런 마음으로 살았다.

'그래, 덤으로 십오 년을 더 살았으니 욕심부릴 거 없다.'

그녀는 그렇게 자신을 다독였다.

"이번에도 잘 이겨내실 겁니다. 수술할지 바로 항암치료 들어갈지 계획을 세울 테니까 다음에는 꼭 보호자와 함께 오세요."

"네."

그녀는 의사의 말에 건성으로 대답하고 진찰실을 나왔다.

병원 문을 나서니 구름 한 점 없이 맑은 하늘에서 내리쬐는 초가을 햇살이 온 세상에 넘실거렸다. 눈이 부셨다. 구름이 잔뜩 끼어 어두울 거 같았는데 전혀 예상 밖이었다.

병원 입구에 있는 다리를 건너려다 말고 다리 난간에 서서 아래를 내려다보았다. 천변을 따라 이어진 산책로가 눈에 들어왔다. 드문드문 걷는 사람들이 보였다. 그녀는 다리 아래로 내려가 방향을 남쪽으로 잡고 산책로를 따라 걸었다. 이 산책로를 따라 걷다 보면 그녀의 동네로 이어지는 길을 만나게 될 거 같았다. 그 어디쯤에서 버스를 타면 되리라는 생각이 들었다. 정오 무렵의 햇살과 바람과 공기가 상쾌했다.

이 신도시 중앙을 길게 가르며 흐르는 냇물이 제법 깨끗했다. 잠깐 걸음을 멈추고 물속을 들여다보았다. 물살을 거슬러 오르는 작은 물고기들이 눈에 띄었다.

불현듯 그녀는 캐나다에 있는 자식들과 함께 여행을 가고 싶다는 생각이 들었다. 크루즈 여행. 언젠가 아들 지수가 크루즈 여행 어떠냐고 물은 적이 있었다. 그때는 배 타는 게 싫다고 고개를 저었다. 그런데 갑자기 바다에 옮겨 놓은 리조트라는 거대한 배를 타고 춤추고 노래하며 온갖 축제에 빠져보고 싶었다. 자식들 얼굴을 본 지도 오래였다.

캐나다는 아직 밤 열두 시가 안 된 시각이니 통화가 가능했다. 백에서 핸드폰을 꺼내 무료로 통화할 수 있는 보이스톡을 연결했다.

"지윤아, 우리 가족 다 같이 크루즈 여행갈까?"

그녀는 딸에게 전화해서 다짜고짜 크루즈 여행 가자는 말을 했다.

"무슨 일 있어? 왜 갑자기 크루즈 여행을 가자고 해? 여행 가려면 엄마 아빠가 여기로 와야 하는데?"

지윤의 목소리에서 탄력이 느껴지는 게 역시 자다가 받는 건 아닌 게 확실했다.

"아니, 아무 일 없어. 그냥 너희들하고 여행하고 싶어서. 너희들 본 지도 이 년이 넘었고, 함께 어디든 가고 싶어. 가능하면 진호까지 모두 함께."

"진호는 12학년이라 어렵지만, 어쨌든 우리 엄마 소원인데 그깟 여행 한 번 못 가겠어? 난 당장이라도 갈 수 있는데 지수가 휴가 낼 수 있는지 의논해 볼게. 지수 요즘 회사 일하랴 데이트하랴 바쁜가 보던데? 우리 집에도 자주 안 와. 의논해 보고 다시 연락할게, 엄마."

"날짜는 빠를수록 좋은데 아무튼 여행지와 날짜 모두 너희들 편한대로 잡아. 그럼 잘 자."

정원은 딸과 통화를 끝내고 가까운 곳에 있는 벤치로 가서 앉았다. 몸이 땅속으로 꺼져 들어갈 듯이 기운이 쭉 빠졌다.

건너편 축대 아래에 심어진 버드나무의 늘어진 가지 끝이 바람이 지나갈 적마다 수면에 닿을 듯 말 듯 위태롭게 스치곤 했다.

그녀는 한숨을 한번 깊게 내 쉬었다. 공연히 정기 검진을 받았나 싶었다. 차라리 몰랐더라면 갈등하지 않아도 되니 더 낫지 않았을까 생각되었다.

두 번 다시 항암치료는 받고 싶지 않았다. 만약 재발하는 일이 생긴다면 절대 치료받지 않고 그대로 가리라고 결심했던 기억이 바로 엊그제 일처럼 생생하게 떠올랐다. 말 그대로 죽지 못해 사는 듯한 그 힘든 과정을 다시 반복하는 건 싫었다. 그야말로 앓느니 죽는 게 나은 거 같았다. 올해도 68세, 이만하면 억울할 정도는 아니니 아무 미련도 없다고 여겼다.

한 가지 걸리는 점은 이혼한 뒤 동생 지수가 있는 캐나다로 가 홀로 아들을 키우며 사는 딸 지윤이었다. 지윤이 재혼하는 걸 볼 수만 있다면 여한이 없을 거 같았다. 그럼 아무 걱정 없이 마음 놓고 떠날 텐데 싶었다.

사십이 넘은 아들 지수도 아직 미혼이었다. 그는 비혼주의를 고집했다. 연애만 하면서 결혼은 안 하고 혼자 살겠다고 버텼다. 하지만 연애조차 뜻대로 되지 않는지 줄곧 혼자 지내다가 일 년 전에야 캐나다에 와서 대학원 과정을 밟고 있는 여자를 만나는 중이라고 했다.

지수가 비혼주의를 내세우는 건 남편 상현과 자신에게도 약간의 책임이 있다는 걸 부인할 수 없었다. 자식들의 눈에 부부 사이가 그리 행복해 보이지 않는가 보았다.

"엄마 아빠가 사는 거 보고 난 결혼하고 싶지 않다는 생각 많이 했어. 재미가 하나도 없어 보여. 서로 말도 몇 마디 안 하고 사는 게 신기할 정도야. 미워하는 건 아닌데 사랑하는 거 같지도 않거든. 그냥 남들이 다 결혼하니까 따라서 한 사람들 같아. 그런 결혼을 왜 하지?"

엘에이에서 고등학교에 다닐 적에 지수가 그런 말을 했었다. 그때 이미 미국인의 생활방식과 사고에 익숙해진 그는 가부장적인 관습을 버리지 못하는 한국 구세대의 생활 습관을 비판적인 눈으로 바라보았다.

정원은 몸을 일으켜 걸음을 옮겼다. 아무래도 버스를 타야 할 거 같았다. 주위를 두리번거리던 그녀는 산책로를 벗어나 도로로 올라왔다. 그리고 버스 정류장을 찾았다.

집에 돌아온 정원은 소파에 앉아 생각에 잠겼다. 상현과 살아온 지난 세월은 너무 재미가 없었다고 생각했다. 재미가 없는 정도가 아니라 삭막하게 느껴질 때가 많았다. 항상 진중하고 말이 없는 사람. 하지만 뭐든 지나치면 단점이 되는 법이다. 남의 눈에는 장점으로 보이는 그 점에 대해 그녀는 불만이 많았다. 그는 농담 한마디 할 줄 몰랐다. 어쩌다 그녀가 무슨 말이라도 해보고 싶어서 농담을 건네면 웃지 않는 건 물론이고 대꾸도 없으니 머쓱해지고 말았다.

체면을 중시하고 남편과 아내의 역할을 분명하게 구분 지었다. 그러니 그녀를 특별히 배려했다고 볼 수도 없었다.

속내를 모르는 사람들은 그를 진국이라고 했다. 변함이 없다는 의미일 것이다. 정원은 그와 사는 동안 줄곧 그가 변하기를 바랐다. 조금만 말수를 늘이고 오근 자근 대화하며 살기를 원했다. 하지만 그는 절대 변하지 않았다.

대화가 없는 집안은 늘 활기가 없어서 힘이 안 났다. 그러니 아이들이 아니면 생전 웃을 일이 없었다. 자식들과 떨어져 사는 현재도 그랬다. 텔레비전이 아니면 절대로 웃을 일이 없으니 집안은 늘 적막강산이었다.

그녀는 이제 젊은 나이도 아니니 잘 이겨내고 건강해질 자신도 없었다. 그럼에도 그렇게 힘든 과정을 다시 거쳐야 하는지 아무리 생각을 거듭해도 선뜻 결론을 내리기가 어려웠다. 희망 사항일지 모르지만 치료받지 않아도 일 년보다는 더, 아니 삼 년은 더 살 수 있지 않을까 막연히 그런 생각을 해보았다.

퇴직한 직장 동료들과 함께 종일 산행을 하고 돌아온 상현은 늘 하던 대로 먼저 화장실로 들어가 몸을 씻었다. 몸을 씻고 나오자 정원이 식탁에 저녁 식사를 차려놓고 기다리고 있었다.

식탁에 앉은 그는 새벽 일찍 나가느라 읽지 못한 신문을 식탁 위에 펼쳐 놓고 읽기 시작했다. 밥을 먹으면서 신문 한 번 보고 밥 한 숟갈 먹고를 반복했다. 지켜보던 정원이 못마땅한 표정을 지으며 짜증스레 말했다.

"그 버릇은 아직도 못 버리는 거예요?"

그는 정원의 불평에 말없이 신문을 접어서 식탁 아래 바닥으로 내려놓았다. 상현은 직장에 다니는 동안 아침마다 식사하면서 신문을 보는 버릇이 있었다. 출근하기 전에 대충 기사를 훑어보려는 의도였다. 아침 출근 전에 급하게 신문을 보는 건 그녀도 이해할 수 있었다. 하지만 퇴근한 뒤에도, 주말이나 휴일에도 그는 언제나 신문에 얼굴을 박고 그녀가 묻는 말을 곧잘 무시하곤 했었다. 그녀는 상현의 그런 태도에 대해 넌덜머리를 냈었다. 하지만 그는 그러거나 말거나 자기 하고 싶은 대로만 하더니 근래 일이 년 전부터는 웬일로 그녀의 눈치를 살피며 자제하는 태도를 보였다. 정원은 그도 이제 늙었구나 싶었다.

그녀는 조용히 식사를 마치고 설거지를 했다. 상현은 식사를 끝낸 뒤에 소파에 앉아 리모컨으로 텔레비전을 켜고 채널을 여기저기 돌리다가 말고 리모컨을 테이블 위에 던졌다. 그러고는 소파에 길게 누웠다. 요즘 들어서 몸이 부쩍 더 피곤했다. 오늘 산행길에 함께 걷던 친구가 왜 손을 떠냐고 물었다. 그 말에 왼쪽 손을 들어 올려 이상이 없다는 걸 확인시켜 주었다. 그러자 그 친구는 내가 잘못 보았나 하면서 고개를 갸웃하고 말았다. 하지만 손을 아래로 떨어뜨리면 미세한 떨림이 느껴졌다. 정원은 아직 알아채지 못한 거 같았다.

그녀는 방으로 들어가 노트북 컴퓨터를 켜고 이메일을 확인했다. 그 사이 지윤에게서 답장이 왔는지 궁금했다. 그러다 이내 자신의 성급한 기다림을 탓하며 컴퓨터를 닫았다. 핸드폰을 들고 카톡도 열어

보았다. 아직 캐나다는 아침인데 크루즈 예약도 못 했을 텐데 또다시 자신이 너무 조바심을 내고 있구나 싶었다.

상현이 소파에 누운 채 뭐라고 물었다.

"당신 오늘 정기 검진 결과 보러 간다고 했었나?"

이제야 생각이 난 모양이었다.

"..."

무슨 말인지 아는 들었는데 정원은 잠시 대답을 안 하고 망설였다.

"검진 결과 나왔냐니까?"

"이상 없대요."

그가 재차 물어서야 그녀는 대답했다. 그는 조용해졌고, 그녀는 잠깐 눈을 감고 있었다. 그러다 다시 컴퓨터를 열고 인터넷 기사를 읽었다. 폐암에 대해서, 그리고 난소암이 재발한 어느 여인의 사례도 있었다.

그녀는 자신이 폐암에 걸렸다는 아무 증세도 느끼지 못했다. 자신은 아무렇지도 않은데 암이라고 하니 믿기지 않았다. 어떻게 해야 할지 결정을 내릴 수 없어서 잠시 미루어 두고 싶었다.

'치료를 한 달 정도 미룬다고 당장 어떻게 되는 거 아냐.'

자신에게 최면을 걸듯 중얼거렸다.

공연히 이것저것 기사들을 뒤적거렸다. 크루즈 여행을 한 번 검색해 보았다. 호화롭고 거대한 크기의 크루즈 선 사진과 함께 예약 사이트가 떴다. 보기만 해도 대단했다. 캐리비안 코스가 눈에 띄었다.

마이애미에서 출발해서 멕시코 칸쿤이나 코주멜로 가는 코스, 바하마로 가는 코스 등 많은 여행 상품이 있었다. 누군가 캐리비안 여행을 다녀왔다고 말하는 걸 들은 기억이 났다.

문득 한 기사가 눈에 들어왔다. 〈한국인과 멕시코인은 같은 핏줄인가〉라는 유명 일간지의 오래된 기사였다. 아주 오랜 옛날로 거슬러 올라가면 한국인과 멕시코인은 같은 핏줄이라는 주장을 제법 설득력 있게 적고 있었다. 뜻밖의 흥미로운 이야기였다. 내용을 좀 더 자세히 읽었다.

그녀는 이때까지 한 번도 남아메리카 대륙에 있는 나라들과 역사에 관심을 가진 적이 없었는데 처음으로 멕시코에 가보고 싶다는 생각이 들었다.

하지만 이내 기분이 시들해졌다. 지금 그녀의 형편에 여행을 골라서 가자고 할 정신이 있는가? 아무 데나 아이들한테 맡겨 놓고 데리고 가는 곳으로 가야지 생각했다. 가족과 함께 가는 곳이라면 어디든 좋았다.

노트북을 덮고 거실로 나왔다. 상현이 소파에 누워 잠들어 있었다. 자는 사람에게 말했다.

"우리 아이들이랑 다 같이 여행갈까요? 애들 보러 가자고 했잖아요? 지윤이한테 여행 가자고 했어요. 지수한테 물어본다고 했으니까 곧 무슨 얘기가 있을 거예요."

"비용이 만만치 않게 들 텐데 웬 여행은?"

조금 전까지 코를 골던 사람이 자던 사람 같지 않게 대답을 잘했다.

"그래도 꼭 가고 싶어요. 지윤이는 지들 경비나 대라고 하고, 딸린 식구 없는 지수가 조금 더 부담하고 우리는 식사비 정도나 보태면 되잖아요."

"애들이 좋다고 하면 가지 뭐."

상현도 싫지 않은 거 같았다. 그도 자식들 생각이 나던 참이었나 보았다.

사흘이 지난 저녁에 지윤에게서 연락이 왔다. 아들 지수도 동의했다는 말이었다.

"엄마, 지수가 오늘 알아보고 예약할 거야. 예약하고 엄마한테 카톡 보낸다고 했어. 그러잖아도 휴가가 많이 남아서 어떻게 쓸지 고민 중이었다나 봐. 근데 전에는 배 타는 게 무섭다고 하더니 웬일로 마음이 바뀌었냐고 하던데? 지수는 엄마 아빠한테 크루즈 여행을 꼭 한번 시켜드리고 싶었대."

"그래, 고마워."

정원은 상현의 생각은 어떤지 물어보려다가 그만두었다. 이번 여행은 그녀가 원하는 방식으로 가고 싶었다. 평생 무엇이든 그의 마음대로 했으니 한 번쯤은 그녀 마음대로 해도 되리라 싶었다. 아무 생각도 하고 싶지 않았다. 그리고 마음이 이끄는 대로 맡겨 보리라 결심했다.

"준비는 우리가 다 알아서 할 테니까 엄마 아빠는 오기만 해."

"알았어."

전화를 끊고 그녀는 아들 지수에게 고맙다는 문자를 보냈다. 즉시 답이 왔다. '별말씀을'이라고 했다.

베란다 창고에서 캐리어를 꺼내 아직 쓸만한지 확인했다. 그리고 장롱을 열고 필요한 옷을 점검했다. 오래 묵은 옷들을 꺼내 입어보지만 쓸만한 정장이 없었다. 아무래도 만찬 식당에 입고 갈 정장은 한 벌 새로 장만해야 할 거 같았다. 신발장에서 구두도 꺼내 신어보았다. 구두를 신고 외출한 게 언제였는지 기억나지 않았다. 요즘은 어딜 가나 편한 신발만 신게 되었다. 그래, 구두도 한 켤레 장만하자 생각했다.

잠을 자고 이튿날 아침에 일어나 카톡을 보니 지수한테 문자가 와 있었다. 캐리비안 코스로 예약했다고 했다.

"캐리비안 어디?"

그녀가 카톡으로 지수에게 물었다.

"멕시코예요."

즉시 답이 왔다. 그녀는 멕시코라는 말에 기절할 듯이 놀랐다.

"나 멕시코 가고 싶었어."

"잘됐네요."

"어떻게 알았지? 고마워."

"제가 누구예요? 엄마 아들이잖아요."

"그렇지. ㅋㅋㅋ."

부부의 온도

10월 말, 토론토의 기온은 영하를 오르내리며 눈발이 날리고 바람도 세차게 불었다. 퇴색한 단풍잎이 바람이 불 적마다 우수수 우수수 낙엽이 되어 허공으로 높이 날아오르곤 했다.

팀홀튼스 커피숍에 앉아 창밖으로 지는 낙엽을 바라보는 정원의 마음은 스산했다. 가족들이 다 모여 있는데도 눈길은 자꾸만 창밖으로 갔다.

지윤과 지수가 상현과 정원 앞에 커피를 날라다 각각 놓고 자신들이 앉은 탁자에도 내려놓았다. 말하지 않아도 각자의 입맛에 딱 맞는 커피였다. 평소 단맛을 좋아하는 상현은 설탕과 프림이 각각 두 스푼씩 들어간 더블더블이고, 수면 시간이 짧은 정원은 카페인 성분을 제거한 디카프였다. 지수는 블랙에 우유만 조금 넣은 커피, 평소 커피를 즐기지 않는 지윤은 카모마일 차였다. 커피를 마시는 취향으로만 보면 이 가족들의 성격이 각양각색으로 보였다.

만약 진호가 이 자리에 있었다면 커피 취향은 더 다양했을 것이다. 지윤은 미성년자인 진호가 커피 마시는 걸 달가워하지 않았는데, 꼭 제 아빠인 박수혁처럼 블랙으로 진하게 마시는 습관이 있어서 더 못마땅해했다. 아직은 키가 더 커야 하는 나이인데 칼슘이 빠져나가 뼈에 해로울까 염려스럽기 때문이었다. 한편으로는 피는 못 속인다고 보고자라지 않아도 입맛에서부터 야행성인 생활 습관까지 닮았다는 사실이 신기하기도 했다.

"진호도 우리랑 함께 가면 안 돼?"

외손자가 여행에서 빠지게 되는 게 아쉬운 듯 상현이 물었다.

"진호는 학교에 빠질 수가 없어요. 내년에 대학에 들어가려면 공부를 열심히 해야 해요."

"이제 다 컸구나."

"캐나다도 대학 들어가려면 미국처럼 SAT 시험을 봐야 하니?"

커피는 마시는 둥 마는 둥 창밖으로 시선을 보내고 있던 정원이 예전에 미국에서 두 남매를 대학에 보냈던 기억을 떠올리며 물었다.

"SAT는 안 보고 학교 성적만 가지고 가는데 아시아에서 온 이민자들이 많다 보니 경쟁이 심해졌어."

"성적이 좋아야 가겠네."

"그럼, 대학뿐 아니라 회사에서도 경쟁이 어찌나 심한지 갈수록 이민자들이 살아남기 힘들어."

지윤은 공부하는 학생만이 아니라 치열한 이민자 사회의 생존경쟁에서 살아남기가 어렵다는 걸 강조했다. 그 말에서는 살짝 자신이 춥고 낯선 땅에서 살아남았다는 걸 대견스럽게 보아달라는 애교가 느껴졌다.

"아무튼 혼자서 진호를 그만큼 키운 걸 보면 누나가 대단해 보여요."

지수가 그 마음을 알아차리고 얼른 옆에서 거들어 주었다. 그는 아버지 상현과는 달리 재치가 있고 눈치도 빨랐다. 그래서 여자들에게도 인기가 있다는 걸 지윤도 인정하는 바였다. 하지만 그는 무슨 일인지 나이가 사십이 넘도록 만나는 여자가 없었다. 그럼에도 자신은 절대로 독신주의가 아니고 비혼주의라는 말을 강조했다.

"너라도 알아주니 고맙다."

"그나저나 지수 넌 언제 결혼할 거니? 만나는 여자가 있으면 서둘러 결혼식을 해야 해. 너무 오래 끌면 안 된다니까. 너희 엄마하고 나도 서둘렀으니까 한 달 만에 결혼에 성공했던 거지."

생전 말이 없는 상현이 웬일인지 아들에게 결혼을 종용하다 말고 느닷없이 정원과 결혼한 얘기를 꺼냈다. 그러고 보니 그는 근래 일이 년 사이 말수가 늘었다는 느낌이 들었다.

"이 양반은, 그게 얼마나 큰 잘못인데요? 내 인생에서 가장 큰 후회가 바로 당신이 하자는 대로 서둘러서 결혼한 일이에요."

상현의 말에 정원이 정색하고 나서서 반박했다.

"그렇게 안 했으면 당신이 나하고 결혼했겠어?"

"그래서 깨질 거면 깨졌어야죠. 결혼은 절대 서두르는 게 아니에요. 오래 사귀어 보고해야 해요. 지윤이도 조금만 더 만났으면 결혼

21

하지 않았을 거예요."

킥! 하마터면 그들의 대화에 지윤과 지수가 커피를 마시다 말고 동시에 폭발할 뻔했다. 정원의 말에서 느껴지는 결혼을 후회하는 듯한 뉘앙스에 두 남매가 약간 충격을 받은 듯한 눈빛으로 바라보았다.

"내 말은 일반적으로 그렇다는 얘기고 지수는 너무 늦었고 사귄 지 일 년이 넘었으니까 서둘러 결혼해야지."

정원의 다급한 수습에도 불구하고 그들 사이에는 갑자기 어색한 침묵이 흘렀다. 부부의 대화에는 지금까지 드러나지 않은 갈등과 괴리감이 묘하게 함축되어 있다는 느낌이 들었다. 그것은 그들이 평범하게 가정을 지켜온 듯해도 내면에서는 부딪치고 깨져 상처받은 삶의 역사와 현실을 증명해 주는 말이기도 했다. 그 말로 미루어 본 부부의 온도는 뜨겁지도 차갑지도 않은 미온이었다.

"결혼은 더 생각해 봐야 해요. 전 두 분이 이제까지 보여 준 결혼생활에 대해 아직도 회의적이거든요. 엄마 아빠처럼 미지근하게 살 거면 결혼할 필요가 있는지, 왜 결혼해야 하는지, 내가 과연 결혼을 원하는지, 아직 결론을 못 냈어요."

지수가 아주 심각하게 말했다. 분위기가 가라앉았다.

"자, 자! 어쨌든 나이 사십이 넘어 여자가 생겼다는 건 경사잖아요? 이제까지 결혼하지 않겠다고 여자를 아예 사귀지도 않아서 난 내 동생이 혹시 '고' 뭔가 의심했는데, 그건 아니라는 얘기니까 다행이잖아요? 암튼 축하할 일이죠."

"뭐? 내 참! 사람을 뭘로 보고 그래?"

지수가 기가 막힌다는 듯 고개를 흔들었다. 지윤이 웃자고 한 말인데 누구도 웃지 않으니 분위기는 이제 썰렁해진 느낌마저 들었다. 그러자 지수가 얼른 말을 돌렸다.

"진호는 이제 전공을 정한 건가? 얼마 전까지도 목공예 시간에 칼도마 하나 만든 걸 가지고 목공을 할까 하면서 엉뚱한 소리를 했는데."

늘 어색한 공기를 바꾸는 데는 진호 얘기만큼 좋은 화젯거리가 없었다.

"코딩."

"코딩?"

"응. 공부하고 싶은 게 없다고 삼촌처럼 컴퓨터 사이언스 학과에 진학해서 코딩이나 하겠대. 내가 볼 때는 물리하고 수학, 컴퓨터 과목을 잘하니까 컴싸를 할 수 있는 녀석이지. 그런데 같은 표현이라도 컴퓨터 사이언스가 좋아서 가려는 게 아니고, 하고 싶은 것이 없으니 코딩이나 해야겠다고 하는 거야. 내가 쌍수를 들어 환영하니까 공연히 어깃장을 놓느라고 그러는 거지."

지윤이 못마땅하다는 듯이 얼굴을 찡그리며 콧잔등에 주름을 만들었다. 집안 환경 때문인지 진호는 냉소적인 데가 있었다. 한참 세상을 삐딱하게 볼 나이라고 이해하려고 해도 마음 한켠에 불안감이 드는 건 어쩔 수 없었다.

모두 말없이 남은 커피를 마셨다. 지수는 겉으로는 유연해 보여도 속으로는 절대 끊어지지 않는 질긴 쇠심줄 하나씩 숨기고 있는 자기 가족에 대해 혀를 차면서도 어떻게 하면 자신들이 마련한 여행을 즐겁게 보낼 것인가 궁리했다. 여행하는 4박 5일 동안은 제발 오늘 같은 분위기를 만들지 않기를 바랐다.

정원은 마음이 찜찜했다. 이제 와 상현과 결혼한 시시콜콜한 해묵은 얘기를 꺼내서 무엇하나, 그것이 지금 자신이 처한 건강 문제와 무슨 상관이 있을까 싶었다. 그녀는 머릿속으로는 즉시 병원에 가는 일만 빼고 지수 결혼, 지윤의 재혼 등 자신이 해야 할 일이 무엇인가 생각하게 되었다.

"내일 날씨가 추우면 어떡하지?"

그녀가 창밖을 바라보다가 혼잣말처럼 중얼거리듯 말했다. 아직도 시차 적응이 안 되어 눈꺼풀이 무거웠다.

"엄마, 마이애미는 여름인데 뭐가 걱정이야?"

지윤이 대꾸했다. 정원은 마이애미란 말에 오래전에 아이들과 디즈니랜드를 구경하기 위해 그곳을 방문했던 기억이 되살아나며 기분이 상승했다. 그리고 멕시코라는 나라에 대해 한국인과 원주민의 조상이 같다는 기사가 생각나 기대감이 들었다.

"참, 그렇지. 멕시코도 열대 기후지?"

"비슷하긴 한데 좀 더 덥다고 봐야지."

"참, 그거 알아? 아주 오랜 옛날로 거슬러 올라가면 멕시코인과 한국인은 같은 핏줄이라는 거야."

지윤이 갑자기 인터넷 기사 얘기를 했다.

"그 기사 너도 봤니? 나도 집에서 봤는데 아주 흥미롭게 읽었어."

정원은 지윤의 말에 갑자기 몽롱하던 정신이 맑아지고 무겁게 내려오던 눈꺼풀이 위로 치켜 올라갔다.

"에이, 말도 안 돼. 어떻게 멕시코 사람하고 한국 사람하고 같은 핏줄일 수가 있어?"

지수가 영 말이 안 된다고 고개를 저었다.

"유명 일간지 인터넷 기사에서 읽었어. 멕시코 대통령이 한국의 외무부 장관을 만난 자리에서 그렇게 말했다는 거야. 멕시코 시내의 유명한 고고학 박물관에 가면 확인할 수 있는데 아메리카 원주민 아이 엉덩이에 몽고반점이 있대. 물론 멕시코만 선조가 같은 혈통이라는 건 아니고 북미주 대륙에 흩어져 살면서 마야, 아즈텍, 잉카 문명을 꽃피운 인디언들이 몽고계의 사람들이었다는 말이지."

지윤이 기사에서 읽은 내용을 설명했다.

"몽고반점은 몽골, 한국, 중앙아시아, 일본, 중국 등지에서 나타나는데, 한국은 97%로 일본과 중국보다 10% 이상 높게 나타난다는 거야. 그래서 한국인의 특징이라는 거지."

정원도 지윤의 말에 동의한다는 뜻으로 인터넷으로 알게 된 내용을 말했다.

"아메리카 원주민이 아시아에서 왔다는 얘기는 있었지요."

지수가 이제야 좀 수긍이 가는 모양이었다.

"빙하시대에 시베리아에 살던 민족이 베링 해협을 건너 알래스카로 넘어와 북미대륙에 흩어져 살았다는 건 나도 중학교 때 역사 시간에 들었지 아마."

상현은 반세기도 훨씬 전에 들은 이야기를 기억해냈다.

"마야 문명의 중심지인 멕시코의 유카탄반도와 중남미 일대에서는 몽고반점과 함께 몽고족의 생활풍습과 생활도구가 보편적이라는 사실도 이런 설을 증명한다는 거지."

"흥미로운 얘기이긴 한데, 그렇더라도 몽고반점이 있다는 이유로 한국인과 조상이 같다고 하는 건 무리가 아닐까요?"

지수는 아무리 설명을 들어도 멕시코인과 한국인은 연결이 잘 안 되나 보았다.

"그런 점도 있지."

정원이 그 점에 대해서는 동의를 표했다. 지윤도 고개를 살짝 끄덕였다.

이야기는 여기서 끊어지고 갑자기 조용해졌다. 그런데 아무도 일어날 생각을 하지 않았다. 각자가 앉은 의자 옆에는 건너편 몰에서 쇼핑한 플라스틱 백이 다소곳이 주인을 기다리고 있었다.

크루즈 선을 타다

이튿날 정오 무렵 그들은 마이애미로 향했다. 그들이 공항 건물 밖으로 나오자 마치 찜질방에 들어선 것처럼 고온다습한 열기가 온몸으로 훅 달려들었다. 11월이 시작되었는데도 장마가 오기 직전의 한국 날씨와 비슷했다.

시야에 들어온 야자수와 시가지의 모습이 긴 세월의 공백에도 불구하고 그다지 낯설지 않았다. 마이애미가 반갑게 그들을 맞이해 주는 거 같았다.

그들은 각자 캐리어를 끌며 서로 얼굴을 마주 보고 미소를 나누었다. 기온이 영하로 떨어지고 눈발이 휘날리는 토론토의 추위를 벗어나 두어 시간 만에 한여름 무더위 속으로 날아왔다는 게 생경하게 느껴졌다. 겨울 왕국에서 여름 왕국으로 순간 이동을 한 거 같았다.

토론토의 영하 날씨에 움츠러들었던 온몸의 세포가 펴지고 봄을 맞은 나목이 서둘러 물을 빨아올리듯 피돌기가 활발해지는 듯한 느낌이 들었다. 몸이 갑작스러운 환경의 변화에 쉽게 적응할까 싶었는데, 어느새 이마에 땀이 끈적하게 배어 나오기 시작했다.

공항을 나오기 전에 부른 우버 택시를 타기 위해 택시 타는 장소로 옮겨 갔다. 그곳은 그들처럼 우버를 부르고 기다리는 사람, 짐을 자동차에 싣거나 내리는 사람, 차를 몰고 가족을 마중 나온 사람들로 혼잡했다.

무더운 날씨에 시원하고 간편한 차림의 사람들 속에서 칙칙해 보이는 겨울옷을 걸치고 있는 그들의 모습은 다른 세상에서 날아와 툭 떨어진 것이 한눈에 드러나 보였다. 그러나 세계 각지에서 관광객이 모여드는 이곳에서는 낯선 풍경이 아니었다. 이 날씨에 모피코트를 입고 활보한다고 해도 전혀 이상할 게 없는 곳이 바로 이곳이었다.

"혼다 흰색 밴이래. 1분 뒤에 도착한대."

지윤이 아이폰 화면을 들여다보며 중얼거리듯 말했다. 까만 점 하나가 우버 앱 지도 위에서 선을 따라 빠르게 움직이고 있었다. 이윽고 그 점이 목적지에 가까이 다가왔다.

그들은 고개를 빼고 승용차들이 들어오는 차선을 살폈다. 곧 저만치 뒤에 흰색 밴이 들어오는 게 보였다. 지수가 재빨리 다가가 반쯤 열린 문을 통해 운전자에게 물었다.

"알베르토 씨인가요?"

"만나서 반갑습니다"

운전자는 차에서 내려 그들과 일일이 악수를 하면서 같은 인사말을 네 번 되풀이했다. 그리고는 신속하게 짐을 들어 트렁크에 실었다. 트렁크 속이 먼지 하나 없이 말끔했다.

그들을 태운 자동차는 곧바로 마이애미 항구의 크루즈 선 터미널로 향했다. 도로변에 늘어선 야자수가 죽죽 하늘을 향해 뻗어 있었다. 일 년 내내 여름만 계속되는 도시는 우거진 나뭇잎으로 싱그러운 푸르름이 넘쳤다. 바람결에 바다 냄새가 실려 왔다.

정원의 뇌리에 삼십여 년 전의 마이애미 비치가 떠올랐다. 그때 그들 가족은 상현의 해외 근무로 한국을 떠나 뉴욕에 머무르고 있었다. 처음으로 미국 땅을 밟은 그들은 이듬해 중학교 일학년인 지윤과 초등학교 사학년이던 지수를 데리고 마이애미 북쪽 올란도에 있는 디즈니랜드에 왔었다.

열흘 동안 각종 놀이기구를 즐기고 난 뒤에 말로만 들었던 마이애미 비치의 백사장에 앉아 에메랄드 빛깔의 바다를 바라보았다. 그대로 물속으로 풍덩 빠져버리고 싶을 만큼 물빛이 너무나 아름다웠던 기억이 아직도 생생했다.

하염없이 바라보다가 넷이서 손을 잡고 백사장을 달렸다. 소금기 어린 바람을 맞으며 깔깔대던 웃음소리가 아련하게 들리는 거 같았다. 그녀는 젊고 단란했던 한때가 그리웠다. 잠시 추억에 잠긴 그녀의 입가에 아쉬움인 듯 미소가 스쳤다.

크루즈 터미널은 많은 관광객으로 붐볐다. 여행을 끝내고 방금 배에서 내린 사람들과 배에 오르려고 서두르는 사람들로 북새통을 이루고 있었다. 그들은 세계 여러 나라에서 모여든 다양한 인종으로 피부색과 얼굴 생김이 다르고 쓰는 언어가 제각각이었다.

터미널 뒤로 거대한 크루즈 선 두 척이 정박해 있는 모습이 시야에 들어왔다. 지윤과 지수가 핸드폰을 꺼내 높이 쳐들고 사진을 찍었다. 그들이 서 있는 곳에서는 그 위용을 화면에 온전히 담을 수가 없었다. 지수는 미연을 생각하며 카카오톡에 올렸다. 지윤도 진호에게 보여 주기 위해 SMS로 보냈다.

그들은 혼잡한 틈을 비집고 승선하는 장소를 찾아 터미널 안으로 들어섰다. 밖과는 달리 터미널 안은 그다지 복잡하지 않았다. 승선 안내 표지판의 화살표가 가리키는 방향을 따라 입구까지 가서 간단한 승선 절차를 밟았다. 지수가 챙겨온 서류를 가방에서 꺼내 보여주자 크루즈 선 직원이 확인하고 아이패드로 가족의 얼굴을 일일이 찍어 입력했다.

크루즈 선과 연결된 좁은 통로가 3층 출입구까지 연결되어 있어서 곧장 배 안으로 들어가게 되었다. 안으로 들어가기 직전에 한 백인 남자가 사진기를 들이대며 포즈를 취해줄 수 있겠냐고 물었다. 승선 기념사진인데, 마음에 들면 찾고 들지 않으면 안 찾아도 그만이라고 했다. 그들 가족은 캐리어 백을 끌다 말고 모여 서서 이를 드러내고 웃는 표정을 지었다.

사내가 셔터를 누르려다 말고 좌우로 떨어져 선 정원과 상현을 끌어당겨 가운데에 붙여 세웠다. 그들이 나란히 붙어서서 사진을 찍는 건 오랜만이었다. 부부가 앞에 서고 뒤에 지윤과 지수가 울타리를 치듯 뒤에 둘러섰다. 순간 그들은 만면에 회심의 미소를 지었다.

"치이~즈!"

사내는 다시 웃으라는 뜻으로 치즈를 발음하며 손까지 흔들라고 주문했다. 그들은 다 같이 손을 들어 올려 활짝 웃으며 흔들었다.

배의 출입구에서 다시 한번 체크인 절차가 있고 각자 승선 카드와 방의 카드키를 받았다. 안으로 들어가자 바로 엘리베이터가 나왔다. 그들은 앞서 승선한 사람들을 따라 9층으로 올라갔다.

그곳에는 대형 식당이 있었다. 푸른 바다가 보이는 양쪽 가장자리와 아름다운 샹들리에와 고전적인 조각품으로 장식된 중앙 홀을 가득 메우고 셀 수도 없이 많은 테이블이 놓여 있었다.

식당은 이미 여러 나라에서 온 다양한 인종들로 가득 차 복잡했다. 들고 온 짐들을 테이블 옆에 쌓아둔 채 뷔페식으로 제공되는 음식을 먹기에 여념이 없었다.

그들은 빈 테이블을 찾느라 혼잡한 틈을 헤집고 돌아다녔다. 정원과 상현은 자식들을 놓칠세라 따라다니기 바빴다. 어쩌다 빈자리인가 싶으면 누군가 맡아놓았다는 표시로 모자를 벗어 놓았거나, 여행 가방이 의자나 테이블 위로 올라가 있었다. 어떤 테이블에는 냅킨에 돌돌 말려 싸인 포크와 스푼이 놓여 있었다. 자리를 지키느라 혼자 앉아있던 소녀가 낯선 모습의 그들을 멀뚱히 바라보았다.

"어딜 가나 어느 인종이나 인간의 생각과 행동은 똑같아."

소녀를 본 정원이 자조적으로 웃었다.

그 넓은 식당 안을 몇 바퀴나 돌았을까, 어쩌다 계단 옆에 식사를 마치고 일어서는 한 가족을 발견하고 캐리어를 끌며 서둘러 갔다. 그런데 의자가 세 개뿐이었다. 그들은 난감한 표정으로 앉지도 못하고 그 자리에 그대로 서서 두리번거렸다. 그때 여승무원 하나가 친절하게 인사를 건네며 다가왔다.

"한국인이신가요?"

그녀는 얼굴 생김으로 보아 틀림없는 필리핀 사람이었다.

"네, 그렇습니다."

지윤이 반갑게 인사를 받았다.

"반가워요. 제 이름은 젤다입니다. 제가 도와드릴 게 있나요?"

그녀가 가슴에 달린 이름표를 손으로 가리키며 자신을 소개했다. 종업원의 경험에 의한 촉으로 뭔가 도움이 필요한 상황이라는 걸 즉시 감지한 모양이었다.

"의자 하나만 더 주실 수 있나요?"

"잠시만 기다려 주세요. 가져오겠습니다."

어딘가로 가더니 곧 의자를 들고 다시 나타났다. 의자를 확보한 뒤에 그들은 자리를 빼앗길까 봐 두 팀으로 나누어 번갈아 음식을 가져왔다.

정원은 파스타 조금, 여러 종류의 신선한 채소에 닭가슴살이 들어간 샐러드 조금, 그리고 옥수수로 만든 수프를 한 종지 가져다 먹었다. 그리고 수박과 귤 몇 조각을 후식으로 가져왔다.

지윤은 어디서 가져왔는지 정원의 눈에는 띄지 않던 구운 소고기 한 조각과 평소에도 즐겨 먹는 멕시칸 음식인 브리또를 담은 접시를 가져다 놓았다. 그리고 다시 가서 아이스크림을 가져다 상현과 정원

앞에 각각 놓았다. 아이스크림을 본 상현은 그러잖아도 가져오려는 참에 잘됐다고 반색했고 정원은 손을 저었다. 지윤은 그럴 줄 알았다는 듯 정원 앞에 놓았던 아이스크림을 얼른 자기 앞으로 끌어당겼다.

정원은 상현의 접시를 흘깃거리며 못마땅한 표정을 지었다. 나이를 먹어도 그 입맛은 여전했다. 바삭하고 새콤달콤한 돼지고기와 불에 구운 소고기, 그리고 새우가 들어간 볶은 밥 등이 접시에 수북했다. 그는 기름기가 많고 단 중국 음식을 좋아했다.

지수가 허니듀와 수박, 포도, 등 과일을 가득 담은 접시를 테이블 가운데에 갖다 놓았다. 그는 오랜만에 가족이 함께하는 식사가 즐거운 모양이었다.

젤다라는 이름의 승무원은 돌아가지 않고 그들이 음식을 먹는 내내 옆에 서서 수다를 떨었다. 그들은 음식을 먹으면서 가끔 얼굴을 돌리고 고개를 끄덕여 주었다.

"며칠 전에 바하마를 갈 적에는 한국인이 많았어요. 그런데 오늘은 별로 눈에 띄지 않는군요. 한국인은 참 친절해요. 저는 한국을 좋아합니다. 왜냐면 저와 함께 이 배에서 일하던 친구가 한국에 갔는데 돌아오지 않고 아주 그곳에서 살겠다고 합니다. 전 금세 돌아올 줄 알았다니까요. 그건 한국이 좋은 나라이기 때문이지요. 언젠가 저도 한국에 갈 생각입니다."

한참 동안 듣기만 하다가 마침내 지수가 궁금한 걸 물었다.

"당신 가족은 필리핀에 있나요?"

"네. 그렇습니다. 8개월 동안 배에서 생활하다가 두 달 동안만 필리핀으로 돌아가 가족과 지내지요."

"그렇군요."

8개월 동안 줄곧 배에서 생활한다는 그녀의 말에 그들은 동시에 고개를 들고 동정 어린 표정으로 바라보았다. 그녀는 고향에 계신 부모님이 자신의 어린 자식 둘을 돌보아 주는 덕에 오랫동안 떨어져 배에서 일할 수 있다는 이야기를 이어갔다.

"아이들이 많이 보고 싶겠군요."

그녀의 말에 친절하게 응대해 주는 사람은 지수였다.

"그렇답니다."

아이들 얘기를 하다가 울컥 목이 메는 듯 목소리가 젖어 들기도 했다. 그들이 식사를 거의 끝내고 커피를 마실 때쯤에야 그녀는 자기 위치로 돌아갔다.

식사를 마친 그들은 방으로 가기 위해 엘리베이터를 탔다. 그들이 예약한 방은 엘리베이터를 타고 7층에서 내린 다음 오른쪽으로 방향을 틀어 끝까지 가면 배의 맨 후미 부분에 있었다. 엘리베이터에서 내려 까마득하게 보이는 후미를 향해 좁고 긴 복도를 따라 걸었다. 이윽고 방문 앞에서 걸음을 멈추었다.

"7층에만 방이 430개가 넘는단 말야?"

정원이 자신들이 예약한 방 건너편의 객실 번호를 보고 물었다. 배의 크기로 보아 이미 짐작은 할 수 있었음에도 그녀는 다시 놀라지 않을 수 없었다.

"엄만 새삼스럽게 뭘 그렇게 놀라? 이런 객실이 8개 층인가 9개 층에 있는데. 그럼 총 몇 개나 되겠어? 엄청나지. 이 배는 승객과 승무원 다 합쳐서 4천 명이 넘는 인원이 타고 있을걸. 사실 이 배보다 더 큰 배도 있어. 가장 큰 배는 승객만 6천 명 정도가 탈 수 있다나 봐."

지윤이 지수와 함께 여행 계획을 짜면서 여기저기 사이트를 찾아 읽은 정보를 가지고 이야기했다.

"그래? 하여튼 바다에 떠다니는 호텔이네."

"바다에 떠다니는 리조트라고 봐야지."

상현도 크루즈 선의 위용에 놀라워했다.

"근데 이 배가 왜 칸쿤으로 가지 않고 코주멜로 가지?"

정원은 배가 멕시코 본토로 가지 않고 옆에 있는 작은 섬까지만 갔다가 돌아온다는 사실에 아쉬움을 드러냈다.

"칸쿤으로 가고 싶었어요? 어떤 사람이 칸쿤에 갔었는데 거긴 휴양지라서 바닷가에서만 머무르다 돌아왔다고 하길래 코주멜로 정했어요. 엄마가 원하면 칸쿤에 갈 수도 있어요. 다시 조그만 배를 타면 15분이면 가요."

크루즈를 예약하고 비용을 댄 지수가 정원의 말에 미안한 표정을 지었다.

"그러고 보니 가 봤자 그 사람처럼 바닷가에만 있다가 올 거 같네. 코주멜이 더 좋아."

그녀는 잠깐 머릿속으로 고대 마야의 도시 유적지를 떠올렸는데 자신의 발언을 금세 후회했다. 여행을 준비하느라 애쓴 자식들에게 불만을 표할 수는 없었다. 어디든 아이들이 가자는 곳이면 다 좋다고 했던 걸 다시 상기했다.

마침내 방으로 들어간 정원과 지윤은 합창하듯 탄성을 질렀다. 문 밖의 발코니 너머로 그림 같은 마이애미의 아름다운 풍경이 펼쳐져 있었다. 풍광도 멋졌지만 작은 방에 딸린 발코니가 마음에 쏙 들었다. 정원은 잠시 자신이 치료받지 않으면 일 년밖에 살지 못한다는 의사의 선고도 잊고 마치 십 대 소녀가 된 듯 좋아했다.

그녀는 짐을 아무렇게나 던져둔 채 문을 열고 발코니로 나갔다. 지수가 따라 나왔다. 거기에는 조그만 야외용 테이블과 일인용 의자가 있었고 편안히 누워 일광욕을 즐길 수 있는 썬베드도 있었다.

지수는 썬베드에 몸을 기대앉았다. 정원은 난간을 잡고 서서 마주 보이는 마이애미의 풍경을 감상했다. 바다 물결은 잔잔하고 팔딱거리는 물고기의 비늘처럼 석양빛 아래 윤슬이 반짝거렸다. 짭조름한 바다 내음을 폐부 깊숙이 빨아들였다. 마치 자신의 집 발코니에 서 있는 듯이 편안해서 드넓은 바다와 그녀가 하나가 되는 듯한 느낌이 들었다.

상현은 누적된 피로감으로 침대 위에 벌러덩 드러누웠다. 한눈에 휘 둘러본 방안에는 작지만 있을 건 다 갖춰져 있었다. 퀸사이즈 침대와 소파 베드가 있었고, 벽 한쪽에 간이용 침대가 하나 더 있어서 그런대로 네 명이 잘 수 있었다. 그리고 서랍장이 있는 벽면에 커다란 거울이 있어서 화장대 역할을 했고, 텔레비전과 조그만 냉장고, 옷장, 옷장 안에 작은 금고까지 있었다.

지윤은 화장대 의자에 앉아 핸드폰을 만지작거렸다. 토론토의 집에 혼자 있는 아들 진호와 연락하기 위해 통화 시그널을 잡느라 안간힘을 쓰는 중이었다. 와이파이까지 안 되니 인터넷도 사용할 수 없었다.

"돈을 따로 냈는데 인터넷도 안 되고 전화도 안 되네."

그녀는 연결이 안 되는 핸드폰을 화장대 위에 내려놓으며 투덜거렸다.

"에이! 이럴 거면 돈은 왜 받아?"

그때 뭔가 찜찜하다는 표정으로 정원이 방으로 들어왔다. 멋진 풍경에 감격한 건 잠시였고, 상현과 이 좁은 방안에서 몸을 비비적거리며 지내야 한다는 걸 생각하니 마음이 불편했다.

그들 부부는 오래전부터 각방을 써왔다. 방을 따로 쓰는 게 익숙하고 편해서 같은 방 같은 침대에서 몸을 부딪친다는 건 상상이 안 갈 만큼 부자연스러웠다.

그들이 각방을 쓰기 시작한 건 상현이 직장에서 은퇴하고 이삼 년이 지났을 때부터였다. 그가 꿈을 험하게 꾸는지 수면 중에 팔다리를 격하게 움직였다. 소리를 지르기도 하고 팔다리를 심하게 움직이다 보니 실제로 옆에서 자는 정원에게 주먹질과 발길질로 본의 아니게 피해를 주곤 했다. 그런 일이 계속되자 본인이 알아서 베개를 가지고 다른 방으로 건너갔다. 마침 지윤은 결혼해서 나갔고, 지수는 한국에 잠깐 나왔다가 다시 캐나다로 간 뒤라서 부부가 쓰는 방 외에는 모두 비어있었다.

처음에는 옆자리가 허전해서 그녀가 잠깐 곡해를 하기도 했다. 원래 젊었을 적부터 붙어 자는 걸 싫어하던 그가 핑곗거리가 생기니 자연스럽게 각방을 택한 거라고. 하지만 그건 잠시 서운한 마음에 해본 투정에 불과했다. 시간이 지나자 그녀 역시 혼자 자는 게 편해져서 옆에 사람이 있으면 잠이 오지 않았다.

"전화가 안 되면 어떡하니? 배가 타이타닉처럼 침몰해도 진호한테 연락도 못 하잖아?"

정원은 뭔지 모르게 마음이 껄끄러웠다. 어쩌면 상현과 같은 방을 쓰게 된 거 때문이라기보다는 건강에 이상이 생겼다는 사실을 숨기느라 자신도 모르게 신경이 예민해진 건지도 몰랐다.

"엄마! 왜 그런 말을 해? 엄마가 그러니까 갑자기 무서워지잖아! 엄마는 나한테 말을 함부로 한다고 하면서 엄마는 더 하는 거 알아?"

그런 사정을 알 리 없는 지윤이 냅다 짜증을 냈다. 그러잖아도 통화가 안 되어 열 받는데 웬 재수 없는 소리인가 싶은 거였다.

혼자 있는 진호가 어떻게 하고 있는지, 밥은 챙겨 먹었는지, 등등 영상 통화로 얼굴을 보고 목소리를 들어야 안심할 수 있는데 그러지 못해 마음이 불안해지던 참이었다.

"어? 난 별 생각 없이 한 말이었는데."

그녀는 사태가 심각해진 걸 깨닫고 급하게 얼버무렸다.

"괜히 왔나 봐. 엄마 아빠하고 이런 데 오는 게 아닌데. 두 사람이 맨날 사이가 안 좋으니까, 뭘 해도 되는 게 없는 거 알면서 우리가 정말 괜히 왔지."

지윤이 기분이 상했는지 혼잣말처럼 중얼거렸다.

"뭘 또 그렇게 과장하고 그러니? 우리 사이가 뭐가 그렇게 나쁘다고. 세상 부부들 다 별수 없어. 사는 게 다 거기서 거기지. 원수같이 싸우면서도 헤어지지 않고 사는 부부도 많아. 우리는 싸우지도 않는데 뭘? 이만하면 양호한 편이지."

정원은 잘못하다가는 자신만 이상한 사람이 되겠다 싶어 지윤의 마음을 누그러뜨리려고 했다. 이제 나이도 먹을 만큼 먹었으니 가정사든 세상일이든 건강상의 문제든 한발 물러나서 바라보자는 생각도 들었다.

"엄마 마음이 불편한 거 같은데 무엇 때문에 그런 거야?"

"아냐! 불편하긴, 그런 거 아냐."

정원은 아차 싶었다. 잘못하다가는 암이 재발한 걸 들킬 수 있었다. 아직은 아니었다. 가족들에게 알릴 시기를 그녀는 속으로 가늠질하고 있었다. 가족들이 놀라고 걱정할 테니 그녀 자신이 먼저 방향을 잡아야 말할 수 있을 거 같았다.

지윤은 조금 전의 짜증을 가라앉히고 엄마의 마음을 헤아리려고 노력했다. 전 같으면 그런 배려는 어림없었을 터이지만 나이가 가르친다고 지윤의 성깔도 어딘지 무디어졌다는 느낌이 들었다.

순간이었지만 지윤이 정곡을 찌르니까 하마터면 또다시 묵은 감정을 터트려 딸과 다툴 뻔했다는 생각도 들었다. 그것은 상현에게서 보던 불만이 지윤을 통해 되풀이되는 거 같은 그런 종류의 감정이었다. 부녀는 다른 듯 묘하게 닮은 구석이 많았다.

지윤과 정원은 떨어지면 서로 그리워하고 만나면 좋으면서도 뜻하지 않게 다투게 되는 경우가 종종 있었다. 그들은 사물을 보고 이해하고 판단하는 방식이 서로 다르기 때문이었다. 그러니까 모녀지간이면서도 서로의 말투를 해석하고 받아들이는 방법이 달랐다.

정원은 단어와 단어 사이, 문장과 문장 사이의 행간에 숨은 의미까지 읽지만, 지윤은 단순 간략하게 단어가 갖는 표면적인 의미 하나만을 붙잡고 늘어지는 버릇이 있었다. 그것이 바로 오랫동안 회사 일을 하면서 단어가 가진 정확한 의미에 충실해야 했던 결과이고, 바로 세대 차이라는 걸 모르지 않지만, 정원은 매번 지윤의 방식에 휘말리게 되고, 또 그 방식에서 요령부득한 상현을 보게 되었다.

결혼한 지 십 년이 될 때까지 정원은 말수가 극히 적은 상현의 속을 도무지 알 수가 없었다. 하지만 과묵해서 그런 거지 그 깊은 속에 뭔가 그만의 인생철학이 있을 거라고 믿었다. 그래서 궁금하고 답답할 적마다 일부러 괴롭히듯 묻곤 했었다. 그를 반복해서 괴롭히다 보면 실수로라도 속 깊이 감추고 있는 그만의 무엇을 보여 줄 거 같았다.

"당신의 마음은 네모예요, 세모예요? 아니면 동그라미인가요?"

상현은 거의 매번 묵묵부답이었다. 그러면 그녀는 무시당하는 기분이 들었는데, 그럴수록 상현의 속을 알고 싶어 더 집착하게 되었다.

그럴라치면 돌부처처럼 입을 굳게 다물고 있던 상현이 기껏 한다는 말이 '다 마찬가지지 뭐'였다. 도대체 뭐가 다 마찬가지라는 건지, 네모나 세모나 동그라미나 다 마찬가지라는 건지, 그의 생각에는 세상에 다른 거라고는 없는 모양이었다.

손바닥도 마주쳐야 소리가 난다고 싸움도 대거리를 해야 하지, 이쯤 되면 정원은 결국 지쳐서 손발 다 들고 포기하게 되었다.

물론 지윤은 상현의 성격만큼 다른 사람을 답답하게 하지는 않았다. 그러나 엄마하고 있을 때 말고는 말수가 적은 점이나 물건을 선택할 때의 취향 같은 게 쏙 빼닮아 있었다.

그녀는 딸이 남편의 성격을 닮았다는 게 서운했다. 자식이 아버지를 닮는 게 당연한 데도 사랑하는 딸이 자신과 맞지 않는 성격이라는 게 때로 참을 수 없이 억울했다. 평생 알콩달콩 주고받는 재미를 모르고 일방적으로 남편에게 맞추며 살아온 것도 힘 빠지는 일인데 딸까지 성격이 안 맞아서 한 번씩 티격태격하게 된다고 생각하면 한없는 외로움이 밀려왔다.

그래도 내 속으로 난 자식이니 다투지는 말자고 될 수 있으면 맞춰주려고 노력하지만, 어느 순간 포도 위를 달리던 자동차가 자갈길을 만난 듯 대화는 덜컹거리게 되고, 피로감과 함께 인내심의 한계를 느끼게 되곤 했다. 이런 걸 흔히 궁합이 안 맞는다고 하던가, 분명 서로 통하지 않는 부분이 존재한다는 걸 인정하지 않을 수 없었다.

지윤은 곧잘 정원이 자신을 이해하지 못한다고 불평하곤 했다. 그들이 가지고 있는 근본적인 문제는 바로 정원과 상현의 관계라는 게 지윤의 생각이었다. 모든 해소되지 않는 감정의 핵심에는 두 사람의 융화되지 못하는 성격 차이가 있고 그 영향이 자신에게 미친다고 보았다. 상현과 맞지 않으니까 상현을 닮은 지윤과의 관계도 삐걱거리게 된다고 볼 수 있었으니 그것도 아주 틀린 말은 아니었다.

상현은 늘 하던 대로 슬그머니 자리를 피해 지수가 있는 발코니로 나갔다. 그는 언제나 모녀의 불편한 대화에는 끼기 싫어했다. 두 사람의 다툼이 자신 때문에 비롯되었다 할지라도 끝까지 나서지 않았다. 그는 가족들과 대화다운 대화를 나누어 본 적이 없었다. 가족들 속으로 들어오지 않고 변죽만 맴도는 게 그의 오랜 습관이었다.

가족 간의 문제뿐만 아니라 간혹 함께 시장에서 물건을 사다가 정원이 가게 주인과 뜻하지 않게 다투게 되는 일이 발생해도 그는 한발 물러서서 지켜만 보는 사람이었다. 그걸 젊잖다고 해야 하는지, 아무튼 아무리 궁지에 몰려도 야속할 정도로 편을 들어 주지 않았다. 정원은 상현이 무슨 생각을 하고 사는지 도무지 그 속을 몰라 한숨을 쉬곤 했다.

지수는 발코니에서 방 안의 분위기를 아는지 모르는지 생각에 잠겨 있었다. 그는 지윤과는 달랐다. 일부러 가르친 적이 없는데도 자상하고 공손했다. 그런 점이 꼭 정원의 친정아버지를 닮아 있었다. 그녀의 친정아버지는 그녀에게 지나치게 엄격했는데 할머니에게는 세상에 둘도 없는 효자였다. 아마도 외할아버지의 피가 그녀를 통해 외손자인 지수에게로 이어진 모양이었다.

상현이 방으로 들어오자 정원은 다시 발코니로 나갔다. 시원한 바닷바람이 그녀의 몸을 휘감아 왔다. 야자수와 푸른 하늘과 반짝이는 에메랄드 빛깔의 바다, 그리고 시가지를 메운 빌딩들과 굉음을 내며 바다 위를 달리는 모터보트까지, 한 폭의 그림처럼 조화를 이루고 있는 마이애미가 다시 눈앞에 펼쳐졌다. 그리고 그 풍경 속에 30년 전의 그들 가족이 있었다.

1980년대 후반, 상현은 뉴욕 지사에서 파견근무를 하게 되었다. 상현으로부터 뉴욕으로 가게 되었다는 말을 들었을 때 정원은 쌍수를 들어 환영했다. 가족이 함께 미국 생활을 경험하는 동시에 두 남매가 선진 교육의 혜택을 받을 수 있는 절호의 기회였기 때문이었다. 조기 유학이 유행처럼 번지던 때였다.

출국 절차는 일사천리로 진행되어 그들 가족은 곧바로 뉴욕으로 날아갔다. 어쩌면 그곳에서 머물렀던 삼 년의 기간이 정원의 인생을 통해 가장 행복했던 시간이었는지도 몰랐다. 시어머니가 치매로 세상을 떠난 뒤였으니까, 길고 힘들었던 병간호에서 벗어나 홀가분한 마음으로 미국 생활을 즐길 수 있었다.

지윤과 지수는 중학교 1학년과 초등학교 4학년에 편입해 학업을 이어갔다. 상현은 가정에 우선을 두는 미국 문화에 맞추어 한국에서보다 가족과 더 많은 시간을 보낼 수 있었다. 그들은 뉴욕의 명물 자유의 여신상에서부터 세계적인 관광 명소인 그랜드캐년과 나이아가라 폭포, 플로리다에 있는 디즈니랜드와 마이애미 비치까지 드넓은 미국 땅 곳곳을 여행하며 한국에서는 꿈도 꿀 수 없었던 많은 경험을 했다.

학교에서 하는 행사에도 자주 참석하고 담임과 교장 선생님으로부터 아이들이 영민하다는 칭찬을 듣는 것도 행복했다.

추수감사절에는 미국인 가정집에 초대받아 칠면조 구이를 먹고 대화하며 새로운 문화를 체험하는 기회가 있었다. 그들과 어울려 처음으로 요리사가 불판 앞에서 칼춤을 추며 입으로 불을 뿜어내는 쇼를 구경하면서 먹는 음식점에도 가보았다.

하지만 그녀를 가장 어리둥절하게 했고 나아가 부러움까지 느끼게 했던 것은 법과 제도로 확립된 여성의 권리였다. 남성의 권익보다 여성의 권리와 보호를 우선시하는 건 미국에서는 당연한 일상이었다.

하다못해 쓰레기를 버리러 가도 정원이 들고 가는 쓰레기는 남자 관리자가 앞에까지 나와 친절하게 받아서 버려 주었지만, 상현이 들고 가는 것은 거들떠보지도 않았다. 도리어 여자에게 쓰레기 버리는 일을 시키냐는 듯 눈총을 주는 거 같았다.

남자를 위해서 여자가 희생하는 건 상상도 할 수 없었다. 가부장적인 분위기의 한국 사회에서는 생각지도 못하는 여성으로서의 위상을 피부로 느낄 수 있었다.

그럼에도 자신의 인생을 하나도 바꿀 수 없다는 사실에 그녀는 좌절하지 않을 수 없었다. 그녀는 가부장적인 나라인 한국의 여인이었으며 한 남자의 아내요, 두 아이의 엄마요, 한 가정의 주부로 꽁꽁 묶여있음을 인식해야만 했다.

삼 년이란 시간은 눈 깜짝할 사이에 지나가 버렸다. 그들은 아쉬운 시간을 뒤로 한 채 한국으로 돌아가야 했다. 그리고 정원은 한국 여인의 위상에 맞는 자신의 위치를 지켜야 했다. 홀시아버지의 며느리로서, 한 남자의 아내와 두 아이의 엄마로서, 한국의 관습에 맞게 현모양처가 되기 위해 노력해야 했다.

"엄마! 안전교육이 있다고 빨리 3층으로 모이래. 안전교육은 승객들이 모두 참가해야 하는 필수 과정이야."

지윤이 그녀의 상념을 잘랐다. 언제 엄마랑 삐걱거렸나 싶게 태연한 투로 발코니를 향해 소리친 것이다. 그 말을 듣고 그녀 역시 아무 일도 없었다는 듯 방으로 들어가 서둘러 나갈 준비를 했다. 언제나 그랬다. 티격태격하다가 금세 웃고 떠들곤 했다.

정원은 토론토에서 입고 온 청바지와 긴 팔 티셔츠를 벗고 무릎 아래로 살짝 내려오는 흰색 칠부바지에 파란색 민소매 블라우스로 갈아입었다. 지윤은 흰색 반바지에 꽃분홍색 어깨끈이 달린 티셔츠를 경쾌하게 입고 크로스 백을 메고 나섰다. 직장에 매달려 사는 여성으로서 평소에는 생각할 수 없는 자유롭고 과감한 패션이었다. 지수는 토론토에서 출발할 때 추운 날씨에 맞추어 입은 옷을 하나씩 벗어 가방에 넣더니 마지막으로 남은 옷이 감색 반바지와 반 팔 셔츠였다. 그 옷을 그대로 입고 나섰다. 상현은 베이지색 긴 면바지에 초록 체크무늬가 들어간 짧은 팔 셔츠를 입고 있었다.

그들은 서둘러 삼 층으로 향했다. 아래층으로 내려가는 계단과 엘리베이터에는 갑자기 몰려든 승객들로 혼잡했다. 사람들 틈에 끼여 움직이다 보니 저절로 3층 중앙 홀에 도착했다.

승객들은 두 팀으로 나뉘었다. 방 번호에 의해 알파벳이 매겨지고 그들은 한 팀이 된 사람들과 함께 오른쪽 복도에 늘어서서 매니저의 설명을 들었다.

복도는 삼 층 양쪽 가장자리에 있었고 그곳에는 열두 개씩의 구명보트가 매달려 있었다. 배가 타이타닉호처럼 침몰하게 된다거나 화재 등의 불상사가 일어날 경우, 신속하고 질서 있게 구명보트에 옮겨 탈 수 있도록 하기 위한 교육이었다.

"이 배가 버뮤다 삼각 지대로 빨려 들어가 사라지면 어떡하지?"

약 한 시간가량의 비상시 질서 유지에 관한 설명과 안전교육을 듣고 방으로 돌아오면서 지윤이 불쑥 세계적인 불가사의라고 하는 버뮤다 삼각 지대 얘기를 꺼냈다.

"아직 덜 풀렸니?"

정원이 다시 못마땅한 표정으로 등 뒤에 따라오는 지윤을 돌아보았다.

"그렇잖아? 버뮤다 삼각 지대가 바로 플로리다에서 시작하거든. 버뮤다 제도와 플로리다, 푸에르토리코를 잇는 삼각형의 해역을 버뮤다 삼각 지대라고 하잖아. 바로 그 등골이 오싹하는 불가사의인 '마의 바다'. 이 배는 바로 그 옆으로 지나간단 말이지. 흐흐흐."

재미있으라고 하는 말이 분명한데도 정원이 듣기에는 별로 유쾌하지 않았다. 그녀는 가볍게 혀를 차는 걸로 하고 싶은 말을 삼켰다.

옆에서 말없이 걷던 지수는 재미있다는 듯이 흐흐훗 웃음을 터트렸다.

그녀의 뇌리에 토론토에 혼자 있는 진호의 얼굴이 오락가락했다. 사실 지윤이 그런 말을 꺼내지 않았더라도 안전교육을 받는 내내 속으로 어린애처럼 온갖 불안하고 해괴한 상상이 다 들던 참이었다. 타이타닉처럼 배가 좌초되면 어쩌나, 태풍을 만나면 어쩌나, 심지어는 망망대해의 밤바다에는 물귀신이 사는 건 아닌가 하는 등의 웃지 못할 상상도 했었다. 그래서 진호를 다시 만나지 못하면 어쩌나 하는 걱정까지 했었다.

실제로 암이 재발하지 않았거나 지수가 권하지 않았다면, 절대로 크루즈 여행은 하지 않았을 것이다. 그만큼 배를 타고 바다를 여행하는 건 평소에 원해 본 적이 없었다. 하지만 막상 타보니 불안감이 들었던 건 안전교육을 받을 때 지나친 상상을 한 때문이었고 그 외에는 전혀 불안하지 않았다.

오히려 안정적이고 편안해서 즐길 수도 있었다. 가만히 눈을 감고 있으면 배가 물결에 따라 조금씩 흔들리는 게 발밑으로 느껴졌다. 그 느낌 또한 좋았다.

그들은 말없이 객실이 양쪽으로 빼곡히 들어선 복도를 걸었다. 끝이 아득하게 보였다. 아직 배의 구조에 익숙하지 않은 정원은 미로 같은 배 안이 어디가 어디인지 통 구분이 안 되었다.

다시 방으로 돌아온 정원은 가방을 열어 옷가지를 꺼내 옷장 속에 걸고, 세면도구와 목욕용품도 쓰기 편한 자리에 놓았다. 그리고 말린 푸룬(서양자두) 열매 봉지를 어디에다 두면 좋을지 몰라 이리저리 방안을 살펴보다가 잘 보이는 책상 위의 작은 선반 위에 올려놓았다. 두 모녀의 신진대사를 위해서 없어서는 안 되는 식품이었다. 망망대해의 배 안에서 만약 이것이 없다면 어떻게 할까, 상상만 해도 그녀는 끔찍했다.

지수는 발코니로 나가 바다를 바라보며 다시 생각에 잠겨 있었다. 자신의 미래와 부모가 지금까지 보여 준 생활방식을 견주어 보며 고개를 갸웃거렸다. 자신도 부모가 살아온 결혼생활을 그대로 답습하는 거라면 결코 하고 싶지 않았다. 비혼이 차라리 낫다고 여겨졌다.

지수가 보기에 그의 부모는 서로 성격이 맞지 않았다. 그의 기억에는 상현이 지나치게 과묵하다 보니 대화가 없어서 집안 분위기가 늘 가라앉아있었다.

"너희 아빠는 잘못이 없다고 볼 수 있지. 말수가 적고 재미없는 건 성격이니까 어쩔 수 없잖아? 타고난 건데 쉽게 고쳐지겠어?"

언젠가 그가 정원에게 물었을 때 한 말이었다.

그 말대로라면 큰 문제가 없어 보이는 평범한 부부였다. 세상에 완벽한 부부란 없을 것이다. 그러나 조금만 눈여겨보면 문제가 없다고 볼 수는 없었다.

상현의 유일한 취미인 바둑만 하더라도 그랬다. 바둑을 지나치게 좋아해서 정원이 몹시 싫어했다. 그것도 그의 눈에는 그리 좋아 보이지 않았다. 가장의 취미가 가족 간의 대화 단절을 가져오고 불화를 일으킨다면 그건 취미가 아니라 문제라는 게 그의 판단이었다. 그럼에도 상현은 서로 적절한 합의점을 모색하기 위해 함께 대화하고 노력하기보다는 일방적으로 밀어붙이거나 흐지부지 무마시키는 태도로 일관했다고 볼 수 있었다. 그는 취미생활뿐만 아니라 생활 전반에 걸쳐 그렇게 이기적으로 살아왔다고 볼 수 있었다.

그런 상현이 지수 눈에도 어딘가 달라져 보였다. 뭔지는 확실치 않으나 우선 이 년 전보다 눈에 띄게 달라진 건 말수가 늘었다는 점이었다. 아마도 이제는 그도 해가 다르게 늙어 가는 형편이니 그런가 싶었다.

상현은 침대 위에 누워 리모컨으로 맞은편 벽에 설치된 텔레비전을 켰다. 여기저기 대충 채널을 돌려보니 영화, 일기예보, 뉴스 등이 나오고 수영장 주변을 실시간으로 보여 주는 채널, 그리고 배의 위치와 항해 거리를 알려주는 채널이 있었다. 하지만 아직 배가 출항하지 않아 지도만 나올 뿐 위치는 제자리에 붙박여 있었다.

텔레비전을 끄고 리모컨을 침대 옆의 장 위에 올려놓았다. 무엇 하나 재미있는 게 없었다.

마음속으로 고개를 갸웃했다. 아무리 생각해도 정원이 갑자기 여행을 가자고 한 게 이상했다. 평소에는 돈이 아까워서 아이들이 있는 토론토에 다녀가는 것도 생각에 생각을 거듭하고 여행 경비를 계산하고 줄이고 줄여서 일이 년에 한 번씩 겨우 만나곤 했었다.

혹시 자신의 병을 그녀가 알아차린 걸까? 그는 고개를 저었다. 벌써 이 년째 입도 뻥긋하지 않고 비밀을 지키고 있는데 그럴 리가 없었다.

매사 예사로 보는 법이 없어서 그녀의 눈을 속이는 건 어려운데 이번에는 의외로 알아차리지 못했다. 그가 먼저 병명을 알려야 하는데 선뜻 말할 수가 없었다. 자신의 어머니와 아버지의 대소변을 받아낸 그녀에게 또다시 자신의 변 처리를 맡긴다는 건 정말 마음 내키지 않는 일이었다. 더구나 그녀도 이제 같이 늙어 가는 처지이고 암을 앓은 후로는 몸이 약해진 상태였다.

그는 건강이 나빠진 뒤로 아내에게 미안한 마음이 컸다. 지난 시간을 돌아보면 후회되는 일이 많았다. 자상하게 대해주지 못한 점, 속마음을 한 번도 표현하지 못하고 대화하는 시간을 갖지 못한 점, 힘든 집안일을 도와주지 못한 점 등이 가장 후회가 되었다.

그녀는 사는 동안 그가 잘해준 건 없어도 아내로서 지윤과 지수의 엄마로서 가정을 빈틈없이 꾸려준 고마운 사람이었다. 그런데 살아오는 동안 딱 한 번 이해할 수 없는 일로 그를 힘들게 한 적이 있었다. 그녀가 상현에게 이혼을 요구한 일이었다. 물론 그가 묵살하고 말았지만, 그때는 부부에게 진정 위기의 순간이었다.

시아버지의 장례를 치르고 난 뒤였다. 아무리 생각해 보아도 자신의 인생에서 자신이 없다고 말했다. 그것이 이혼을 요구하는 이유라고 밝혔다. 물론 일방적인 주장이었지만 생전 처음 들어본 이혼 사유였다. 상현에게 무슨 잘못이 있어서 이혼하자고 주장했다면 납득이 갔겠지만, 자신의 인생에서 자신이 없다는 이유로 이혼하자고 나오니까 도저히 이해가 안 되었다.

　어쨌든 상현은 그때 정신이 번쩍 들었다. 해결을 위해서는 그녀와 깊이 있는 대화를 해야 했는데, 그는 속을 드러내고 말하는 방법에 서툴렀다. 일일이 낯간지럽게 말할 용기가 나지 않았다. 말로 표현 하나 안 하나 다 마찬가지라고 여겼는데 말을 해야 한다고 생각하니 어떻게 해야 할지 난감했다.

　그는 늘 모든 게 마찬가지라고 두루뭉술하게 넘기기를 잘했다. 그 말만 나오면 정원은 어떻게 세상사가 다 마찬가지냐고 질색하며 버럭 화를 내곤 했다. 그것이 바로 그녀와 그의 성격 차이인 셈이었다.

첫날의 만찬

뱃고동이 두세 번 길게 울렸다. 드디어 발밑으로 배가 움직인다는 느낌이 왔다. 정원과 지윤은 문을 열고 발코니로 나갔다. 지수도 따라 나갔다.

마치 항구가 배를 밀어내는 듯 크루즈 선이 물 위를 미끄러져 부두를 떠나고 있었다. 어스레하게 땅거미에 묻힌 마이애미는 어느새 오색 불빛으로 반짝거렸다. 배가 지나가는 대로 물살이 이별의 아쉬움인 듯 요동치며 멀어져갔고, 땅 위에 그어진 차선처럼 길게 바닷길을 만들어냈다.

그렇게 한참 바닷물을 쳐다보던 정원의 뇌리에 아차, 스치는 게 있었다. 서둘러 방으로 다시 들어왔다. 역시나 침대가 퀸사이즈 매트리스 하나뿐이었다.

"얘! 이 매트리스 당장 트윈 사이즈 두 개로 바꿔 달라고 해. 우린 한 침대에서 못 자잖아?"

"원래 지수가 예약한 건 트윈사이즈 두 개라고 했는데 왜 퀸사이즈 하나지? 그냥 자면 안 돼? 우리 있는데 뭐 그거 할 것도 아니고 잠만 잘 거잖아?"

정원의 말에 발코니에서 얼굴만 방으로 들이민 지윤이 싱겁게 대꾸했다.

"이런! 그래서 더 안 된다는 거야. 어차피 잠만 잘 거니까, 좀 편하게 자려고 그래. 각방 쓰는 사람들이 어떻게 한 침대에서 자. 저도 붙어 자는 거 싫어하는 성격이면서."

그녀는 지윤의 이죽거림에 눈을 흘기는 시늉을 했다.

지윤은 어쩔 수 없이 방으로 들어와 객실에 있는 전화기로 고객센터에 전화했다. 정원이 오래전부터 상현과 각방을 써왔다는 사실은 그녀도 기억하고 있었다. 전화를 받은 승무원이 저녁 식사하고 오는 동안 바꿔 놓겠다고 대답했다.

상현은 그들이 말하는 걸 들었는지 못 들었는지 눈을 감고 미동도 없었다. 실은 젊었을 적부터 바짝 붙어 자는 걸 싫어하는 쪽은 상현이었다.

"답답해. 좀 떨어져 앉아."

여름이 되면 상현은 정원이 옆으로 가까이 다가오는 것조차 싫어했다. 잠을 잘 적에도 한 침대에서 가운데를 비워놓고 양쪽 가장자리로 떨어져 누워야 했다.

그녀는 상현이 몸에 열이 많기 때문이라고 이해했다. 그러나 가끔은 그러잖아도 말수가 적고 뚝뚝한 사람이 잠자리까지 머니까 서운한 마음이 들었다. 하지만 상현은 상대방의 마음을 헤아리려고 하지 않았다. 나중에는 오기가 생겨서 7월부터 8월까지는 아예 바닥으로 내려와 이불을 따로 펴고 자곤 했다. 그런데도 그는 다독여주기는커녕 미안한 기색조차 보이지 않았다.

매번 자존심이 상한 그녀는 그가 너무 고자세로 나온다 싶어서 서운했다. 아주 서운하다 못해 혹시 여자를 따로 숨겨놓은 건 아닐까 하는 의구심마저 들었다. 하지만 벽창호 상현은 그러거나 말거나 이내 코를 골며 잠들어 버리곤 했다.

혼자 지친 그녀는 증거도 근거도 없는 의심을 혼자 하다가 혼자 거두고 캄캄한 천정을 바라보며 쓴웃음을 지어야 했다.

지윤도 상현을 닮아 어릴 적부터 다른 사람과 붙어 자는 걸 싫어했다. 갓난아기 적에도 품에 꼭 안고 누우면 불편한지 잠을 안 자고 칭얼댔다. 그래서 그녀는 지윤을 품에 안고 잔 기억이 없었다. 항상 그녀의 몸과 두세 뼘 떼어서 눕혔다.

그러나 지수는 반대였다. 품에 꼭 안아주지 않으면 잠들지 않았다. 깊이 잠들었다가도 따로 떼어놓으려 하면 이내 깨어 울었다. 지윤이 얄미울 정도로 독립적이었다면 지수는 지나치게 엄마를 밝혀서 힘들었다.

정원이 아는 한 지수를 뺀 두 사람의 차가운 성격은 상현의 집안에 면면히 흐르는 공통점이었다. 그런데 같은 점을 두고 지윤과 상현을 바라보는 그녀의 시선은 달랐다. 딸에게 더 관대하다고나 할까, 지윤은 아무리 거슬리게 행동해도 감싸줄 수 있는데 상현에게는 그게 안 되었다. 지윤이 하면 이해가 되는 행동도 상현이 하면 서운하고 가슴에 응어리가 남았다. 지윤은 말을 안 해도 원하는 걸 저절로 알지만, 상현은 말하지 않으면 알 수 없었다.

그 이유를 그녀는 알 거 같았다. 그들 부부 사이에 반드시 말로 표현해야만 이해가 되는 작고도 묘한 감정의 틈이 존재하는 건, 상현은 피와 살이 섞이지 않은 남이기 때문이기도 하지만, 그들 결혼의 시발점과도 무관하지 않아 보였다.

지수는 두 사람과는 달리 다정다감하고 부드러운 성격을 지니고 있었다. 그는 다른 사람, 특히 여자를 배려할 줄도 알았다. 상현의 집 안에는 없는 돌연변이 희귀종이었다.

정원은 지수가 자신을 닮았다고 여겼다. 바로 친정아버지의 자상한 성격이 자신의 DNA를 통해 그에게 전해진 결과 거의 품종개량에 가까운 현상이 일어났다는 거였다. 그녀의 친정아버지와 상현의 성격 중 적당한 중도를 지닌 사람이 바로 지수였다.

그녀가 결혼한 직후에 돌아가신 친정아버지는 지나칠 정도로 자상해서 가족을 피곤하게 한다고 여겨 대범한 성격의 남편을 원했다. 그런데 상현은 대범해도 너무 대범했다. 친정아버지와 상현의 성격은 한 마디로 극에서 극일 정도로 달랐다. 한 사람은 가족과 모든 일에 관심이 너무 많아서 사사건건 간섭이 심했고, 다른 한 사람은 매사 관심을 안 보여서 목석 또는 벽창호라고 불렀다. 두 사람 다 장단점 역시 극으로 갈렸다. 공통점이 없을 거 같은 두 사람은 묘하게도 상대방에 대한 배려가 적다는 점이 비슷했다.

정원은 다시 지수가 있는 발코니로 나왔다. 지수는 썬베드에 등받이를 높이고 앉아 무릎 위에 노트를 펼쳐 놓고 어려운 수학 문제를 풀기 위해 집중하고 있었다. 그는 평소 수학을 좋아해서 틈만 나면 누구도 풀지 못했다는 어려운 수학 문제를 펼쳐 놓고 골똘히 생각에 잠기곤 했다. 미분방정식이나 수이론 같은 문제였다. 수학 문제 풀기와 가끔 보드게임을 하는 게 그의 취미였다. 그는 대학에서 컴퓨터 공학을 전공했지만, 수학을 좋아해서 듣다 보니 복수 전공하게 되었다.

"엄마, 두 분은 왜 선본 지 한 달 만에 서둘러서 결혼하셨어요?"

전날 토론토에서 커피를 마시며 나눈 이야기가 생각났던지 지수가 정원에게 그들 부부가 결혼한 이야기를 물었다. 그가 부모의 결혼에 관한 질문을 한 건 처음이었다. 정원은 장성한 아들로부터 그런 질문을 받고 보니 새삼 자신이 모자라는 사람이라는 고백을 해야 할 거 같아 부끄러운 마음이 앞섰다.

"말하자면 내가 내 꾀에 넘어간 셈이었지. 그렇게 결혼하는 게 아니었는데 아무튼 우리는 첫 단추부터 잘못 끼운 거야. 흐흐."

정원은 내용상 가볍지 않은 얘기를 하면서도 가볍게 웃으며 말했다.

배는 점차 속도를 내고 있었다. 마이애미 항구의 불빛이 멀리서 반짝이고 있었고, 발밑에서 거세게 이는 물살은 아우성을 치듯 하얀 포말을 일으키며 소용돌이치다가 배의 반대 방향으로 흘러갔다.

그녀는 소용돌이치는 바닷물을 바라보며 계속 생각에 잠겼다. 벌써 사십여 년이 지난 일이건만 엊그제 일처럼 생생했다.

그 가을, 정원은 상현과 선을 보기 위해 서울 종로에 있는 다방으로 향했다. 가는 내내 상대가 싫지만 않다면 무조건 학업을 중단하고 결혼하리라는 생각을 하고 또 했다. 상대를 보기도 전에 이미 마음을 굳힌 셈이었다. 집을 나오는 방법으로 결혼만큼 합리적인 게 없어 보였다.

그녀는 가족들과의 갈등으로 인해 도피라도 하지 않으면 당장 숨이 막혀버릴 것 같았다. 언제나 자신이 낳은 자식과 비교하며 경계하는 계모와 질투의 화신이 되어 괴롭히는 이복여동생, 그 사이에서 늘 노심초사하느라 사사건건 간섭하고 안 된다고 가로막기만 하는 아버지와 심한 갈등 속에 있었다.

연애하면 안 된다, 옷을 고상하게 입어야 한다, 저녁 8시까지는 집에 들어와야 한다, 사람을 너무 믿지 마라, 심지어는 여자답게 말하고 여자답게 걸으라고도 했다. 대학에 진학할 적에는 법대나 의대로 진학해 판검사나 의사가 되지 않으면 대학에 보내지 않겠다고도 했다. 죽어버리겠다고 아버지와 맞서 싸워서 대학에 원서를 내게 되었는데, 간호사는 안 된다고 했다. 온갖 더러운 것을 다 만져야 하는 더러운 직업이라고 했다. 그녀의 적성과는 상관없이 허락해 준 게 가정학과였다. 시집 잘 가는 데 도움이 될 거라는 이유를 달았다.

동아리 활동 하나 마음 놓고 할 수 없도록 옥죄는 아버지의 억압에 가까운 간섭이 문제였다. 세상에 하라는 건 하나도 없었다. 옷 하나 마음대로 입을 수 없을 만큼 결정권이 없었다.

그때 탈출구라고 찾아낸 방법이 결혼이었다. 결혼해서 아버지 곁을 떠나면 지긋지긋한 간섭에서 자유로워지고 계모의 불평등한 대우도 여동생의 질투도 더 이상 받지 않을 거라는 계산이었다. 겨우 22살, 자신의 발상이 얼마나 단순하고 어리석은 것이었는지 깨닫는 데는 그리 오래 걸리지 않았다.

상현은 감색 정장에 붉은색이 들어간 넥타이를 매고 먼저 와 기다리고 있었다. 그녀보다 열 살이나 많고 당시 공무원이었던 상현은 말수가 적고 대범한 성격으로 보였다. 아버지의 성격과는 달라 보여서 그 점이 마음에 들었다. 보통 키에 몸집도 보통이었다.

정원은 선을 보는 게 처음이어서 어떻게 해야 할지 몰라 어색했지만, 상현은 나이가 든 만큼 선도 여러 번 본 경험이 있어 당황하거나 서두르는 기색이 없었다. 주로 상현이 묻고 그녀가 대답하는 모양새였다. 저녁 식사를 하고 헤어졌는데 그가 집 앞까지 데려다주었다.

소개해준 친척 아주머니의 말에 의하면, 원래 뿌리 있는 집안인데 시아버지가 될 분의 잘못으로 재산을 모두 날리고 어려운 형편이라고 했다. 하지만 사람은 진중하고 머리가 뛰어나 장학금을 받고 가정교사를 하며 공부했다는 설명이었다. 그녀는 사람 하나 똑똑하고 성실하면 되었다고 여기고 다른 조건은 아무것도 보지 않았다.

정원이 첫눈에 든 상현은 결혼을 서둘렀다. 그러나 그녀의 아버지는 신랑의 집안 살림이 자기네 쪽보다 너무 기운다는 이유로 허락하지 않았다.

그녀는 집을 나가기로 마음을 굳힌 상태였기 때문에 결혼만큼은 아버지의 뜻에 따르지 않겠다고 고집부렸다. 자식 이기는 부모 없다고 아무리 완고한 아버지도 두 손을 들고 말았다.

번갯불에 콩 볶아 먹듯이 한 달 만에 뚝딱 해치운 결혼이었다. 정원은 한 달여 만에 학생의 신분에서 가정주부로 변신했다. 잠시 아버지의 억압에서 벗어났다고 해방감에 들떴다. 그러나 또 다른 어려움이 급하게 먹은 음식이 부른 체기처럼 다가왔다. 그와 있어도 가슴이 뛰지 않는다는 사실이었다. 서로를 알고 사랑하는 마음을 확인할 겨를도 없이 해치운 결혼이었으니 그와 한 공간에 있는 게 매번 낯설고 서먹했다.

정원은 눈을 꼭 감았다. 그녀의 머릿속에 신혼 시절의 한 장면이 영화의 화면처럼 눈앞에 펼쳐졌다.

겨울 첫 추위가 시작되었을 즈음, 그녀는 부엌도 제대로 갖춰지지 않은 단칸 셋방에서 찬물에 저녁 설거지를 마치고 방으로 들어온다. 상현은 아랫목에 깔아놓은 이불속에 누워 일본의 대하소설 『대망』을 손에 펼쳐 들고 있다. 그는 신혼여행에서 돌아온 직후부터 줄곧 『대망』을 읽고 있다.

그녀는 어색함으로 어찌해야 할 바를 몰라 머뭇거리다가 상현의 발치로 가서 이불자락을 들추고 들어가 눕는다. 설거지하는 동안 온

몸이 얼어서 외풍까지 심한 방안에서는 앉아있기도 힘들다.

그녀의 마음은 스산하다. 결혼식을 올리는 건 결혼의 시작일 뿐이며 진짜 결혼은 몸이 아니라 마음이 합해져야 완성된다는 걸 그제야 어렴풋이 알 거 같다. 그녀는 상현의 마음을 알 수 없다. 두 사람이 함께할 인생에 대해 무엇을 생각하고 추구하는지, 미래에 대해서는 어떤 꿈과 설계를 하고 있는지, 그리고 그 꿈을 성취하기 위해서 어떤 계획을 하고 있는지, 등등. 심지어는 그의 성격이나 식성조차 알지 못한다.

"왜 그리 가?"

저 사람은 어떤 사람일까, 어쩌면 그녀가 생각한 것처럼 성실하지도 않고 성격이 좋은 사람이 아닐지도 모른다고 상상할 즈음, 상현이 갑자기 팔을 뻗어 그녀를 잡아당긴다. 그녀의 몸이 힘없이 비닐 장판 위를 미끄러져 끌려간다. 상현은 그녀의 몸을 뒤에서 안고 계속해서 책을 읽는다. 그리고 그녀는 상현과는 다른 상상 속에 빠져있다. 그들의 신혼 시절, 초저녁의 풍경은 사뭇 건조하다.

"엄마, 거기서 뭐 해? 매트리스 바꿔 달라고 전화했으니까 저녁 먹고 오면 바뀌어 있을 거야. 그리고 마이 브라더! 우리 이제 저녁 먹으러 가자!"

벌써 저녁 식사 시간이 되었다고 했다. 지윤은 요즘 들어 지수를 부를 때 곧잘 '마이 브라더'라고 했다. 가끔은 진호의 입장에서 '엉클'이라고 하기도 했다. 나이가 사십이 넘은 성인을 어린애 부르듯이 지수야, 지수야! 하기도 뭣하고, 아직 결혼하지 않아서 아이가 없으니 아무개 아빠라고 할 수도 없어서 궁여지책으로 갖다 붙인 호칭이었다.

"으응?"

정원은 지윤의 말에 꿈속에서 깨어나듯 화들짝 놀라는 시늉을 했다. 그렇게 결혼하는 게 아니었는데 싶은 아쉬움의 한 자락일까, 왠지 가슴 한쪽에 아릿한 통증이 일어 여운으로 남았다.

지수가 말없이 정원의 손을 잡았다. 아들의 손에서 전해져 오는 온기 속에 많은 위로가 담겨 있었다. 두 사람은 그렇게 잡은 손을 놓지 않고 식당으로 가기 위해 발코니에서 방으로 이동했다.

"아빠, 저녁 먹으러 가게 일어나세요."

지수가 상현을 깨웠다. 그는 어느새 잠들어 있었다. 그들은 승선할 때 받은 각각의 승선 카드를 목에 걸고 방의 카드키를 챙겼다. 승선 카드는 배 안에 있는 동안 쓰는 중요한 신분증으로 어딜 가나 몸에 지녀야 한다고 했다.

"3층에 있는 디너 식당으로 가볼까?"

지수가 물었다.

"좋아."

"나도 괜찮아."

상현만 대답이 없었다. 정원이 그의 얼굴을 힐끗 쳐다보았다. 혹시 그가 잘 쓰는 말이 나오지 않을까 싶었던 것이다.

"다 마찬가지지 뭐."

역시나 그의 입에서 이 말이 나왔다.

"왜 그 말이 안 나오나 했네."

그녀는 애써 목소리를 낮추고 중얼거렸다. 순간적으로 지겹다는 생각이 들어서 하마터면 왜 그 말투를 못 고치냐는 비난이 튀어나올 뻔했다. 그랬더라면 분위기 있는 저녁 식사를 망치게 될지도 몰랐다.

"흐흐흣!"

"우리 아빠의 명대답!"

지윤과 지수가 재미있다고 웃어댔다.

그 말은 호불호가 분명치 않고 두루뭉술 넘어가기 좋아하는 그의 성격을 잘 나타내 주고 있었다. 정원은 상현의 그 말이 속을 더 답답하게 만든다고 질색했지만 자주 들어온 두 남매는 한바탕 웃고 넘겼다.

어쨌든 다 마찬가지라면 어느 곳을 가나 불평하지 않는다는 뜻이었다. 하지만 속으로는 격식을 차려야 하는 디너 식당보다는 9층의 뷔페식을 선호한다는 걸 그녀는 알 수 있었다. 음식 맛에 있어서만은 결코 두리뭉실 넘어가지 않는 성격이었으나 자식들까지 세 사람이 동의하는데 자기만 반대할 수는 없으니 울며 겨자 먹기식으로 따라오는 거였다. 장성한 자식들의 의사에 따르는 게 현명한 처사라는 걸 염두에 둔 대답이었다.

그들은 지수의 조언에 따라 격식을 약간 벗어난 가벼운 정장 차림으로 방을 나섰다. 식당 문 앞에서 종업원들이 그들을 맞이했다. 그들은 검은색 턱시도 바지에 흰색 셔츠와 검은색 조끼, 검은색 보타이 차림의 유니폼을 입고 있었다. 지수가 승선 카드를 보이자 역시 검은색 유니폼 차림의 남자 종업원이 중앙의 원탁으로 그들을 안내했다. 카드에 적힌 번호에 따라 앉는 위치가 정해져 있었다.

그들 옆에는 뉴욕에서 온 자매 할머니들이 앉았다. 그 할머니들은 지윤과 지수가 캐나다에서 왔다는 얘기를 듣고 눈이 많이 내리는 캐나다의 겨울 날씨 이야기를 하며 고개를 저었다. 이번에는 가까이 앉은 상현이 자기들도 뉴욕에 살았었다고 말하자 반색하며 인사했다.

정원은 달콤새콤한 새우 요리에 곁들인 베트남 스프링 롤과 시금치 요리에 디저트로 티라미수를 먹었다. 상현은 기름에 튀긴 돼지고기에 아이스크림을 먹고, 지윤과 지수는 새우 요리에 아이스크림을 곁들였다.

식사가 거의 끝나갈 무렵에 조용하던 홀 안에 갑자기 음악이 울려 퍼졌다. 동시에 웨이터와 웨이트리스들이 드문드문 놓인 작은 탁자 위에 올라가 빨간색 스카프를 손에 쥐고 흔들면서 음악에 맞춰 춤을 추기 시작했다. 나머지 종업원들은 둘러서서 몸을 흔들며 손뼉을 쳤다.

'달-라뚜 꾸엘 빨레 그리아 마까레나
께뚜 꾸엘 뽀빠 달레 그리아 꼬사 부에나
달-라뚜 꾸엘 빨레 그리아 마까레나'
"헤~~ 마까레나!"

홀 안에 가득 찬 손님들도 일제히 앞에 놓인 냅킨을 집어 들고 돌리며 헤~ 마카레나를 후렴구로 합창했다. 스페인 남성 듀오 로스 델 리오가 불러 세계인을 춤추게 했다는 이 노래는 홀 안의 세계인들도 절로 흥에 겨워 몸을 들썩이게 했다.

종업원들은 손님들을 즐겁게 해주기 위해 춤을 추고 손님들은 후렴으로 호응했다. 순식간에 조용히 담소하며 식사하던 홀 안은 댄스 파티장으로 변한 듯 흥겨운 열광의 도가니로 변했다.

이 광경과 분위기 속에서 어찌 즐겁지 않을 수 있으며 목석처럼 뻣뻣하게 앉아만 있을 수 있으랴. 그들은 물론 늘 주변에 관심이 없는 상현까지 음악에 맞춰 함께 손뼉을 치며 이 순간을 즐겼다. 정원의 가슴 속에 쌓였던 묵은 찌꺼기 같은 상현에 대한 불만도 어느새 날아가 버리고, 자신의 몸 안에 암이 재발해서 자라고 있다는 사실도 잊은 듯 크루즈의 축제 분위기에 휩쓸려 기분이 한결 상승했다.

디너 파티가 끝나고 식당을 나온 뒤에 그들은 두 사람씩 갈라졌다. 정원과 상현이 오랜만에 의기투합해서 오 층에 있는 카지노로 내려갔다. 평소와는 달리 쉽게 의견이 일치한 걸 보면 아직도 흥겨운 마카레나의 멜로디에 취해 있는지도 몰랐다.

크루즈는 커다란 리조트 마을을 축소해 배에 옮겨 놓은 거와 같아서 사람들은 그 안에서 각종 시설이나 프로그램을 통해 콘서트, 영화, 오락, 수영 등을 즐기며 가는 곳마다 먹고 마시고 음악에 맞춰 노래하고 춤추었다. 어딜 가나 떠들썩한 축제 분위기였다.

지윤과 지수는 수영장이 있는 십 층 갑판으로 올라갔다. 갑판 한 가운데에 수영장이 있었고, 그 주변에서는 대낮같이 환하게 밝힌 불빛 속에 사람들이 모여 춤과 노래로 또 다른 파티를 벌이고 있었다.

그들은 한 층 더 높은 위치로 올라갔다. 수영장이 한눈에 내려다보였다. 잠깐 사이에 더 많은 사람이 수영장 주변으로 모여들더니 자연스럽게 음악에 맞춰 몸을 흔들었다. 금세 수영장 주변을 가득 메운 사람들은 모두 한 덩어리가 되어 큰소리로 합창하며 춤을 추었다.

'누군가와 춤추고 싶어요.
누군가와 뜨거움을 느끼고 싶어요.
누군가와 춤추고 싶어요.
나를 사랑하는 누군가와.'

휘트니 휴스톤의 '아이 워나 댄스 위드 썸바디'가 흘러나오고 사람들은 일제히 '썸바디'를 외쳤다. 바라보기만 해도 흥이 절로 나 몸이 음악에 맞춰 흔들리고 손뼉을 치게 되었다. 함께 '썸바디'를 외쳐 보았다.

회사 일과 낯선 환경에서 쌓인 스트레스가 한꺼번에 풀리는 듯 기분이 고조되고 개운함을 느꼈다. 아이러니하게도 낯선 이국 생활로 받은 스트레스를 낯선 이들 가운데에서 풀게 되었다. 그처럼 인생에는 언제나 동전의 양면이 존재하는 법, 이방인으로 산다는 건 외로움을 건디는 동시에 자유로움을 누리는 일이었다.

어떤 사람들은 목욕탕처럼 좁은 풀에 들어간 채로 옹기종기 모여 춤을 추었다. 벗은 사람은 벗은 채로, 입은 사람은 입은 채로, 몸을 음악에 맡기고 움직였다.

과감한 노출과 강렬한 원색의 아름다움에 눈이 부셨다. 식당 안에 있던 사람들이 마카레나에 맞춰 움직일 때처럼 동작이 척척 맞았다. 세상의 모든 인종이 다 모인 거 같은데, 그들은 노래 한 곡에 모두 한 가족처럼 움직였다. 놀라운 조화와 호흡이었다.

한참 음악과 춤에 정신이 빠져 바라보던 지윤은 중앙 맨 앞줄에서 춤을 추는 한 남성에게 시선이 갔다. 동양인의 말끔한 외모로 몸동작이 제법 세련되어 보였다. 낯익었다. 볼수록 낯이 익었다. 어디서 본 사람일까, 골똘히 기억 속을 더듬었다. 그러나 쉽사리 기억이 나지 않았다. 다시 그 사람을 찾았을 때 그는 사라지고 없었다.

주변을 둘러보니 지수가 보이지 않았다. 지윤은 지수를 찾아 수영장 주변으로 내려가려고 두리번거리며 걸음을 옮겼다. 그때였다. 한 남자가 그녀에게로 다가왔다.

"지윤? 송지윤 맞지?"

아까 춤을 추던 그 동양인이었다. 낯익은 그 얼굴이 먼저 그녀를 알아보았다.

"이현우? 어떻게… 여기서 만나지?"

뜻밖에도 그였다. 이현우. 그녀의 머릿속에는 이현우라는 이름을 기억해내는 것과 동시에 '엘에이 폭동', '코리안 클럽'이라는 단어와

'고혜린'라는 이름이 한꺼번에 떠올라 거센 파도를 한 방 맞은 듯 정신이 얼떨떨해졌다.

"이게 얼마 만이지? 반갑네. 그동안 어떻게 지냈어? 아니, 어떻게 살았냐고 물어야 하나?"

현우가 손을 내밀어 그녀의 손을 잡았다. 그녀는 그와의 재회가 꿈만 같아서 쉽사리 믿기지 않았다. 그는 엘에이 근교 커뮤니티 칼리지에서 그녀의 스무 살 추억과 아픔의 한 페이지를 공유했던 몇 사람 중 한 사람이었다. 그의 출현으로 지윤의 기억은 순식간에 이십여 년 전의 시리도록 푸르렀던 젊음과 아픔 속으로 함몰되어 빨려 들어가는 것 같았다.

"저기 가서 커피나 한잔 마시면서 이야기할까?"

현우가 수영장 건너편의 식당을 손으로 가리켰다. 그녀는 그가 가리킨 곳을 향해 함께 걸음을 옮겼다. 수영장을 지나 식당 한쪽에 커피 메이커가 있었고 방금 내린 따끈한 커피가 준비되어 있었다.

그녀와 현우는 각각 머그잔에 커피를 뽑아 들고 창가 쪽의 테이블에 마주 앉았다. 배는 쉬지 않고 남쪽을 향해 창밖으로 보이는 검은 바다 위를 미끄러지듯 나아가고 있었다.

"혹시 칸쿤으로 가는 거야?"

현우가 먼저 물었다.

"아니, 이 배는 코주멜에서 잠시 정박했다가 다시 마이애미로 돌아가지 않아? 내가 잘못 알고 있는 거야?"

지윤은 순간 자신이 착각하고 있나 싶어서 되물었다.

"그건 아니고. 나는 코주멜에서 칸쿤으로 가거든. 코주멜에서 칸쿤으로 가는 배를 갈아타야 해. 혹시 나하고 목적지가 같은가 해서 물었어."

"우리는 코주멜까지 갔다가 그대로 돌아가게 돼."

"그렇구나. 그런데 그동안 어디서 어떻게 살았어?"

그는 목적지가 다르다는 걸 알고 약간 실망하는 표정을 지었다. 하지만 이내 궁금증을 못 참겠다는 듯 다시 물었다.

"내가 샌프란시스코 북쪽에 있는 대학에 입학한 건 기억나? 그 대학을 졸업하고 한국으로 돌아갔어. 5중 충돌의 교통사고가 났었어. 내 차는 폐차되었는데 난 다행히 다치지 않았어. 그동안 내가 심신이 지쳐 있었던지, 부모님이 계신 한국으로 돌아가 쉬고 싶다는 생각이 들어서 돌아갔지. 잠깐 쉬고 다시 온다는 게 그만 그곳에서 대학원에 입학하게 되어서 아예 눌러앉아 버렸어. 그리고 얼마 후에 캐나다 토론토로 이주했어. 대충 이렇게 살았어."

그녀는 자신이 결혼하고 이혼했다는 말은 하지 않고 건너뛰었다.

"토론토로?"

"응. 넌 어떻게 살았어?"

"산다는 게 그렇게 간단치가 않았어. 나도 한국으로 돌아갔다가 다시 미국으로 오게 됐어. 근데 어떻게 우리가 크루즈 여행길에 같은 배를 탔을까?"

그는 말하고 나서 잠시 생각에 잠긴 듯 고개를 숙이고 있었다. 아마도 쉽게 말할 수 없는 무슨 사연이 있었나보다 생각되었다. 지윤은 그가 얘기할 때까지 기다렸다.

"세월이 참 빠르군. 그때는 우리 모두 갓 스무 살이었는데. 젊어서 아름다웠고, 그리고 아픈 기억이 있었지."

잠시 침묵이 흐른 뒤에 그가 자신의 이야기를 건너뛰고 다시 그 시절의 이야기로 돌아갔다. 그도 그 아픔을 떠올리지 않을 수 없었다.

"그렇지. 우리는 엘에이 폭동을 떠올리지 않을 수 없지. 그리고 고혜린이라는 이름도… 고 혜 린."

그녀는 작은 소리로 고혜린이라는 이름을 되뇌었다. 그때 갑자기 그녀의 핸드폰이 울렸다. 연결되지 않던 전화가 연결된 모양이었다. 지수가 찾는 전화였다.

"누나, 어디 있어? 아까 누구하고 얘기하는 거 같았는데 갑자기 사라져서 방으로 왔는데, 여기도 없어서 전화한 거야. 그런데 통화가 되네. 방으로 와."

"알았어."

그녀는 전화를 끊고 현우에게 말했다.

"부모님과 동생과 함께 와서 이만 방으로 돌아가 봐야겠어."

가족 핑계를 댔지만, 그녀의 머릿속에는 진호와 통화해야겠다는 생각으로 마음이 급했다. 마이애미와 시차가 없으니까 더 늦으면 잠들어버려서 통화가 어려울 거라는 걸 염두에 두었다.

"실은 나도 어머니를 모시고 초등학생 딸과 함께 왔어. 내일 점심 먹고 나서 아까 만났던 자리에서 다시 볼 수 있을까?"

"그렇게 해."

그녀가 고개를 끄덕였다.

"그럼 잘 쉬고 내일 봐."

그가 손을 들어 흔들었다. 그녀는 현우와 헤어져 7층 객실을 향해 걸으며 토론토의 진호에게 전화를 걸었다. 우선 얼굴을 보고 싶어서 화상통화를 시도했지만 실패했다. 하는 수 없이 그냥 목소리만 들었다.

"밥은 잘 챙겨 먹었어? 숙제도 잘하고 게임 하지 말고 일찍 자. 그래야 내일 스쿨버스 놓치지 않고 잘 타지. 알람 꼭 맞춰놓고 자. 스쿨버스 놓치지 않게 5분 일찍 나가. 주방 레인지 잘 끄고, 알았지? 그럼 우리 아들 잘 자. 내일 또 통화하자. 응? 그래. 안녕!"

그녀는 핸드폰에 대고 쪽 뽀뽀를 보냈다. 어릴 적에 해주던 버릇이었다. 속으로 이제 진호가 다 컸구나 싶었다. 힘들었던 걸 생각하면 홀가분해야 하는데 왠지 가슴 가득 서운함이 차올랐다.

진호는 엄마가 일일이 간섭하지 않아서 좋다면서 전화기에 대고 노래를 흥얼거렸다. 곧 대학에 들어가면 어차피 떨어져 살 가능성이 크지만, 아직은 어린애 같아서 마음이 놓이지 않았다.

어쩌면 진호보다도 자신을 염려하고 있는 건지도 몰랐다. 이제까지는 아들을 키우느라 여념이 없어서 외로운 줄도 모르고 한편으로는 아들이 의지가 되었다. 이제 진호가 떠나고 나면 한동안 그 허전한 마음을 어떻게 다스려야 할지 몰랐다. 그녀는 무엇을 하면서 그 빈 자리를 메울지 벌써 걱정이 앞섰다.

방에는 지수 혼자 있었다. 상현과 정원은 아직 카지노에서 돌아오지 않았다. 상현의 성격이 지나치게 과묵해서 자식들 앞에서도 다정다감한 모습을 보인 적이 없었는데 웬일인가 싶었다. 그런 까닭에 아무 문제가 없어도 부부 사이는 데면데면해 보였고, 따라서 가정 분위기도 항상 착 가라앉은 느낌이었다.

그래서 부부 사이는 부부만이 안다고 했던가, 사실 그들의 문제도 자식들은 서로 성격 차이가 크다고만 알 뿐이지 무슨 일이 있었는지는 들은 바가 없었다. 지윤과 지수가 알기로, 정원의 입에서 딱 한 번 이혼하자는 말이 나온 적이 있었다. 무슨 문제가 있는지는 모르는데 그때도 정원은,

'문제는 없어. 너희 아빠 성격이 그런 것일 뿐이지.'

라고 말했을 뿐이었다.

'그럼 문제가 없는데 왜 이혼하려고 하는데?'

하고 지윤이 물었다. 그러자 정원이 다시

'그게 문제야. 내가 없거든.'

이라고 대답했다. 아이들은 고개를 갸웃거렸다. 도무지 그게 무슨 말인지 이해가 안 되었다. 결국 그 이유는 상현에게도 설득력이 없어서 그대로 흐지부지되고 말았다.

"둘이 함께 간 게 참 별일이네. 암튼 뭔가 기대가 되는데?"

"아직 기대는 금물이야. 슬러트머신은 대화하는 게 아니니까. 따로 떨어져 앉아서 각자 놀 텐데 뭘."

그렇다, 슬러트머신 게임을 하는 데는 대화가 필요 없었다. 말은

오히려 방해만 될 뿐이었다. 빠르고 경쾌한 효과음과 단순하면서도 요술을 부리듯 현란하게 움직이는 기계에 빠져 다른 사람에게 관심 돌릴 겨를이 없을 것이다.

정원과 상현은 도박과 환락의 도시로 유명한 라스베가스의 추억이 있었다. 사막에 핀 야생화처럼 매혹적이어서 도박을 즐기지 않는 사람도 그 오색으로 빛나는 휘황찬란한 화려함 속에 한 번쯤은 빠져보고 싶은 유혹을 느끼기 마련이었다.

엘에이 살 적에 한국에서 정원의 친정 언니 부부가 왔을 때 그들은 자동차로 사막을 다섯 시간이나 달려서 라스베가스로 데리고 갔었다. 화려한 그 도시를 구경시켜주는 건 엘에이 방문에서 후회하지 않을 최고의 즐거움을 선사하는 거였다.

정원은 노는 재미로 오 센트짜리 기계 앞에 앉아 밤새 당기다가 지갑에 있던 이백 불을 모두 날리고 집에 돌아와서는 그 돈을 메운다고 얼마간 외식과 문화행사를 금했었다.

"넌 왜 안 갔니?"

지윤이 지수에게 물었다.

"난 그게 재미가 없어. 순전히 조작된 확률이거든. 사람들은 그 빤한 속임수에 운을 걸고는 확률에 매달려서 지갑을 털리게 되지. 난 슬러트머신보다는 보드게임이 재미있어."

지윤은 자기 동생 지수를 멍한 표정으로 바라보았다. 참으로 대견스러울 만큼 성실하고 건전한 정신을 가졌다. 그녀가 알기로 지수는 미국에서 공부할 때부터 마치 수도자처럼 살아온 사람이었다. 그래서 기특하지만, 그런 정신으로 살아가기에는 세상이 너무 탁하다는 생각이었다. 그는 술을 마실 줄도 모르고 담배도 피우지 않았다. 평소에는 오로지 컴퓨터 프로그램을 짜고 성경을 읽고 취미로 수학을 푸는 걸 즐길 뿐이었다. 약간은 무미건조해 보이지만 그렇다고 상현처럼 재미없는 사람은 아니었다.

"너 어디서 잘 거니? 간이침대? 아니면 소파베드?"

"누나가 자고 싶은 데서 자. 난 아무 데나 좋으니까."

"그럼 내가 소파베드에서 잘게. 난 아침에 일찍 못 일어나니까."

간이침대를 통로에 펼쳐 놓고 아침 늦게까지 누워있으면 일찍 일어난 다른 사람들을 불편하게 할 수 있다는 뜻이었다. 약속대로 퀸사이즈 매트리스는 두 개의 트윈 사이즈로 바뀌어 있었다.

지윤은 몸을 씻고 자리에 누웠다. 일찍 잠들기는 틀렸다는 생각이 들었다. 조금 전 수영장 근처에서 만났던 현우의 얼굴이 떠올랐다. 이십여 년 전 그는 코리안 클럽의 회장을 맡았었다. 그녀의 기억에 의하면 그는 지금 대학에서 가르치고 있어야 맞았다.

그녀는 그때 현우에게 사랑을 고백하지 못하고 헤어진 걸 후회했었다. 결혼에 실패해 이혼녀란 꼬리표를 달게 된 것도 그렇고, 귀국한 뒤로 친구의 소개로 몇 명의 남자들을 만나보았지만, 그만큼 마음이 끌렸던 사람이 없었다. 그녀는 어쩔 수 없이 스무 살의 그 한없이 푸르고 아팠던 기억 속으로 빠져들어 갔다.

폭동이 있었던 그해 8월, 지윤은 한국의 대학에서 한 학기를 마치고 부모를 따라 엘에이로 갔다. 상현의 해외 근무로 인한 두 번째 미국행이었다.

한국인들이 밀집해 있던 한인타운은 전쟁이 휩쓸고 지나간 듯 폐허가 되어있었다. 그 현장에는 없었지만, 폭동의 흔적이 곳곳에 고스란히 남아 있는 걸 목격했다. 여기저기서 불에 탄 상점들과 깨진 유리창 속으로 보이는 약탈의 흔적들은 그야말로 아비규환의 처참한 광경을 떠올리기에 충분했다. 죽음의 공포에 떨던 한인들의 처절한 울부짖음이 들려오는 거 같았다.

뇌리에서 지워지지 않는 그 흔적과 함께 떠오르는 또 한 사람이 있었다. 기억의 밑바닥에 가라앉아있다가 이현우의 출현으로 다시 마주하게 된 고혜린이었다. 그녀가 미국에 가서 맨 처음으로 알게 되어 가까워진 친구였다. 알고 보니 혜린은 서울에서 초등학교 일학년을 같은 학교에 다녔던 인연도 있었다. 그건 한동네에 살았었다는 얘기이니 아마 그래서 더 빨리 가까워졌을 것이다.

그녀의 기억은 엘에이 폭동이 있었던 시점으로부터 일 년 뒤로 돌아가 시작되었다.

스무 살의 진실 게임

그 무렵, 엘에이 지역의 한인 사회는 일 년 전에 발생한 폭동의 원인이 된 로드니 킹 사건 재심 평결을 앞두고 연일 술렁거렸다. 폭동이 재발할 거라는 소문으로 불안감이 고조되고 있었다.

지윤은 학교를 향해 자동차를 몰며 라디오 코리아 방송에서 전해주는 뉴스에 귀를 기울였다. 한인타운 현장에 나가 있는 여자 리포터의 목소리는 그곳의 긴박한 분위기를 자세히 전하고 있었다.

학교 주차장에 도착한 그녀는 두려움에 몸을 웅크리고 차에서 내려 어깨에 크로스 백을 메고 가슴에는 바인더를 끌어안은 채 서둘러 캠퍼스 안으로 뛰어 들어갔다. 늦은 것도 아닌데 언제나 동동거리며 뛰는 건 미국에 온 이후로 생긴 조급증이었다. 조금이라도 빨리 사년제 대학에서 요구하는 학점을 따서 모두가 인정하는 유명 대학교에 편입해야 한다는 강박감 때문이었다.

그것은 이미 대학에 입학한 그녀를 미국에 데리고 온 부모의 바람

75

이기도 했다. 자식들이 마음껏 날개를 펼칠 수 있도록 환경을 만들어 주는 게 부모로서의 할 도리라는 생각이었으니, 그 뜻에 부합되도록 노력하는 건 그녀의 몫이었다.

교내식당 근처는 늘 학생들로 북적거렸다. 그녀의 조급증과는 달리 캠퍼스의 분위기는 언제나 여유로워 보였다. 학생들은 야외에 놓인 테이블을 중심으로 삼삼오오 무리 지어 앉거나 군데군데 서서 이야기를 나누고 있었다.

다양한 인종이 모여 있는 이곳의 학생들은 옷차림 역시 다채로웠다. 보통은 반바지나 긴 청바지에 티셔츠 차림으로 경쾌하고 활기에 찬 모습이지만, 간혹 몸매를 과감하게 드러내는 자유분방한 차림의 여학생과 웃옷을 벗고 운동으로 다져진 근육을 과시하는 남학생도 눈에 띄었다.

그녀는 조금 전에 자동차를 운전하며 들은 라디오 뉴스를 떠올리며 식당 옆에 있는 게시판 앞에서 잠시 발길을 멈추었다. 게시판에 붙어 있는 여러 유인물 중 한 포스터가 시선을 끌었다. 역사학과에서 붙인 포스터로 맨자나 순례에 참여하라고 독려하는 내용이었다. 참석하는 학생에게는 특별 학점을 주겠다는 말도 있었다.

맨자나는 2차 세계대전 중 미국 정부가 일본계 미국인들을 적국 시민으로 간주하여 격리 수용했던 곳으로 캘리포니아의 모하비 사막에 있었다. 맨자나 순례는 그때 맨자나 캠프에 수용되어 억울하게 죽어간 영혼들을 추모하는 행사였다.

그다지 흥미를 끄는 내용은 아니었다. 역사 과목은 성적이 괜찮은

편이어서 굳이 특별 점수까지 받을 필요는 없었다.

주변을 둘러보았다. 코리안 클럽 회원 중 하나가 그녀에게 손을 흔들었다. 그들은 식당 주변의 의자에 앉아서 이야기를 나누는 중이었다.

'코리안 클럽'은 이 대학에 등록하고 있는 한국계 학생들과 한국 유학생들로 구성된 동아리였다. 시립대학인 이 학교는 대부분 학점을 이수하여 원하는 사 년제 대학교에 편입하려는 학생들이 거치는 곳이었다. 한국계 교민 신분의 학생들은 사 년제 유명 대학의 엄청난 학비에 대한 부담을 줄이는 방편으로 이 대학을 거치기도 했다. 과목당 학비가 사 년제와는 비교가 안 될 정도로 저렴했다.

이곳에 오면 언제든지 몇 명의 회원들을 쉽게 만날 수 있었다. 단골 회원들은 주로 간부이거나 회지 발행을 위한 편집위원들이었다. 클럽 활동을 열심히 하지 않는 학생도 근처를 지날 때면 버릇처럼 이 자리를 기웃거리곤 했다. 이곳은 한국계 학생들의 만남의 장소였다.

지윤은 회원들 틈을 비집고 들어가 비어있는 의자에 앉았다. 에릭이라는 미국 이름으로 불리는 김영수와 데이빗 윤, 그리고 주유란의 얼굴이 보였다. 회장을 맡고 있는 이현우도 그 자리에 있었다.

회원들은 저마다 한두 가지씩 문제가 있었고, 그로 인한 압박감 때문에 방황하고 있다고 해도 과언이 아니었다. 그럴만한 요인은 차고 넘쳤다. 유학생들에게는 도무지 발전이 없는 언어 문제와 진로 문제가 가장 큰 부담이었다.

교민 신분의 학생들은 일 년 전에 일어났던 폭동의 상처가 채 아물지 않은 상태에서 폭동 재발설로 인해 또다시 안갯속을 헤매는 듯 혼란을 겪고 있었다. 모두가 만성화된 막연한 불안감에 시달리고 있을 뿐 확실한 대책은 없었다. 그렇다 보니 그들은 자기 자신에게조차 불만을 품게 되어 방황하거나 자학이라는 형태로 발산하기도 했다.

그런 상황에도 한 가지 분명한 건 거의 모두 이 대학을 떠나 사 년제 대학으로 편입하기를 희망하고 있다는 거였다. 하지만 그것조차 막연한 희망 사항에 불과했다. 구체적인 계획도 없이 시간만 허비하고 몇 년을 묶으면서 제자리걸음을 하는 경우가 허다했다.

그런 이유로 그녀는 이 대학에 대해 염증을 느끼고 있었다. 가능한 한 속히 엘에이 지역을 벗어나 멀리 떠나고 싶었다. 지난 1월에는 텍사스주와 시카고 지역에 있는 대학에 입학원서를 냈다. 그러나 까다로운 입학 조건 때문에 다음 기회에 보자는 회신만 받았다.

길 건너 잔디밭에 혜린과 준호가 앉아있는 모습이 시야에 들어왔다. 무슨 말을 그렇게 심각하게 나누는지 이쪽으로는 고개조차 돌리지 않았다. 혹시 싸우는 걸까, 거친 소리가 들리는가 싶더니 혜린이 자리에서 벌떡 일어나 건물 뒤 주차장 쪽으로 뛰어갔다. 얼핏 보인 그녀의 얼굴이 벌겋게 상기되어 있었다. 준호가 뒤쫓아갔다. 회원들은 일제히 그쪽으로 얼굴을 돌렸다.

"요즘 쟤들 많이 이상해."

선글라스를 끼고 있는 데이빗이 한마디 했다.

"폭동은 쟤들이 먼저 일으키겠는걸."

"이준호 저 자식 혹시 상습범이 아닌지 몰라."

에릭의 말에 데이빗이 다시 아니꼽다는 투로 비아냥거렸다.

현우는 묵묵히 앉아만 있었다. 그는 진중한 성격이어서 회원들에 대해 함부로 말하지 않았다. 지윤도 며칠 전부터 혜린에게 무슨 일이 있는지 궁금했지만, 먼저 말해주기 전에는 캐묻고 싶지 않았다.

혜린이 이 대학에 진학한 것은 대다수의 교민 학생들처럼 학비를 절약하기 위해서였다. 그녀는 회원 중에서 엘에이 폭동으로 가장 큰 피해를 본 사람이었다. 흑인 동네에 있던 부모님의 가게에 누군가 불을 지르고 물건들을 모두 약탈해갔다. 그들은 보험도 가입하지 않아서 하루아침에 빈털터리가 된 셈이었으니 그녀의 등록금을 부담한다는 건 엄두조차 낼 수 없었다. 자신의 힘으로 학업을 이어나가야 했다.

혜린은 일주일 내내 시간제 아르바이트를 해왔다. 월요일과 화요일에는 햄버거 가게에서 일손을 돕고, 수요일과 주말에는 슈퍼마켓에서 계산원으로 일했다. 일주일에 오 일을 일하기가 벅찼지만, 그녀로서는 어쩔 수 없는 선택이었다.

이틀 전 지윤은 밤늦게 혜린으로부터 전화를 받았다. 열한 시가 넘은 시각이었다. 아마도 일을 끝내고 열 시가 넘어 집에 돌아왔으리라 짐작되었다. 전화 속에서 혜린은 울고 있었다.

"요즘 준호가 변했어. 한국에 계신 부모님 의견에 따르기로 했나봐. 어쩌면 좋지? 난 그가 없으면 죽을 거 같아."

그녀는 갑작스러운 준호 얘기에 놀라기도 했고 혜린의 말이 두서 없어서 무슨 말인지 알아들을 수가 없었다.

"울지 말고 알아들을 수 있게 차근차근 얘기해 봐."

지윤은 흥분한 그녀를 다독였다.

"한국에 계신 부모님이 그를 재벌가의 딸과 약혼시키려고 하신대. 유학 오기 전부터 집안끼리 얘기가 있었던 거 같아."

혜린은 지난 가을부터 준호의 아파트에서 지내왔다. 남는 방 하나를 빌려 쓰는 룸메이트 형태라고 했지만, 그건 누가 들어도 추측이 빤한 이야기였다. 부모님과 함께 살던 집에서 나왔던 초기에는 지윤의 방에서 얼마간 함께 기거하기도 했었다.

"다시 연락할게."

그렇게 전화를 끊은 뒤로 아직 연락이 없었다.

"혜린이 바보지. 그 자식 아버지가 고위 공무원이라는 거 빼면 볼 게 뭐가 있다고."

이현우는 좀 흥분한 거 같았다. 회원들은 모두 그의 기분을 이해할 수 있었다. 그만큼 회원들은 혜린을 진심으로 아꼈다고나 할까, 아무튼 이준호는 그들이 보기에 책임감이 분명치 않은 데다 얼핏 바람둥이 스타일로 보여서 신뢰하기 어려운 사람이었다.

혜린은 빼어난 외모에 성실해서 남학생들에게 인기가 많았다. 크고 반짝이는 눈매와 오뚝한 콧날, 그리고 희고 갸름한 얼굴, 거기에 늘씬한 키까지 어느 한 부분 빠지는 곳 없는 미모였다. 그녀가 있는 곳은 주변까지 환해지는 느낌이 들 정도여서 같은 여자들도 부러움의 눈길을 보내곤 했다. 그러니 남학생들은 누구나 그녀와 한 번이라도 데이트해 보기를 갈망했다고 볼 수 있었다.

마음만 먹으면 한국 젊은이들의 로망인 연예인이 되는 것도 어렵지 않았을 것이고 미스코리아에 한 번 도전해 볼 만도 했다. 하지만 혜린의 꿈은 아이비리그의 로스쿨을 나오고 법조인이 되는 거였다.

그런 포부를 가졌던 혜린이 이준호를 만난 뒤로 모든 걸 버리고 오직 그에게만 헌신하는 모양새로 변해갔다. 첫사랑이었기 때문일까, 코리안 클럽 회원들 모두 고개를 갸웃거렸다. 어쩌면 그것도 폭동의 후유증인 자학의 일종이었는지도 몰랐다.

"그 자식은 바람둥이야."

"여자 킬러야."

에릭과 데이빗이 다시 이죽거렸다.

교민의 자녀 중에는 혜린과 준호를 곱지 않은 시선으로 보는 축도 있었다. 준호는 자신들과는 신분이 다른 유학생이고 한국에 있는 부모로부터 풍족한 후원을 받기 때문이었다. 그는 아버지가 고위 공무원이고 어머니도 대학에서 교수로 재직 중인데 선대로부터 물려받은 재산까지 있어서 생활 수준이 한눈에 보아도 자신들과는 달랐다. 고급 승용차를 몰고 부유층이 사는 베벌리 힐의 고급 아파트에서 지냈다.

여학생 중에는 가난한 교민 자녀인 혜린이 그런 준호와 커플이 된 걸 질시의 눈으로 바라보는 학생도 있었다. 한때 그들 사이에 끼어든 여자가 바로 주유란이라는 말도 나돌았다. 하지만 누구도 유란이 혜린과 준호 커플을 깰 만큼 영향력이 있다고 생각하지 않았다. 그녀는 준호뿐이 아니라 코리안 클럽의 남학생들을 모두 집적거리고 다닌다고 해도 과언이 아니어서 다들 진심이 아니라고 여겼다.

"그나저나 로드니킹 사건 평결은 어떻게 나올까?"

에릭이 현우의 눈치를 살피며 화제를 바꿨다.

"또 무죄 평결이 나오면 폭동이 일어나는 걸 피할 수 없을 테고, 다시 한번 고래 싸움에 새우 등 터지는 거지."

데이빗이 좀 냉소적으로 대꾸했다.

"그렇게 쉽게 말이 나와?"

"차라리 폭동이 빨리 일어났으면 낫겠다. 오나가나 그놈의 폭동 소리 때문에 불안해서 살겠니?"

에릭의 정색하는 시늉에 데이빗이 짜증스럽게 받아넘겼다. 틀린 말도 아니었다. 모두 지쳐 있었다. 사실 엘에이 폭동을 겪은 사람이라면 그 끔찍한 상황을 다시 기억하고 싶은 사람이 어디 있겠는가.

잠시 대화가 끊겼다. 현우는 묵묵히 앉아있었고, 데이빗과 에릭은 멍하니 허공을 응시했다. 지윤도 말없이 혜린이 사라진 방향만 힐끔거렸다.

"저녁에 회장 집으로 모이는 거 알지?"

데이빗이 모임을 상기시키고는 자리에서 먼저 일어섰다. 그러자 모두 따라 일어났다. 에릭은 지윤을 따라왔다.

"너 오후에 클래스 없어?"

그에게 늘 그랬듯이 지윤이 차가운 말투로 물었다.

"오늘은 클래스 없어. 널 보려고 왔을 뿐이야."

그는 학기 초에 등록했던 과목들을 거의 취소하고 한두 과목만 듣고 있었다. 중학교 때 부모를 따라 엘에이 지역에 정착한 그는 아직도 영어가 서툴렀다. 부모님이 미국으로 이주한 직후에 이혼했는데, 어머니는 동생을 데리고 한국으로 돌아갔다고 했다. 그 영향으로 외로움을 많이 탔다.

지윤은 그를 따돌릴 궁리를 했다.

"난 유조와 도서관에서 공부하기로 했어."

실망감으로 고개를 떨어뜨리면서도 그는 발길을 돌리지 못하고 미적거렸다.

"저녁에 회장 집에 올 거잖아? 그때 봐."

조금 누그러뜨린 어조로 그녀가 다시 말했다. 인정상 싹둑 잘라내지 못했다.

유조 타카하시는 미국에서 태어난 일본계 미국인이었다. 그는 가끔 코리안 클럽 행사에 참석하곤 했는데, 할머니가 한국인이라면서 자기 피의 사분의 일이 한국인이라고 강조했다. 그가 맨 처음 자신을 소개할 적에 가장 먼저 꺼낸 이야기가 바로 '맨자나 순례'였다. 맨자나 행사는 이 땅에 사는 모든 사람을 위한 것이고, 특히 엘에이 폭동으로 큰 피해를 입은 한국계에는 아주 의미 있는 일이라고 강조하면서 코리안 클럽 회원들을 초대했다.

지윤은 에릭을 따돌릴 때면 곧잘 유조를 만난다는 핑계를 대곤 했다. 그가 잘 아는 코리안 클럽 남학생들을 이용하는 건 야비하다는 생각이 드는 까닭이었다.

그녀가 에릭을 따돌리고 도서관에서 만난 사람은 유조가 아닌 바로 이현우였다. 그와 특별히 약속하지 않아도 그곳에 가면 마치 약속한 듯이 만나게 되었다. 자연스러운 만남이었고, 서로에게 도움이 되었다. 그녀는 현우에 대해 좋은 감정을 느끼고 있었지만, 자신의 감정을 솔직하게 표현한 적은 없었다.

현우는 대학을 졸업한 다음 학업을 계속 이어나갈 생각이었고, 다인종 사회에 관한 연구를 하고 싶다고 했다. 그녀는 상담 심리학 교수가 되는 게 목표였다. 다인종 이민 사회일수록 심리 상담사의 역할이 클 수밖에 없어서 두 사람은 상대방을 이해하는 폭이 넓었기 때문에 서로 도움이 되었고 그만큼 편하게 느껴졌다.

그들은 공부를 끝내고, 오후에 있는 강의를 들은 뒤에 따로 떨어져서 현우의 집으로 향했다. 행여 에릭의 눈에 뜨일까 조심스러웠다. 지윤은 그를 밀어내지만 잔인하게 대하고 싶지는 않았다. 현우와 그녀가 도서관에서 함께 나오는 걸 에릭이 목격한다면 어떻게 나올지도 미지수였다. 공연한 오해를 사서 일을 더 복잡하게 만들고 싶지 않았다. 그가 스스로 포기하기를 바랐고, 또 그렇게 되도록 유도할 생각이었다.

갑자기 전화벨이 울렸다. 그녀는 스무 살의 기억에서 황급하게 나와 아이폰을 들었다. 흥분한 정원의 목소리가 귓속으로 파고들었다. 흥분한 말투인 건 틀림이 없는데 애써 소리를 죽여 작게 외쳤다.

"지윤아! 나 대박 났어. 잭팟이야, 잭팟!"

"잭팟? 얼만데?"

"자그마치 5천7백 불이야. 오천칠백 불을 땄다니까!"

"엄만, 5백7십만 불도 아니고 5십7만 불도 아니면서 뭘 그렇게 호들갑이야?"

"일 센트짜리 기계로 오천칠백 불 잭팟을 터트리기가 쉬운 줄 아니? 암튼 빨리 지수하고 여기로 와. 우리끼리는 누가 쫓아올까 봐 무서워서 못 가겠으니까. 빨리!"

그녀는 침대에서 뛰어 내려왔다. 그때까지 책을 보고 있던 지수도 따라나섰다. 그깟 오천칠백 불쯤이야 지갑에다 넣고 오면 될 걸 귀찮게 자식들을 불러낸다 싶었지만, 그 기분에 맞춰주지 않으면 두고두고 서운해할 게 뻔했다.

"이것 봐. 이렇게 많은 돈을 땄어. 처음엔 20불을 잃었지. 그런데 두 번째로 20불짜리를 넣자마자 보너스가 터지기 시작하는데 기계가 저 혼자서 앞으로 돌렸다 뒤로 돌렸다 하면서 보너스가 보너스를 계속 새끼 치는 거야. 그러다 마지막으로 잭팟이 터졌어. 이 맛에 슬러트머신을 하는 거지. 코인이 쏟아지는 그 환상적인 소리를 너희들도 들었어야 했는데, 난 죽을 때 이 순간을 떠올리고 싶어. 그러면 죽음이 조금도 두렵지 않아서 즐겁게 갈 거 같아."

정원은 방으로 돌아오는 길에 술에 취한 것처럼 슬러트머신의 환상에 취해 돈을 보여 주며 쉬지 않고 말을 쏟아냈다. 그러다가 실수로 죽는 이야기까지 했다. 사실 그게 솔직한 심정이었는데 아무도 눈치챈 사람은 없었다.

"엄마는! 죽을 때 왜 하필 슬러트머신 해서 돈 딴 생각을 해?"

지윤이 웬 뚱딴지같은 소리를 하냐는 투로 못마땅한 표정을 지었다.

"응? 그러게. 그러니까 내 말은 그 순간이 너무 즐거워서 죽음의 괴로움도 잊을 수 있을 거라는 말이지."

그녀는 가까스로 위기를 넘겼다.

"그 순간에 무슨 생각을 하든 엄마 맘이지. 재미있겠네. 마지막에 그런 엉뚱한 생각 하는 줄 누가 알겠어?"

지수도 맞장구를 쳐주었다. 그들은 재미있다는 듯이 웃었다.

"아빠는요? 아빠는 잃었어요?"

지윤은 정원의 횡재에 눌려 조용히 걷기만 하는 상현 씨를 보며 물었다.

"난 조금 잃었어."

그는 이백 불이나 잃었다는 말을 솔직하게 하지 못했다. 하지만 계속 잃기만 한 건 아니었다. 결국은 잃었을망정 돈이 쏟아지는 소리를 실컷 즐기다가 끝에 가서 잃었으니까 아쉽기는 하지만 크게 억울한 생각은 들지 않았다.

"먹고 싶은 거 있으면 다 말해. 기념으로 한 턱 쏠게. 까짓거 기분이다."

배 안에서 먹는 음식이 모두 공짜로 제공되는 건 아니었다. 일본 음식인 초밥이나 회 따위의 음식과 수영장 근처에서 파는 이 유람선의 최고 요리사가 자기 이름을 걸고 만드는 샌드위치, 그리고 포도주와 위스키, 보드카 등 술 종류는 돈을 내고 따로 사야 했다. 룸서비스도 돈을 따로 계산했다.

"엄만 잘 시간에 뭘 먹어요?"

"비싼 게 요리나 회도 괜찮아."

"낼, 낼 사줘요."

"지금만. 내일은 안 돼!"

정원은 오직 지금만 된다고 못을 박았다. 그러자 상현이 말했다.

"그럼 내가 와인을 시켜도 돼?"

"좋아요. 오늘 밤엔 뭐든 다 시켜요."

이렇게 해서 그들은 방으로 돌아온 뒤에 룸서비스로 포도주 한 병과 생선회 한 접시를 시켰다. 돈은 지수의 승선 카드에 입력되었다가 마지막 날 체크아웃할 때 계산하게 되었다. 크루즈 여행을 예약한 사람이 지수이기 때문이었다.

곧 포도주와 안주가 객실로 배달되었다. 주로 상현이 마셨고 정원은 한 잔만 마셨다. 지윤과 지수는 생선회만 먹었다. 상현이 자려는 윤 여사의 침대로 다가갔다.

"서 여사! 우리 어여쁜 마누라! 당신은 내가 벽에 똥칠해도 더럽다고 쫓아내지 않을 거지? 잘해 줄 거지?"

상현이 두 팔을 벌리고 비틀거리며 다가와 끌어안는 시늉을 했다. 생전 안 하던 술주정이었다.

"치매 걸렸어요? 왜 벽에 똥칠을 해요?"

"아니, 우리 그때까지 오래오래 잘 살자구."

상현은 다시 정원을 끌어안고 키스하려는 듯이 입술을 들이댔다.

"아니, 이 양반이! 애들 앞에서 뭐 하는 거예요?"

정원이 손바닥으로 그의 얼굴을 밀어냈다.

"애들 앞이라고 마누라하고 뽀뽀도 못 하나?"

상현은 취한 척 자꾸만 엉겨 붙었다.

"아무튼 우리가 성폭행으로 태어난 건 아닌 게 확실해서 다행이네요. 난 두 분 사이가 하도 무덤덤해서 우리가 강간당해서 태어난 줄 알았네. 그리고 19금 음란 공연하고 싶으면 나가서 맨 꼭대기로 올라가세요. 거기 가면 젊은 연인들이 데이트하는 장소가 있대요. 젊지는 않아도 장소가 환상적일 테니까."

두 사람을 물끄러미 바라보고 있던 지윤이 웃으며 놀리듯 말했다.

"넌 캐나다 살더니 못 하는 소리가 없구나."

상현의 말에 그녀는 진호가 하던 것처럼 말없이 어깨를 한 번 으쓱해 보였다.

"지금이 몇 시인데, 술 잘 마셨으면 어서 잠이나 자요."

정원이 창피한 듯 상현을 팔로 툭 쳐내면서 통박을 주었다. 웬 젊어서도 안 하던 짓인가 싶었다.

"응, 그렇게. 나 이제부터 당신 말 잘 듣고 말도 많이 할게. 나 미워하지 마."

상현은 윤 여사의 옆구리에 대고 자꾸만 빌 듯이 꾸벅거렸다.

"누가 미워한다고 그래요? 아무튼 아내 말을 잘 들으면 자다가도 떡이 나온다는 건 진작 알았어야죠. 뒤늦게 철드시나 봐요. 진작 그랬으면 좋았죠."

"지금도 늦지 않았잖아요? 용서하세요."

아무리 술김이라도 이렇게까지 나오는 건 생전 없던 일이었다. 그 뚝뚝한 성격이 웬일인지 없는 재주를 쥐어짜 엉너리를 떨었다.

"자고 나중에 얘기해요."

정원은 이불을 뒤집어쓰고 돌아누웠다. 그러자 상현도 비틀거리며 자기 침대로 올라가 눕더니 곧바로 코를 골기 시작했다. 그는 원래 성격이 단순한 사람이었다. 그래서인지 눕기만 하면 바로 잠들었다.

그녀는 상현이 생전 안 하던 행동을 하는 걸 보니 새삼 이제 정말 늙었구나 싶었다. 그는 언제나 꼭 필요한 말만 했다. 열 번 말 시키면 한두 번이나 반응할까, 그녀를 무시하듯 하도 대꾸를 안 해서 자존심 상했던 일이 많았다.

정원은 사람이 어떻게 필요한 말만 하고 사냐고 불만을 토로해도 그 말에도 묵묵부답이었다. 그는 타고난 성격대로 살겠다는 듯 전혀 노력하지 않았다.

가끔은 차라리 싸우는 편이 낫겠다 싶어 일부러 싸움을 걸어도 반응하지 않고 무시하는 투로 일관했다. 아예 꿀 먹은 벙어리였다. 그러니 싸움도 안 되었다. 누가 보았으면 정원은 잔소리만 하고 상현은 무던히 참는 줄로 알았을지 모르나, 분명한 건 평생 무시당하고 산 사람은 그녀 자신이라는 생각이었다.

정원은 조용히 한숨을 내쉬었다. 한 번뿐인 인생인데 남편과는 재미있게 살지 못했다는 생각에 아쉬움이 남았다. 하지만 남편 대신 아이들이 채워주었다고 바꿔 생각했다. 지윤과 지수가 자라는 동안 속 한 번 안 썩이고 공부를 잘해서 얼마나 가슴이 뿌듯하고 기뻤던가, 어딜 가나 누구 앞에서나 기를 펼 수 있었다. 자식으로 인해 충분한 기쁨을 맛보았으니 그만하면 억울할 게 없다고 생각했다.

지윤도 잠이 오지 않았다. 원래 그녀의 생활 습관이 밤늦게까지 활동하는 저녁형인데다 상현의 코 고는 소리가 예민한 그녀의 신경을 건드렸다. 또한 이십여 년 만에 이현우를 만났다는 사실이 믿기지 않는 충격이었다. 어떻게 그와 같은 배를 탔을까, 생각할수록 신기하기만 했다.

그녀는 다시 그 스무 살의 기억을 이어갔다.

에릭은 늘 지윤을 괴롭혔다. 스토커처럼 따라다니면서 집착 증세를 보였다. 솔직히 그녀도 에릭을 향한 연민의 감정이 눈곱만큼도 없는 건 아니었다. 하지만 그것이 사랑일 수는 없었다. 그건 낯선 땅에 살면서 외국인들 사이에서 같은 말을 쓰고 생김새도 비슷한 한국인을 만났을 때 느껴지는 괜한 동질감, 더구나 같은 학교에 다니는 코리안 클럽 회원이기 때문에 갖는 막연한 친밀감 정도의 감정일 뿐이었다. 더 자세히 표현하면 거기에 동정심을 조금 보탠 형태의 연민이었다.

에릭은 처음 보았을 때 그녀가 아주 귀엽게 웃었다고 말했다. 그 웃음에 반했다고 했지만, 그녀는 도무지 기억나지 않는 일이었다. 회원이라면 그가 아니라 누구라도 그렇게 웃으며 인사하지 않았겠는가. 하나도 특별하지 않은 이야기를 그가 하도 떠들고 다녀서 클럽 회원이라면 모르는 사람이 없을 정도였다. 어쨌든 착각은 자유인 걸 어찌 말리겠는가.

언젠가는 그녀를 만난 지 여섯 달이 되었다고 기념하는 의미라면서 장미꽃 한 송이를 들고 주차장에서 기다리고 있었다. 네가 불어 과목의 점수를 잘 받았으니까 기념하는 의미에서 저녁 식사를, 너의 사회과목 성적이 A 학점이니까 기념하는 의미에서 영화 구경을 하는 식이었다. 그는 기념이란 단어를 남발했다. 그럴 적마다 어이가 없어서 말도 나오지 않았다. 이젠 지겹다 못해 역겹기까지 했다.

그 점을 이용해 그녀가 일부러 장난을 친 적도 있었다. 사실 그를 골탕 먹여 스스로 포기하게 하려고 해본 거였다. 그러니까 '내가 A 받은 걸 기념하는 의미에서 점심은 어때? 나를 위해서 내 친구 전부 데리고 가도 되지? 내가 쏘기로 약속했거든.' 이라고 하면서 백인 흑인 할 거 없이 클래스 학생들 한 무더기를 일본식당으로 데리고 나간 일이었다. 정확하게 한 다스였다.

큰 피해임에는 틀림없었을 텐데 당황하는 기색이 없었다. 오히려 사랑하는 그녀를 위해 뭔가 할 수 있다는 게 뿌듯한지 콧노래를 부르며 나왔다.

그는 음식값을 계산하는 건 어렵지 않을 만큼 능력이 있었다. 열심히 아르바이트해서 번 돈을 항상 주머니에 넣고 다녔다. 그녀를 위해서 언제든 쓸 수 있도록 준비하고 있다는 듯이.

지윤은 그만 재미가 없어졌다. 그가 너무 의연해서, 또한 스스로 너무 잔인한 거 같았기 때문이었다.

그녀는 혼자 현우의 집으로 걸어가며 데이빗을 떠올렸다. 그러자 기분이 떫은 감을 씹은 것처럼 떨떠름해졌다. 그 엉큼한 바람둥이, 못생긴 외모에 촌스러운 옷차림새, 무엇을 보고 그의 데이트 요청을 받아들였던 것인지 후회스러웠다.

그녀는 에릭의 집요함에 지쳐 있었다. 데이빗과 만나는 건 그를 도망치게 하는 그럴싸한 방법이라는 계산이 있었다. 비인간적인 면이 없지 않았지만, 에릭이 자신의 계산대로 포기해 주기를 바랐다. 그러나 결과는 전혀 예상 밖이었다.

그녀는 데이빗과 만나 저녁 식사를 하고 음악회에 갔었다. 문제는 음악회가 끝나고 그녀를 집 앞까지 태워다주는 길에서 발생했다.

그는 일부러 넓은 길이 아닌 좁은 골목길을 이리저리 돌면서 시간을 끌었다. 그러더니 마침내 본색을 드러냈다. 운전대를 잡지 않은 오른손을 뻗어 그녀의 손을 잡았다.

그녀는 거의 본능적으로 그의 손을 뿌리쳤다. 그는 재차 손을 뻗어 그녀의 손을 잡으려고 시도했으나 이번에도 피했다. 시커먼 속셈이 보이는 거 같았다고나 할까, 그걸 뭐라고 표현해야 할지 몰랐다. 그의 손이 자신의 피부에 닿는 순간 징그러운 벌레에 닿기라도 한 것처럼 움찔했던 느낌. 아무튼, 그의 행동에 대해 마음이 내키지 않았다고 해두자.

"결벽증 있니?"

그의 목소리는 약간 흥분되어 있었다.

"뭐라고?"

첫날부터 그가 그렇게 뻔뻔스럽게 나올 줄은 몰랐다. 순간 화가 치밀었다.

"네 맘 알겠어. 나를 좋아하지도 않으면서."

"문제는 바로 너야. 진실성이 없잖아?"

그녀는 말을 하고 나서 격앙된 기분을 억누르느라 입을 꽉 다물었다. 이제라도 자신의 스타일과는 거리가 멀다는 걸 깨달았으니 다행이라고 생각되었다. 두 사람 중에 누군가를 선택해야 한다면 차라리 에릭이 백번 낫다는 생각까지 들었다.

그 후 코리안 클럽에는 그녀가 결벽증 환자라는 소문이 퍼졌다. 남학생 중에는 지극히 한국적인 정서에 의한 논리로 그녀를 감싸는 사람이 있기도 했다.

"네가 남자를 모른다는 건 말을 안 해도 믿겠는데, 유란이 그렇다고 떠드는 건 아무리 자신이 강조해도 못 믿겠어."

언젠가 에릭이 그녀에게 이렇게 말한 적이 있었다. 그 말을 듣는 순간 뺨을 한 대 갈겨주고 싶었다. 분명 에릭만의 사고가 아니라고 생각하니 남학생들이 참으로 한심스러워서 코웃음이 나왔다. 그게 왜 그들에게 관심거리가 되는지 이해가 안 되었다. 조선 시대의 여인처럼 순결을 지키기 위해 목숨을 건 것도 아니고, 숫처녀든 아니든 그것이 도대체 그들과 무슨 상관인가 싶었다. 그녀는 에릭만이 아니라 남자 회원들 전부를 싸잡아 비웃었다. 남자들의 그런 이기적이고 질척한 속물근성에 고개를 내저었다.

어쩌면 그 소문 때문이었는지도 몰랐다. 그로부터 며칠 뒤 이현우의 집에 모였을 때 누군가 진실 게임을 하자고 했다. 진실 게임은 상대방의 질문에 대해 사실을 털어놓던가, 아니면 혹독한 벌이라도 감수해야 하는 게임이었다. 그날, 이현우의 집에 모인 회원들은 이현우를 비롯해 에릭, 데이빗, 장동욱, 주유란, 고혜린, 그리고 송지윤이었다.

에릭이 먼저 혜린에게 물었다.

"준호를 진심으로 사랑하니?"

"물론."

그녀의 대답은 명쾌했다.

"만약 준호가 배신한다면 어떡할 거야?"

에릭은 짓궂게 노골적인 질문을 던졌다.

"죽어버릴 거야."

조금도 망설임이 없이 즉답이 나왔다.

와우! 그들은 놀라움으로 합창하듯 소리쳤다. 그것은 그들에게는 전혀 의외의 대답이어서 사랑에 대해 일종의 신선한 감동으로 다가왔다. 한편으로는 무모하다 못해 섬뜩한 기분이 들기도 했다. 그들 중 누구도 사랑에 목숨을 걸어야 한다고 생각하는 사람은 없었기 때문이었다. 그 나이에 십자가를 지고 가듯이 그토록 무거운 사랑을 할 필요도 없고, 그런 사랑이라면 너무 힘들어서 제풀에 지쳐버릴 거라고 여겼다.

그들은 마치 게임을 하듯이 즐겁고 부담 없는 형태의 사랑을 원했다. 미풍에 일렁이는 물결처럼 싱그럽고 발랄한 젊음에, 마냥 눈이 시리도록 푸르기만 한 스무 살에, 더구나 일 년 내내 햇볕이 화창하게 내리쬐는 캘리포니아에서는 인생도 사랑도 깃털처럼 가볍게 즐기고 싶을 것이고, 그것이 맞는 것이었다. 그러기에 혜린의 대답은 모두를 화들짝 놀라게 만들고도 남았다.

"너희들이 진정 사랑한다는 걸 증명해 줄래? 예를 들면, 키스라든가 그 이상의 행동에 대해서."

이젠 웃음 같은 건 흘리지 않았다. 흥미진진했다. 에릭뿐이 아니라 모두 눈빛을 빛내며 침을 삼켰다. 혜린은 이번에도 망설이지 않았다. 옆에 놓인 백을 뒤지더니 은박지에 싼 걸 꺼내 조심스럽게 펼쳤다. 색깔이 거무스름한 작은 덩어리였는데, 알고 보니 씹다 만 껌이었다.

"이게 바로 그와 내가 키스를 하면서 각자 씹던 껌을 입속에서 주고받으며 혀로 뭉친 거야. 이 정도면 더 이상의 설명이 필요 없겠지? 이것이 증거야."

"정말? 이게 두 사람이 키스하면서 뭉친 거 맞아?"

그들은 혜린의 진지함에 할 말을 잃고 서로의 얼굴만 쳐다보았다. 남자들은 입을 벌린 채 다물지 못했다. 배를 쥐고 뒹굴며 한바탕 웃음을 터뜨린 건 잠시 후였다. 그들은 혜린의 너무 무거운 진실을 그렇게 털어냈다. 지윤에게 질문한 사람은 장동욱이라는 유학생이었다.

"혼전 섹스를 어떻게 생각하니?"

"그건 사랑하는 사이냐 아니냐의 문제라고 생각해."

자신이 왜 이런 대답을 해야 할까 싶어서 그녀는 속으로 화가 났다. 사랑하지 않는 사람과 섹스한다고 뭐가 어때서? 하늘이 무너지기라도 하는가? 라고 항변하고 싶었다. 솔직하게 말하면 그녀는 한 번도 혼전 섹스에 대해 깊이 생각해 본 적이 없었다.

정원은 그녀가 중학생이었을 때부터 강조했었다. 결혼은 반드시 사랑하는 사람과 해야 한다. 순결은 사랑하는 사람을 위해서 소중히 간직하는 거라고. 엄마의 말을 염두에 두고 생활한 건 아니었다. 지금이 무슨 조선 시대도 아니고, 더구나 여성의 권리가 법으로 보장되는 미국 땅에서, 생각할수록 고리타분하기 짝이 없었다. 사실 순결 따위는 간직하기에 너무 거추장스러운 장식품 같아서 일찌감치 내던져버리는 게 현명하다고 말하고 싶었다.

그러나 끝까지 그렇게 말하지 않았다. 그들 앞에서 솔직하고 싶은 마음이 없었다. 순결을 지켜야 한다는 사고 따위는 아예 존재하지 않는다는 걸 알려주고 싶지 않았다. 그래서 진실 게임은 진실하지 않았다는 게 진실이었다.

언젠가 그녀는 정원과 마주 앉아 소주를 마신 적이 있었다. 그때 정원은 많이 취한 척 아주 놀라운 진실을 말해주었다. 말하자면 성장한 딸에게 깊은 속을 털어놓는 고백 같은 거였다.

"딸아, 난 스물두 살 가을 어느 날 갑자기 느이 아빠를 만났단다.

그게 종로에 나가 눈 감고 지나가는 남자 중 아무나 하나를 잡아당긴 거나 마찬가지였어. 주택복권을 사는 것과도 비슷했지. 결과는 복권 번호 여섯 자리 중에서 마지막 두 자리가 틀렸다고 해야 할까, 그래도 삼 등은 되잖니? 그래서 가슴 뛰는 사랑이 아니라도 그럭저럭 살아왔어. 순간의 선택이 평생을 좌우한 셈이야. 그러니까 내 말은 반드시 사랑하는 사람과 섹스하게 되지는 않더라 이 말이야. 뭐 그런 부부가 우리만 있겠어? 만약에 반드시 사랑하는 사람과 섹스해야 한다는 법이 생긴다면 어떻게 될까? 이혼해야 하는 부부가 수두룩할 거야, 그치? 그렇지만 딸아, 넌 부디 사랑하는 사람과 결혼해서 한평생 행복하게 살아라."

엄마의 말은 참으로 쓸쓸한 진실 게임이었다.

장동욱이 다시 물었다.

"그럼 손을 잡는 것도?"

"그건 내 맘이야. 내가 잡고 싶은 사람하고만 잡아."

지윤은 쥐구멍에라도 들어가고 싶은 심정이 되었다. 데이빗, 그를 거절한 건 백번 잘한 일이라고, 때마침 화장실에 가고 없는 빈자리를 노려보며 속으로 이를 갈았다.

주유란과 장동욱은 큭큭 웃음을 흘렸다. 그러나 에릭은 진지한 눈빛이었다.

대답이 끝나고 나서 지윤이 현우에게 질문했다.

"현재 여자친구가 있어?"

그녀는 현우의 현재 상태가 궁금했다. 대답에 따라 현우의 마음이 어디에 있는지 가늠해 볼 수 있었다.

"없어."

현우는 조금도 주저함이 없이 대답했다. 그래서 없다는 말이 진실로 들렸다.

"그럼 마음속으로 관심이 가는 사람은 있어?"

"글쎄, 있다고도 없다고도 못하겠어."

현우는 평소답지 않게 긴장한 듯 그녀의 얼굴을 똑바로 보지 못했다. 그의 귓불이 발갛게 달아올랐다.

"그 여자도 네게 관심이 있어?"

"글쎄."

그의 대답은 모호했다. 혹시 짝사랑하고 있다는 말인가, 그의 말을 도무지 알아들을 수 없었다. 그 상대가 자신이라면 굳이 모호한 대답을 할 필요는 없었기 때문이었다. 관심 여부 정도는 분명히 밝힐 수 있었다는 말이다. 그녀는 적이 실망스러웠지만 의연한 태도로 자존심을 지켰다.

에릭에게는 아무것도 묻지 않았다. 일부러 관심을 보이지 않은 거였다. 혜린은 그가 불쌍하다고 조금만 잘 대해주라고 했다. 그러나 그를 동정할 수는 없는 일이라고 딱 잘라 말했다. 실수는 한 번으로 족하다고 여겼다.

그녀가 현우의 아파트에 도착했을 때 한발 앞서 도착한 편집위원들은 회원들로부터 받은 원고를 정리하는 중이었다. 봄과 가을에 발행되는 회지 「북소리」의 봄호 발행을 위해서였다. 문예부장을 맡게 된 지윤은 사실상 편집을 책임져야 하는 까닭에 빠질 수 없었다.

에릭이 술 냄새를 풍기며 나타났다. 그녀 때문이라는 건 거기 모인 회원 누구나 짐작할 수 있는 일이었다. 지윤은 에릭의 그런 모습을 보기가 조금은 괴로웠지만 흔한 일이어서 모르는 척 무시했다.

"오늘은 서베이 결과를 알기 쉽게 도표로 그려서 정리해야겠어. 이번 봄호 최고의 이슈는 바로 이것이 될 거야."

현우는 그동안 학생들의 의식구조를 조사한 설문지 뭉치를 꺼내 놓았다. 설문 내용은 국가관, 결혼관, 종교관, 직업관, 그리고 인종차별과 엘에이 폭동에 관한 것이었다. 편집위원들이 달려들어 설문지 뭉치를 펼쳤다.

"이거 봐! 결혼 상대자는 한국인이어야 한다고 대답한 사람이 60프로나 되는 거야. 혼전 성관계는 부도덕한 것이므로 용납될 수 없다는 생각이 42프로, 그 반대가 18프로인걸."

"결과는 미국에 사는 많은 한국인이 보수적인 성향을 지니고 있다는 거지."

에릭이 불그레한 얼굴로 신기하다는 듯이 말했다. 그는 얼마 전에 있었던 진실 게임을 상기하고 있었다. 특히 지윤의 대답이 보수적인 그의 생각과 일치했다고 여겼다. 그 대답의 정확도를 그는 전혀 의심하지 않았다.

"나는 그 결과를 믿을 수 없어. 사실과는 달라. 오히려 그 반대라고 생각해. 특히 남자들은 혼전 성관계가 부도덕하다고 떠들지만, 그

기준은 여자에게만 적용하는 잣대일 뿐이고 자신들의 행동은 정당화하지. 여자를 성 노예화하고도 도덕과 윤리 운운하며 억압하려 들고, 일방적인 순결을 강요하거든. 한 마디로 남자는 표리부동한 존재라는 거지."

에리카가 거침없이 말을 쏟아냈다. 화교 출신인 그녀는 한국에서 태어나고 성장했다. 한국에서 사는 동안에는 중국인이었지만 캘리포니아에서는 한국인처럼 살고 있었다. 아마 외국인의 눈으로 보면 손색없는 한국 여자로 보였을 것이다. 한국인들과 어울리고 한국말을 쓰고 그 또래의 수준에 맞는 한국적인 사고를 했으니까. 오히려 중국인들과는 겉돌았다고 하는 편이 맞았다. 하지만 수업 시간이나 코리안 클럽에서는 상당히 페미니즘적이랄까, 도전적이고 거리낌 없는 말투로 이중적인 남자들의 기세를 제압하려 들곤 했다. 강하다는 의미의 그녀 이름처럼.

"그런 식으로 남자들을 매도하지 마. 네가 생각하는 것보다는 훨씬 더 순수해."

데이빗이 정색하며 대꾸했다. 순수하다는 말에 지윤은 요즘 떠도는 자신에 대한 소문을 알고 하는 소리인가 싶어 속으로 그를 비웃었다.

그 무렵 코리안 클럽에는 이상한 소문이 나돌았다. 데이빗이 연상의 이혼녀와 동거하고 있다는 내용이었다. 회원들 대부분은 그 소문을 믿을 수 없었다. 아무리 미국식으로 사는 데이빗이라고 해도 어떻게 열 살이나 연상인 이혼녀와 사랑에 빠질 수 있겠나 싶었다. 누군가는 그녀와의 만남이 깨진 뒤로 실망이 큰 나머지 자포자기 상태에 빠졌다는 말을 지어내기도 했다.

"매도한 적 없어. 난 사실을 말했을 뿐이야."

에리카는 언쟁에서 쉽사리 지지 않는 사람이었다.

"아는 척하지 마! 나는 네가 걸핏하면 남학생들을 함부로 말하는 게 싫어."

데이빗의 언성이 높아졌다.

"이러다 싸우겠다. 서베이 결과가 말해주는 건 우리가 이 땅에 살긴 해도 한국인이라는 사실이야. 다음 설문을 봐. 엘에이 폭동에 관한 질문이 있어."

두 사람의 성격을 잘 아는 현우가 언쟁을 말리기 위해 화제를 바꾸었다.

"여기 좀 봐. 엘에이 폭동에 관한 질문에서는 46프로가 직간접으로 피해를 입었다고 답했고, 폭동의 주원인으로는 56프로가 갈등이라고 답했고, 26프로가 경제적 불경기라고 대답했어."

지윤도 현우의 의도에 동조하듯 설문조사 결과에 관심을 보였다.

"지난 가을호에 실은 '우리들의 토론'에서도 같은 의견이 나온 것으로 알고 있는데."

에리카가 그때까지 입을 다물고 있던 혜린을 바라보며 말했다. 그들의 시선은 일제히 에리카가 가리키는 도표로 쏠렸다.

혜린은 또다시 가슴이 답답해졌다. 화제는 자연스레 일 년 전으로 돌아갔다.

"마지막 설문을 읽어봐. 엘에이 폭동 이후, 한인 사회가 해결해야 할 급선무는 한인 사회 단결이 36프로이고, 한흑갈등 해소가 28프로로 나왔어. 그리고 경기회복이 8프로야. 왜 한인 사회 단결이 갈등 해소보다 먼저라고 생각하는 거지?"

에리카가 눈을 크게 뜨고 날카롭게 물었다.

"한인 사회가 서로 단결해서 똘똘 뭉쳤더라면 피해를 예방할 수 있었거나 최소화할 수 있었다는 얘기가 아닐까?"

"난 갈등 해소나 단결이나 어느 쪽이 먼저라는 생각은 안 해. 모두 한인 사회가 지향해야 할 방향이라고 생각할 뿐이야."

회원들의 생각은 다른 듯해도 결론은 한 가지라고 볼 수 있었다. 그들은 토론을 마치고 미루어 두었던 원고정리를 서둘렀다.

"엘에이 폭동 한 돌을 맞이해서, 또 폭동 재발설로 한인 사회가 혼란스러운데 폭동을 뼈아픈 교훈으로 삼자는 의미에서 이번 호에 '나는 이렇게 생각한다'라는 논단을 실었으면 하는데, 누가 적합할까?"

회장인 현우가 의견을 내놓았다.

"혜린이 쓰는 게 어때? 혜린은 엘에이 폭동으로 피해를 가장 많이 입은 사람이잖아?"

누군가 혜린을 지목했다.

"아, 아냐! 난 시간도 없고, 그리고, 그리고…"

혜린은 뒷말을 잇지 못했다. 그녀는 요즘 준호 때문에 어지러운 자신의 속사정을 말하고 정중히 사양하고 싶었다. 그러나 차마 그 말을 입 밖에 내지 못했다. 쓸 말도 없었다. 언제부터인가 엘에이 폭동은 검은 그림자라는 등식만 그녀의 뇌리에 박혀 있을 따름이었다.

그녀에게 있어서 급선무는 어떻게든 멀어지는 준호를 붙잡는 거였다. 그녀는 집안에 휘장처럼 드리운 검은 그림자를 피해 준호에게 의지한 셈이었다. 준호는 그녀에게 잠깐 희망과 위로를 주었다. 그러나 지금은 그 검은 그림자보다도 더 절망을 안겨 주는 존재가 그였다.

"아직 시간이 있으니까 여유를 가지고 써 봐. 부탁한다."

회장의 말에 모두 박수로 동의를 표했다. 혜린은 어쩔 수 없이 논단 원고를 쓰게 되었다.

"에릭, 지윤이 열심히 일하는데 마실 거 좀 서비스해주지 않을 거야?"

논의가 끝나고 나자 에리카가 입이 심심한지 지윤을 팔아 에릭을 부추겼다. 회원들은 모이기만 하면 그녀를 핑계로 에릭의 주머니 털기를 즐기곤 했다.

"먹고 싶으면 니가 뽑아 와라."

지윤은 가볍게 눈을 흘기며 에리카를 노려보았다.

"원님 덕에 나팔 좀 불어 보자."

"후원자 명단에 네 이름도 올려 줄게. 어서 갔다 와."

에리카의 말에 남학생들도 맞장구를 치고 나왔다.

"난 프렌치 푸라이즈 라지 하나하고 콕이야."

"난 빅맥."

"나도!"

회원들은 너도나도 주문부터 했다. 에릭은 떠밀려 나가는 척했지만, 결코 싫은 눈치가 아니었다. 가끔은 아예 한 보따리씩 사 들고 모임에 오기도 했다. 지윤은 그런 게 싫었다. 분위기가 은근히 에릭과 자신을 엮는 거 같아서였다. 에릭은 회원들의 의도를 고맙게 여겼다.

그는 일해서 학비를 벌었지만 실상 학비로 쓰는 돈은 얼마 되지 않았다. 몇 년째 학점을 이수하지 못하고 지지부진한 상태로 머물러 있었기 때문이었다. 힘들게 번 돈을 대부분 이런 식으로 낭비했다. 그런 점이 그녀를 더 실망스럽게 했다.

한 시간이 훨씬 지나서 에릭은 양손에 커다란 봉투와 커피가 든 상자를 들고 돌아왔다. 그 속에는 회원들이 주문한 샌드위치와 커피, 음료 등이 들어 있었다.

그날 지윤은 밤이 늦어서야 집으로 돌아왔다. 자동응답기를 재생시키자 혜린의 목소리가 흘러나왔다. 혜린은 그녀와 몇 시간을 함께 있었지만, 막상 하고 싶은 말은 못 하고 망설이다가 그대로 헤어지고 말았던가 보았다.

"나 정말 아버지가 있는 집으로 들어가기는 싫은데… 정말 싫은데…"

녹음된 말은 그게 다였다. 울고 있는 거 같았다. 그녀는 무슨 말인지 몰라서 여러 번 반복해서 들었다. 그래도 그 말이 무슨 뜻인지, 무슨 말이 하고 싶었던 것인지 알 수 없어서 그대로 껐고 자리에 누웠다. 전화를 걸어서 물어보기에는 너무 늦은 시간이었다.

지윤은 매주 월요일과 화요일이 되면 오전 수업을 끝내고 산타모니카 해변 쪽에 있는 스튜디오에 나가 아르바이트를 했다. 자신의 손으로 용돈을 벌어 자립심을 키우는 동시에 미국 경험을 적극적으로 해볼 수 있는 효과가 있었다. 원래는 혜린이 일하던 곳이었는데 준호의 아파트로 거처를 옮기면서 거리가 멀다는 이유로 그만두고 그녀에게 소개해 준 곳이었다.

카운터를 보기도 하고 사진 현상하는 일과 그때그때 바쁜 일손을 돕는 게 그녀가 하는 일이었다. 주초에는 주말에 찍은 필름을 맡기러 오는 손님들이 많아 가장 바쁜 시간을 보냈다. 한 주일의 수입을 이틀 동안 다 올린다고 해도 과언이 아닐 정도였다.

바쁜 시간에는 가게 주인인 찰리가 직접 손님을 상대했다. 그는 백인인데 키가 크고 배가 나온 거구임에도 손놀림이 빨랐다. 길게 줄지어 선 손님들이 내미는 필름을 받아 주문서를 작성하고 봉투에 넣어 그녀에게 넘겨주었다.

그녀는 찰리가 준 필름에 일일이 번호를 붙인 다음 현상 기계에 넣었다. 네거티브 필름으로 만들어져 나오는 시간은 약 팔 분이 걸렸다. 네거티브 필름이 나오면 가위로 필름 리더와 필름을 연결한 테이프를 잘라 번호순으로 걸이에 걸었다. 여기까지가 그녀가 하는 작업이었다.

네거티브 필름을 다시 프린터에 넣고 빛을 쬐어 찍는 일은 웬만큼 숙련된 기술이 필요한 섬세한 과정이었다. 물론 자동으로 죽 찍어버릴 수도 있었는데 찰리는 일일이 수작업을 했다. 그의 수작업은 오랜 경험으로 축적된 그만의 기술이었다.

그녀가 찰리의 스튜디오에 나와 일을 배우기 시작한 건 지난 3월 부터였다. 사진 현상은 그녀가 취미로 해보고 싶은 일이어서 이왕이면 좋아하는 기술을 익히자는 생각이었다. 이 업종은 이미 사양길에 접어든 비즈니스라는 말이 있어서 새로 사업을 시작하는 사람은 피하려고 한다는 말도 들렸다. 하지만 찰리의 가게는 해변 쪽의 경관이 빼어난 관광지에 있어서 사진 현상으로 짭짤한 수입을 올리는 편이었다. 찰리는 그녀를 인터뷰하면서 일을 빨리 배우면 기술자로 취급해 시급을 올려 주겠다고 약속했다. 그는 바쁜 틈틈이 일을 가르쳐 주었다.

"지윤, 먼저 지난번에 가르쳐준 대로 화학약품을 혼합해 봐요."

찰리가 손님과 이야기하다 말고 작업실에서 완성된 사진을 자르고 있는 그녀를 향해 소리쳤다.

"오케이!"

그녀는 지난주에 배운 약품 타는 법을 떠올리며 뒤쪽에 있는 작은 창고로 갔다. 그러나 자신이 없었다. 약품을 타려면 물과 약품의 비율, 그리고 물의 온도를 정확하게 맞추어야 한다고 강조했었다. 하나라도 맞지 않으면 선명하면서도 자연스러운 색깔이 나오지 않을 것이다. 찰리가 손글씨로 벽에 써 붙인 약품 혼합법을 다시 읽어보았다.

먼저 옆에 놓인 플라스틱 주전자로 따뜻한 물을 두 개하고 삼 분의 이를 통에 붓는다. 다음은 디벨로퍼를 넣고 마지막으로 스타블라

이저를 넣고 물 삼분의 일을 마저 붓는다. 그리고 나무 스틱으로 천천히 오래 젓는다. 블리치와 획서도 같은 방법으로 혼합한다. 그녀는 세 개의 플라스틱 통에 세 종류의 다른 약품을 각각 타 놓고 작업실로 돌아왔다.

"굿!"

찰리는 약품을 잘 탔는지 직접 들어가 확인했다.

"땡큐."

그녀가 가볍게 답했다.

"이걸 좀 교정해 봐요."

찰리는 손님을 보내고 그녀에게 다가와 한 뭉치의 사진을 내밀었다. 그중에서 반은 여자의 나체 사진이었다. 사진 속의 여자는 샤워하는 중인지 벗은 채 물에 젖은 금발의 긴 머리를 늘어뜨리고 서 있었다. 또 한 장은 머리카락을 어깨에서 앞가슴으로 내려뜨리고 누워 있는 모습이었다.

남자의 나체도 있었다. 앞의 여자와 동일한 장소에서 찍은 듯 뒷면에 같은 핑크 색깔의 벽이 보였다. 남자의 툭 불거져 나온 성기 부분에서 그녀는 시선을 잠깐 멈추었다.

별안간 학교 간호사로부터 에이즈 예방에 관한 교육을 받던 때가 떠올랐다. 그 남자 간호사는 미리 준비해온 커다란 바나나를 꺼내고는 표면에 젤을 바르고 콘돔을 씌우며 사전 준비과정을 자세히 설명했다. 순간 여학생들은 오, 노우~ 하며 일제히 신음소리를 냈다. 학생들은 마치 음란 동영상이라도 보는 듯이 표정을 묘하게 일그러뜨렸다. 하지만 눈빛은 어느 때보다 빛났고 진지했다.

그녀는 예방 교육을 받는 내내 말초신경까지 팽팽한 긴장감이 들어서 별로 유쾌하지 않았던 기분이 되살아나는 듯했다.

나머지는 아기를 분만하는 사진이었다. 여자의 허연 허벅지가 보이고 허벅지 사이로 파란 수술복에 파란 수술 모자와 마스크를 쓴 의사의 땀방울 맺힌 얼굴이 솟아 있었다.

다음 장에는 의사의 얼굴과 허벅지 사이에 아기의 머리가 찍혀 있었고, 그다음 장에는 의사가 갓 태어난 아기를 거꾸로 들어 올린 장면이 있었다. 삼십육 장짜리 한 통을 다 찍은 모양으로 그중에는 여자의 고통으로 일그러진 얼굴과 그와는 반대로 환희에 차 웃음 짓는 모습도 있었다.

맨 나중에 찍은 듯한 사진에는 방금 아기를 세상에 탄생시킨 여자의 음부가 적나라하게 드러나 있었다. 한눈에 보기에도 민망한 이 모습은 사랑의 열매, 위대한 탄생, 등 여인의 출산에 빗대어 쓰는 미사여구와는 거리가 너무 멀다는 생각이 들었다. 이것이 인간이 지닌 어쩔 수 없는 이중성이라는 걸 의식하자 혐오감이 일어 그녀는 고개를 돌렸다.

"그런데 왜 하필 이런 사진을 교정하라고 하세요?"

그녀는 당혹스러웠다. 전혀 예상치 못한 경험이었다.

"귀한 사진이니까 하라는 거요. 필름에 홈집 나지 않도록 조심해요. 사진을 만질 때는 반드시 오른손에 장갑을 끼라고 하지 않았소?"

그는 태연히 말했다.

"오케이, 오케이!"

그녀는 그의 지적에 얼른 흰 면장갑을 찾아 오른손에 끼며 투덜거렸다. 모두 허연 살과 단조로운 방뿐인데 고쳐야 할 곳이 어디 있다고. 성기의 그림자를 더 진하게 할 것도 아니고, 그녀가 보기에는 흠잡을 곳이 없었다.

"이 정도면 괜찮게 나온 게 아닐까요? 제 눈엔 고칠 곳이 없는 거 같은데요?"

꼭 자신의 은밀한 곳을 보고 있는 거 같아서 그녀는 대충 얼버무리고 싶었다.

"여길 봐요. 이 사진은 얼굴이 너무 밝아요. 밝기를 줄이고, 전체적으로 이 사진에는 붉은색이 너무 많이 들어갔어요. 붉은색을 줄이려면 반대로 싸이안과 옐로우를 더해 주면 돼요."

그의 목소리는 평온했다. 그러나 그녀는 곤혹스러운 기분을 참기 어려워서 화장실로 들어갔다. 벽에 부착된 거울 속에는 발갛게 달아오른 얼굴이 그녀를 마주 보고 있었다. 찬물로 얼굴을 씻고 나서 두어 번 고개를 흔들어 털어냈다. 작업실로 돌아온 뒤 다시 일에 집중했다. 그가 지적한 대로 사진을 교정했다.

전화벨이 울린 건 그때였다. 난처한 순간을 포함한 세상의 모든 일은 지나간다는 걸 일깨워주는 전화벨 소리 같았다.

"지윤, 전화 받아 봐요."

그가 전화기를 넘겨주었다. 전화를 걸어온 사람은 뜻밖에도 혜린의 어머니인 차순옥이었다.

"어머, 어머니! 안녕하세요? 저 지윤이예요. 혜린은 이제 여기서 일하지 않는데 못 들으셨어요?"

혜린은 어머니의 전화를 자주 피하곤 했다. 이곳에서 일한 것도 알려주었을리 없었다.

"킴스에서 일하는 줄 알고 그리로 전화했지. 그런데 이현우인가 하는 학생이 여기로 해보라고 가르쳐 주었어."

"집에 무슨 일 있으신 건 아니지요?"

"별일 없어. 그냥 궁금해서…"

그녀는 잘못을 들킨 사람처럼 더듬거리며 말끝을 흐렸다. 그러다가 이내 전화를 끊었다. 오죽하면 학생인 딸에게 기대고 싶었을까. 지윤은 혜린의 어머니가 단지 궁금하다는 이유만으로 딸에게 전화하지는 않았을 거라는 걸 짐작할 수 있었다.

현우가 혜린의 연락처를 알면서도 이곳의 번호를 알려준 의도를 알아챌 수 있었다. 그녀가 적당히 마무리해주기를 바랐던 것이다. 위치 추적기를 달지 않아도 지윤은 혜린의 동선을 훤히 꿰고 있었다.

혜린은 자신이 준호의 아파트에서 지낸다는 걸 부모에게는 알리지 않았고, 그런 사정을 이해하는 현우로서는 당연한 배려였다.

지윤은 차순옥의 답답한 사정도 이해가 가면서 한편으로 부모의 짐을 버거워하는 혜린도 이해가 되었다. 그래서 참으로 난감하고 딱했다.

혜린의 아버지 고영석의 알코올 중독 증세는 점점 심해져서 광기에 가까웠다. 살림을 부수고 아내에게 폭력을 일삼았다.

"이대로 있다가는 모두 미쳐버리고 말 거예요. 이제부터는 나대로 살겠어요."

작년 가을, 고영석의 지독한 술주정이 있던 날 혜린은 집을 나왔다. 지윤은 옷가지 몇 벌과 책 몇 권만 들고 찾아온 그녀를 자신의 방에 받아주었다. 상현과 정원도 그녀의 딱한 사정을 가엾게 여겼다.

지윤은 다시 정신을 사진에만 집중하려고 한 장씩 자세히 들여다보았다. 여자의 나체를, 아기가 탄생하는 장면을, 남자의 성기를, 확대된 음부를 뚫어지라고 쳐다보았다.

차순옥의 전화로 인해 당혹감이 진정되었다. 지윤은 지금 사진들을 들여다보고 교정 작업을 하는 사람이 혜린이라고 가정해 보았다. 그녀라면 어땠을까, 분명 대범하게 보아넘겼을 일이었다. 혜린은 같은 또래지만 지윤보다 훨씬 성숙해 보였다.

'사흘만 굶어 봐라, 살기 위해서 먹는지 먹기 위해서 사는지 명확해진다.'

그녀의 머릿속에 언젠가 혜린이 했던 말이 떠올랐다.

그로부터 얼마 뒤, 현우에게서 강의가 끝나고 킴스로 나오라는 연락이 왔다. 전에는 도서관에서 자연스럽게 만났는데, 그 무렵에는 아르바이트로 바빠서 강의실에서 마주쳐도 가벼운 인사만 하고 지나치곤 했었다.

그날은 현우와 혜린이 한 조가 되어 일하는 날이었다. 혜린은 지윤이 가게에 들어왔다는 걸 알아채지 못하고 줄곧 창밖으로 시선을 보내고 있었다.

유리창에 써 붙인 메뉴 사이로 파란 하늘과 오후의 나른한 볕이 내리쬐는 거리가 보였다. 주말의 거리는 어딘지 들뜨고 술렁이는 느낌이 들었다. 이런 날이면 끝없는 나락으로 떨어져 내리는 듯한 자신의 현실과는 너무도 대조적이라는 생각으로 우울감이 들곤 했다.

버릇처럼 창문에 붙은 메뉴를 읽었다. 머릿속이 혼란스러울 때마다 지겹도록 읽어서 안 보고도 차례로 꿸 수 있었다. 홀에는 손님이 없었고 입구에 놓인 게임기 앞에 살집이 좋은 백인 남자 하나가 허연 엉덩이를 반쯤 드러낸 채 쭈그리고 앉아있었다.

현우가 일하는 주방에서는 휘트니 휴스톤의 '보디가드'가 흘러나오고 있었다. 바로 혜린이 좋아하는 노래였는데도 그녀는 좀체 기분이 바뀌지 않았다. 노래가 그녀에게 활기와 위안을 주던 때와는 달리 왠지 자신의 처지를 대변하는 거 같았다. 삶이든 사랑이든 실패한 사람에게는 냉엄한 곳이 세상이지 않은가, 되레 그것을 확인시켜 주는 거 같았다.

그때 노숙인 밥이 들어왔다. 그는 새까만 얼굴에 그보다 더 까만 선글라스를 걸고 다녔다. 매일 저녁 시간에 어김없이 들러 매상을 올려 주는 단골이었다.

"더블 베이컨 칠리 치즈버거 하나와 콜라 작은 거 하나."

혜린은 4불 40전이라는 말을 하지 않고 그가 5달러짜리 웰페어 상품권 한 장을 꺼내기만 기다렸다. 그의 행동은 느렸다. 그녀는 이미 준비해서 들고 있던 거스름돈을 내준 다음 주방을 향해 그가 주문한 메뉴를 소리쳐 알렸다.

곧바로 음식이 나왔다. 현우는 밥이 언제나 같은 음식만 먹는 걸 알기에 그가 주문을 끝내기도 전에 빵을 준비해서 잽싸게 내놓곤 했다.

밥은 음식이 담긴 쟁반을 들고 창가로 가 앉았다. 그 자리에서 가능한 한 오래 식사를 즐길 것이다. 거리에 땅거미가 스멀거릴 때까지. 어쩌면 지금이 그에게는 가장 아늑하고 편안한 휴식 시간이 될지도 몰랐다.

그는 선량하고 힘없는 단골이었다. 밥과 같은 단골을 보면 그녀는 어머니 차순옥이 한 말이 생각나곤 했다.

"우리 물건을 약탈해간 놈들이 바로 단골이라는 인간들이었어. 그것도 주인이 빤히 보는 앞에서."

차순옥은 같은 동네에 사는 껄렁해 뵈는 사내들의 뒤통수에 증오의 눈길을 던지곤 했었다. 혜린의 머릿속으로 광란의 그 밤이 스쳐 지나갔다. 가게에 드나들던 낯익은 얼굴들이 어린 자식들까지 동원해서 몰려 들어왔다. 닥치는 대로 물건을 들고 나갔다. 어머니와 아버지가 울며 애원했다.

"제발 부탁이에요. 이렇게 빕니다. 물건에는 손대지 말아 주세요. 제발!"

어머니와 아버지의 눈물 앞에서 그들은 아주 짧게 겸연쩍은 미소를 보였을 뿐이었다. 미소는 곧 비웃음과 조롱으로 변했고, 물건은 바닥이 났다. 괴성이 들리고 곧 유리창이 깨지는 소리가 들렸다. 썰

렁하게 비어버린 가게에 누군가 불을 던졌다. 삽시간에 불길은 건물 전체로 퍼졌다. 맹렬히 타오르는 불길과 검은 연기, 바로 광란의 축제였다. 혜린은 언제나 그 끔찍한 기억 끝에 긴 한숨을 내쉬며 진저리를 쳤다.

한동안 조용히 혜린을 지켜보고 있던 지윤이 이윽고 손으로 테이블을 똑똑 두들기며 말했다. 한 십오 분 넘겨 지났을 거 같았다.

"무슨 생각을 하길래 내가 온 것도 모르고 있어?"

"어? 언제 온 거야?"

혜린이 꿈에서 깨어나듯 화들짝 놀라서 물었다.

"한 십오 분쯤 되었을걸."

"진즉 말하지 않구. 미안해. 지나가는 길이었어?"

"현우가 할 말이 있다고 잠깐 들르라고 해서."

"금방 나갈게."

주방에서 목소리를 들은 현우가 내다보며 소리쳤다.

지윤은 노숙자 밥을 피해 한적한 구석 자리에 가 앉았다. 혜린이 얼음이 든 콜라를 한 잔 가져다 그녀 앞에 놓아주고는 자리를 피해 주방으로 들어갔다.

"데이빗 얘기 들었어?"

현우는 자리에 앉자마자 생경하게 데이빗 이야기를 꺼냈다.

"무슨 얘기?"

지윤은 겨우 그 얘기를 하려고 여기까지 불러냈나 싶어서 시큰둥해졌다.

"데이빗이 요즘 그 이혼녀하고 깊은 사이인가 보더라."

"난 또 무슨 얘기라구? 그 얘기를 하려고 날 여기까지 부른 거야? 그 소문이 떠도는 게 언제부터인데."

실망감에 갑자기 온몸에서 바람이 빠져나가는 느낌이 들었다. 그 얘기라면 그녀는 듣고 싶지 않았다. 사월 내내 코리안 클럽의 심심풀이 화젯거리였다.

"실은 에릭에 대한 얘기를 하려고."

현우는 그녀의 눈치를 살폈다. 에릭에 관한 얘기를 꺼내면 그녀는 언제나 짜증부터 내곤 했으니까.

"시답잖은 얘기면 집어치우고."

그녀는 다른 사람도 아닌 현우가 에릭을 동정하는 건 싫었다. 하지만 에릭에 대해 눈치가 발바닥인 듯이 아무렇지도 않게 행동해도 이해하려고 했다. 그로서는 에릭과 그녀가 잘되길 응원할 수도, 경쟁 상대로 치부해서 노골적으로 감정을 드러낼 수도 없는 애매한 입장일 거라는 생각에서였다. 어쨌든 현우가 행동을 명확하게 해주기를 바라는 마음은 분명했다.

"들어야 해. 아주 심각하거든. 에릭이 너 때문에 군대에 지원했어. 너한테 지독한 절망감을 느꼈나 보더라. 밤새 술주정 받아주느라고 혼났어. 엉엉 울어 쌌는데 불쌍한 생각이 들었어."

이렇게 눈치가 없을 수는 없었다. 어떻게 자신에게 관심 있는 여자 앞에서 다른 사람의 마음을 받아주라는 의미의 말을 스스럼없이 할 수 있는 것일까. 눈치가 없는 것인지 아니면 일부러 그녀가 에릭을 외면하듯이 모르는 척하는 것인지, 그녀는 방향 감각이 없어 길을 못 찾는 현우가 답답해 보였다.

혜린을 상대로 하는 게임은 이미 오래전에 시작도 못 해보고 끝났다는 건 누구나 아는 사실이었다. 혜린은 조금도 흔들리지 않고 일관되게 준호만을 바라보았다. 다른 사람은 누구도 안중에 두지 않았다. 코리안 클럽에서 그걸 모르는 바보는 현우 말고는 없었다.

"나는 너한테서 그런 말 듣는 게 싫어. 나도 에릭을 동정은 해. 자라온 환경이나 현재 처지도 이해하고 착하다는 것도 인정해. 하지만 사랑이 동정한다고 이루어지는 게 아니잖아? 그가 내게 집착을 보이는 것도 일종의 애정 결핍증일 뿐이야. 에릭은 자신의 행동이 사랑인 줄 착각하고 있어. 나 때문에 군대에 가려고 한 대도 어쩔 수 없어."

그녀는 냉정하게 잘라서 말했다. 지윤의 말을 들으며 현우는 멍하니 허공을 바라보았다. 에릭은 쫓아다니기라도 하고 말이라도 해보지 않았나, 그것도 해볼 수 없는 자신은 무얼까 싶었다. 에릭을 받아들일 수 없는 지윤이나 그녀의 마음을 알면서도 확신을 줄 수 없는 자신은 같은 처지라는 생각이 들었다. 스무 살 사랑의 줄긋기는 참으로 복잡하고 미묘하게 얽혔고, 결국 모두 어긋났다.

에릭이 생일을 축하한다면서 선물을 들고 찾아왔을 적에 그녀는 혜린과 함께 앉아 맥주를 마시고 있었다. 혜린이 그녀의 생일을 축하해 줄 겸 그동안 쌓인 얘기를 나누고 싶어서 찾아왔었다. 속마음을 터놓고 하소연할 상대가 필요했던 거였다. 혜린은 속이 타는지 맥주를 맹물 마시듯 단숨에 벌컥벌컥 들이켰다.

"글쎄, 사진 한 통이 온통 나체로 찍은 사진이었어. 남자도 여자도 실오라기 하나 걸치지 않고 그걸 적나라하게 드러내고 찍었더라니까. 더 끔찍한 건 여자가 아기 낳는 장면이었어. 아니, 방금 아기가 나온 그곳이었어. 두 번 다시 보고 싶지 않을 만큼 망측했어. 그 모습은 하나도 아름답지 않은데 사람들은 사랑을 갈망하고 인간의 탄생을 위대한 탄생이라고 찬사를 보내잖아? 난 혐오감마저 들던데."

그녀가 먼저 낮에 있었던 이야기를 꺼냈다. 그녀로서는 적이 충격적이랄 수 있는 경험이었다.

"그걸 나는 열렬한 사랑 뒤에 남는 허탈감이라고 표현하지. 그걸 생각하면 사랑에 빠지기 어려워. 사랑은 아름다운데 사랑하는 그 자세는 참으로 형이하학적이라서 굴욕감을 느끼게 된다는 누구의 말처럼. 나도 전에 종종 보았던 사진이야. 나체 사진만 찍는 고객이 한 사람 있지. 일종의 성도착증이야."

혜린은 냉소적으로 웃더니, 한숨을 한 번 쉬었다.

"그때 너의 어머니한테서 전화가 왔었어. 별 얘기는 없으셨어. 그냥 궁금해서 하셨대."

어쨌든 얘기는 전해야 할 거 같았다.

"늘 그런 식이지. 글쎄, 언제나 전화해서는 그냥 궁금했다는 거야. 난 다 알아. 엄마가 왜 전화했는지. 지윤아, 죽어버리고 싶어. 난 지쳤어. 내 힘으로 공부해 보겠다고 아무리 발버둥을 쳐 보아도 빚만 늘어 가는걸. 게다가 준호를 잡을 수도 없고. 준호는 곧 한국으로 돌아갈 거 같아. 말로는 부모님을 설득해서 약혼을 취소하고 다시 돌아온다고 하지만, 난 알아. 준호는 내게서 떠나고 있어. 준호는 미국에 다시 와도 내게 오지는 않을 거야. 내가 너무 초라하게 보여. 내 인생이 불쌍해.”

혜린은 이야기 끝에 행여 지윤의 부모님이 들을세라 소리죽여 서럽게 울었다.

“그럼 준호하고 끝난 거야?”

“희망이 없어.”

혜린은 그녀의 가슴에 얼굴을 묻고 흐느꼈다.

“준호에게 그렇게까지 가치 둘 건 없잖아? 그 자식이 뭐라고! 곧 마음이 안정될 거야. 넌 이루고 싶은 꿈이 있잖아? 네 꿈만 생각해.”

“그를 더 이상 사랑할 수 없다는 사실을 확인하면서 산다는 건 지옥이야. 무엇보다 그것이 두려워.”

지윤은 말없이 혜린의 등을 토닥여 주었다. 그 심정을 속속들이 헤아리지는 못해도 힘든 상황에서도 사랑할 수 있는 순수한 용기와 열정이 부러웠다.

진실 게임에서 혹시라도 준호가 배신한다면 죽음으로 갚아주겠노라고 주저 없이 대답했던 일이 생각났다. 그만큼 죽도록 사랑한다는 뜻이 아닌가. 혜린이 괴로워하는 모습을 보면서 그녀는 그런 순수함을 갖지 못한 자신이 오히려 한심스럽게 생각되었다.

에릭이 찾아온 건 하필 그때였다. 혜린 외에 코리안 클럽의 누구도 알지 못하는 그녀의 생일을 에릭이 알고 있었다. 고마운 일일 수도 있었지만, 에릭의 축하는 귀찮기만 했다. 그녀는 현관문 밖에서 선물도 뿌리친 채 문전박대하고 말았다.

"제발 다시는 내 앞에 나타나지 마!"

그가 말없이 돌아서는 순간 아차, 자신이 너무 모질게 대했나 싶었다. 그러나 아무 말도 하지 않고 힘없이 돌아서는 그를 바라만 보았다.

에릭이 고물차를 몰고 사라지는 걸 바라보고 있던 그녀는 방으로 들어와 책상 서랍에 넣어둔 오르골을 꺼내 뚜껑을 열었다. 맑고 애수 어린 멜로디가 상자를 여는 동시에 흘러나왔다. 작년 성탄절에 에릭이 선물해준 거였다. 그녀는 오르골을 통해 다시금 그에 대해 엷은 연민을 느꼈다. 그러나 지금 단호함을 보이지 않으면 그는 절대로 떠나지 않을 거라는 생각이 들었다. 상자를 탁 닫아서 그대로 휴지통에 던져넣었다.

지윤은 기억 속에서 나오고자 고개를 저었다. 그 시절의 상처로 인한 트라우마가 다시 살아나는 거 같았다. 심장이 마구 뛰었다. 그녀는 그다음 장면을 더는 기억하고 싶지 않았다. 그 끔찍하고 처참한 장면을 외면하고 심장을 진정시키기 위해 가슴에 손을 얹고 숨을 깊이 들이마셨다가 천천히 내뱉었다. 아마도 크루즈 선에서 이현우를 만나지 않았더라면 그 장면은 영원히 깊은 기억의 서랍 속에 묻어 버리고 다시는 꺼내지 않았을 것이다.

잠시 뒤 조용히 일어나 더듬거리며 자신이 어깨에 메고 온 가방을 찾았다. 혹시라도 잠을 못 잘 경우를 대비해 가져온 수면제가 그 속에 있었다. 부모가 깰세라 조심스럽게 옆으로 지나쳐 머리맡의 화장대로 다가가 더듬거려 백 속에 있는 약을 찾아 물과 함께 삼켰다. 다시 자신의 자리로 돌아와 누우려는데 커튼 사이로 아직도 발코니에 앉아있는 지수의 모습이 희끄무레 눈에 들어왔다. 그녀는 그대로 눈을 감고 억지로 잠을 청했다.

지수는 썬베드에 등을 기대고 앉아 밤바다를 응시했다. 칠흑 같은 어둠에 싸인 바다가 그의 가슴으로 안겨 오는 거 같았다. 그리고 형태를 가늠할 수 없는 검은 색깔이 그의 두 눈을 장막처럼 덮쳐오는 느낌이 들었다. 한없이 막막했다. 순간 놀라움으로 숨이 막혔다. 숨을 깊게 내쉬며 정신을 가다듬었다.

이윽고 검은 선의 수평선이 어렴풋이 드러났다. 그리고 둥근 수평선 위로 피어오른 구름 덩이가 희끄무레하게 눈에 들어왔다. 자신이 커다란 유리공 속에 들어앉아 있는 거 같았다. 그러고 보니 공은 자신을 품고 있는 둥근 지구라는 생각이 들었다.

그동안 기억 속에 깊이 가라앉아있었던 유나의 얼굴이 불쑥 떠올랐다. 유나는 홍콩에서 유학 온 중국인이며 엘에이 근교에 있는 고등학교에서 그와 함께 공부했다. 그녀는 학교에서 가장 인기 있는 여학생이었다. 또한 전체 수석을 놓치지 않았던 그 역시 학생들 간에 이목을 끌고 있었다.

유나가 학교에 나타나자마자 그의 눈에 들어왔다. 그는 공부하는 것보다 더 힘들게 노력해서 간신히 유나의 마음을 얻는 데 성공했다. 곧 유나를 사랑하게 되었고 세상을 다 얻은 듯이 행복했다. 첫사랑이었다.

얼마 후, 대학에 가면서 두 사람은 엘에이와 샌프란시스코로 떨어졌지만, 주말을 이용해 자동차로 다섯 시간을 오가며 만났다. 방학이 되면 그는 유나가 자취하는 집으로 내려갔다. 그 집은 금남의 집이었지만 그가 성실한 학생이라는 걸 알게 된 주인 여자는 방을 빌려주었다. 방학 때면 자기 나라로 돌아가는 학생이 생기고 빈방이 나오기 때문이었다.

그는 금남의 집에 발을 들여놓은 첫 남자였다. 그 집 여자들은 모두 두 사람의 사랑을 응원해 주었다.

지수는 진심으로 유나만을 사랑했다. 그러나 유나는 그와는 달랐다. 그를 만나면서도 계속 다른 남자를 만났다. 그는 그런 사실을 알고 있음에도 불구하고 그녀를 놓을 수 없었다. 그런 생활은 그 후로 10년 동안이나 이어졌다. 지독한 배신으로 지독한 아픔을 맛볼 때까지.

결국, 유나가 다른 남자와 결혼한 뒤에야 포기하고 한국으로 돌아갔다. 그리고 부모님이 눈치챌까 봐 내색하지 않으면서 그녀를 잊기위해 몸부림쳤다. 많은 시간이 지나자 차츰 그녀에 대한 마음을 정리할 수 있었다. 그러나 그녀로부터 받은 쓰라린 상처로 인해 두 번 다시 여자를 사랑할 수 없을 거 같았다.

그가 미국으로 돌아가지 않고 캐나다에 있는 회사에 입사한 뒤 기적 같은 두 번째 사랑이 찾아왔다. 유나와 헤어지고 십여 년의 세월이 흐른 시점이었다. 미연이 그를 알아보았다. 그러나 그들의 사랑은 순조롭지 않았다.

첫사랑의 쓴맛을 본 그가 다가오는 미연을 모르는 척 무시했다. 미연은 성격이 밝고 구김살이 없었다. 그녀의 햇살처럼 해맑은 미소와 끈질긴 사랑 앞에 끝내는 그도 마음을 열었다.

미연의 부모도 그를 흡족해했다. 문제는 미연이 유일한 자식이어서 지수가 자기 집안에 들어와 미연을 도와서 재산을 지키고 사업체를 이끌어 가기를 바란다는 점이었다. 쉽게 말하면 데릴사위가 되기를 바라는 셈이었다.

그는 비록 누나인 지윤이 있기는 해도 자신도 집에서 하나밖에 없는 아들이니 부모가 선뜻 허락할 리 없다는 생각이 들었다. 어릴 적에 할아버지 인규 씨의 무릎에 앉아 들었던 '우리 집의 기둥'이라는 말이 뇌리에 박혀 있었다.

그런 이유로 미연을 사랑하는 마음이야 세상 끝까지라도 따라가고 싶지만, 마냥 좋아만 할 수가 없었다. 부모님과 가문을 배신하는 듯한 마음이 드는 때문이었다.

그는 가족과 함께 크루즈 여행을 떠나오며 미연과 유예의 시간을 갖기로 했다. 여행하는 동안 서로 떨어져서 깊이 생각해 보자는 취지였다. 그의 마음은 괴로웠다. 미연을 놓치고 싶지 않았지만, 그렇다고 쌍수를 들고 그녀에게로 달려갈 수도 없는 형편이었다. 이럴 때는 무조건 서두르지 않는 게 상책이라는 생각이었다. 또한 미연이 자신을 진정 사랑한다면 그런 조건을 앞세우기보다는 순수한 마음으로 자신만을 믿고 따라주기를 바랐다.

상현과 정원은 그런 사실을 모르고 있었다. 부모는 멀리 떨어져 있고 가까이 있는 지윤은 이혼하고 혼자서 아들을 키우며 고생하고 사니 마음을 터놓고 의논할 사람이 없었다. 혼자서만 고민했다.

바람에 이는 작은 물결 소리 사이로 아들의 고민을 알 리 없는 상현의 코 고는 소리가 노랫가락의 후렴구처럼 들려왔다.

땅끝에서

가장 늦게 잠자리에 든 지수는 놀랍게도 새벽 일찍 일어나 갑판 꼭
대기에 있는 헬스장에 가서 아침 운동을 하고 왔다. 아침마다 트레드
밀로 하루를 시작하는 건 그의 오랜 습관이었다. 아침잠이 적고 부지
런한 그의 활동 스타일이 정원을 닮아 있었다. 밤 열 시를 넘겨 잠자
리에 들면 숙면을 못 하는 것도 비슷했다.

"세상의 모든 성공한 사람들을 봐라, 아침에 늦게 일어나는 사람
이 있는가, 부지런한 사람만이 성공하는 법이다."

이렇게 주장해온 정원은 무엇 하나 버릴 게 없는 아들이지만 특히
부지런한 점이 더 마음에 들었다. 반면에 틈만 나면 눕기를 좋아하
고 움직이는 걸 싫어하는 상현은 게으른 사람들의 대표적 인물로 삼
아 불평하곤 했다.

활동 스타일이 저녁형으로 아침에 일찍 일어나지 못하는 지윤도
아버지를 닮아 게으르다고 싸잡아 못마땅해했다. 그래서 정원의 이

런 말투를 싫어하는 그녀와 다툰 적도 있었다.

"엄마는 왜 엄마의 주장만 옳다고 해?"

말은 이렇게 했지만, 실은 그녀도 상현을 닮았다는 말을 듣기 싫어했다. 어릴 적에 상현이 바둑 두기만 좋아하고 틈만 나면 누워있던 기억이 뇌리에 남아 있기 때문이었다.

정원은 하나뿐인 화장실 사용이 분주해질 것에 대비해 일찍 일어나 가장 먼저 샤워하고 얼굴에 화장까지 끝냈다. 늘 바쁘게 움직이던 젊은 시절의 습관이 몸에 배어 아침 늦게까지 누워있지 못하는 데다 정박지에 내려 관광을 한다는 말에 서둘러 준비한 것이다.

지윤은 상현 씨까지 일어나 아침 식사하러 갈 준비를 끝냈는데도 일어날 생각을 하지 않았다. 정해진 아침 식사 시간은 아홉 시까지였다. 아홉 시가 넘어도 음식은 언제든 있다고 했지만, 늦게 가면 아무래도 음식 종류가 다양하지 않을 거라는 생각이 들었다.

"일어나 8시야. 아침 먹으러 가야지."

"으응, 조금만. 늦게 잤단 말야."

"그렇게 순간순간을 게으름을 피우며 흘려보내면 네 인생은 촘촘하고 고운 비단처럼 아름답게 짜여지지 않고 구멍이 숭숭 난 거친 마댓자루 같을 거다. 마댓자루도 쓸 곳은 있지. 하지만 사람들이 하찮게 여기게 되지. 그렇게 되고 싶니?"

"어유! 말을 갖다 붙이기는, 인생에 정답이 어딨어? 자기 살고 싶은 대로 사는 거지."

지윤은 벌떡 일어나며 그녀의 잔소리에 짜증을 냈다.

"그래! 살고 싶은 대로 잘 살아야지."

"나도 나름 잘살고 있거든!"

"우리 먼저 간다. 빨리 준비하고 9층 식당으로 와."

그녀는 기분이 언짢아져서 지수의 손을 잡아끌고 방을 나왔다. 상현도 따라 나왔다. 식당은 승객들이 이미 식사를 끝내고 나간 뒤라 빈자리가 많았다. 그들은 창가에 자리를 잡았다.

배는 여전히 같은 속도로 잔잔한 물결을 가르며 움직이고 있었다. 멀리 섬을 연결하는 긴 다리와 야자수, 그리고 마을의 건물들이 아침 햇살 속에 청명하게 다가오고 있었다. 그들은 음식을 접시에 담아와 먹기 시작했다.

상현은 모닝빵과 스크램블, 그리고 구운 베이컨과 함께 푸른 열매도 몇 개 가져왔다. 주방장의 배려인지 메뉴 중에 마침 말린 푸른 열매가 있었다. 배 안에서 며칠 동안 생활하다 보면 변에 문제가 생기는 일이 그들만은 아닌가 보았다.

"굿 모닝! 하우 아 유?"

어제 만났던 승무원 젤다가 그들을 알아보고 반갑게 웃으며 다가왔다.

"안녕하세요?"

"왜 한 사람은 보이지 않나요?"

"곧 올 거예요."

지수가 대답했다.

"불편한 건 없으셨나요?"

"모두 좋았어요."

"제가 부탁을 하나 해도 될까요?"

젤다는 지수를 바라보며 물었다. 아마도 자신의 부탁을 들어줄 사람으로 그를 찍은 모양이었다.

"부탁이 뭔가요?"

"집에 돌아가시면 저에 대한 리뷰를 달아주시면 안 될까요? 물론 내용이 좋아야 합니다. 제가 만약 이달에 최고의 승무원으로 뽑힌다면 고향에 계신 부모님과 가족들을 배에 초대해서 크루즈 선을 구경시켜주고 함께 여행할 수 있거든요. 모두 무료지요. 제가 가족들에게 해줄 수 있는 최고의 선물입니다. 전 그날을 꿈꾸며 이 배에서 일하고 있어요."

"좋아요. 제가 해드리지요. 결과는 내 마음대로 할 수 없겠지만, 최고의 승무원이었다고 추천해 드릴게요. 이름이 젤다, 꼭 기억할게요."

그는 그녀의 가슴에 달린 이름표를 확인하며 말했다. 본명이 아닌 거 같았다. 아이들이 하는 비디오 게임에 나오는 여전사 이름을 연상시켰다.

"고맙습니다. 정말 고마워요. 잘 부탁드립니다. 이제 곧 배가 키웨스트의 부두에 접안될 겁니다. 좋은 시간이 되시길 빕니다."

그녀는 좋아서 손뼉을 치며 고맙다는 인사를 여러 번 하고 돌아갔다.

지윤이 생각보다 빨리 식당으로 와 합류했다. 손에 음식이 담긴 접시를 들고 정원 옆으로 와서 앉았다.

"어제 수영장 근처에서 만난 사람이 누구야? 한국인이던데."

마치 지윤이 잠을 못 잔 까닭을 알기라도 한다는 듯이 지수가 물었다.

"엘에이에서 칼레지 다닐 때 코리안 클럽에서 같이 활동한 사람이야."

그녀가 예사롭게 말했다.

"무척 반가워하는 눈치던데, 친했었나 봐?"

"친하기는, 그 사람이 회장이었고 내가 문예부장을 맡았었으니까 회지 낼 때 자주 만났던 것뿐이야."

"그래? 그런 사람을 여기서 만났단 말이야?"

이번에는 정원이 눈빛을 빛내며 대화에 끼어들었다. 그녀는 근래 들어 혹시 사윗감이 어디 없을까 싶어 남자 얘기만 나오면 눈을 크게 뜨고 주변을 살피곤 했다. 특히 병원에서 암이 재발했다는 말을 들은 뒤로는 마음이 더 조급해졌다.

게다가 외손자가 대학에 들어가면 제 엄마로부터 독립할 수 있을 터이니 이제야말로 딸이 재혼할 시기라고 여겼다. 그동안은 한참 엄마의 손길이 필요한 진호를 생각해서 차마 자식을 두고 재혼하라는 말을 하지 못했다. 진호를 데리고 갈 경우에도 두 사람을 포함해 모두 행복할 거라는 장담은 할 수 없는 것이다.

그렇다고 딸의 행복을 기원하지 않는다는 말은 아니었다. 아무리 딸이 행복하기를 바라도 어린 손자를 버리면서까지 딸의 행복만을 추구할 수는 없었다는 뜻이다. 어미는 절대로 자기 자식을 버려서는 안 된다는 게 그녀의 지론이었다.

가정이 깨질 수밖에 없는 상황에도 자식은 엄마와 살아야 한다는 생각이었다. 그편이 자식을 위해 그나마 다행이라고 여기기 때문이었다.

어떤 경우에도 어른들의 잘못으로 초래한 불행을 온통 아이에게만 덤터기를 씌우듯 희생시켜서는 안 된다고 주장했다. 어른들이 우선 자신들의 잘못에 대한 책임을 져라, 그리고 죄 없는 자식을 배려하라고 열 올려 말하곤 했다.

그런 이유로 지윤이 이혼하게 되었을 적에도 진호를 주지 않으려고 그쪽의 요구대로 위자료를 포기하고 겨우 양육비만 받는 조건에 합의하도록 했다. 또한 그렇게 불리한 조건을 받아들일 수밖에 없었던 또 다른 이유는 정원이 진호를 키우고 있었기에 막내아들처럼 정이 흠뻑 들어서 도저히 떼어놓을 수 없었던 때문이기도 했다.

"엄마! 꿈 깨셔. 이 나이에 무슨 남자를 만난다구."

정원의 속을 빤히 꿰뚫고 있는 지윤이 미리 쐐기를 박았다.

"너도 이제 재혼해야지. 둘 다 어서 짝을 만나 가정을 이루는 걸 봐야 우리도 편히 눈을 감지."

상현도 딸이 재혼하기를 바라는 마음은 같았다. 지윤과 지수는 갑자기 입을 다물고 조용해졌다. 그들 사이에 잠시 침묵이 흘렀다.

정원은 마음이 조급하다 못해 머리가 한 짐이 되었다. 자식들이 하나는 이혼녀이고 하나는 비혼주의를 내세우다가 40이 넘도록 결혼을 못 했다. 그런데 자신에게 건강상의 문제가 생겨 치료받지 않으면 일 년밖에 못 산다고 하니, 그렇게 되면 상처한 아버지까지 남은 가족 셋이 모두 짝이 없을 게 아닌가. 보통의 사고로 본다면 부모부터 자식들까지 모두 정상이라고 볼 수는 없었다.

"우리가 어때서요? 꼭 결혼해서 아이 낳고 살아야만 잘사는 인생인가요? 황혼이혼을 하고 졸혼하는 시대에 무엇 때문에 억지로 결혼해요? 전 미연이가 조건을 내세우지 않고 무조건 저를 믿고 따라주면 결혼할 거예요. 전 반드시 결혼해야 한다고 여기지는 않아요. 혼자 사는 게 책임질 일 없어서 편하고 인생을 마음껏 즐길 수 있어서 좋아요."

잠시 후에 지수가 어색한 분위기를 의식한 듯 평소에 하던 주장을 되풀이하면서 그만 미연의 얘기를 흘렸다.

"뭐? 그 애가 조건을 내세웠어?"

정원이 놀라는 시늉을 하며 되물었다.

"아뇨, 미연이가 조건을 꼭 내세웠다는 말이 아니고 말을 하자면 그렇다는 얘기죠. 일반적으로 그런 경우가 좀 있잖아요?"

지수는 하마터면 실수로 자신의 고민을 털어놓을 뻔하다가 겨우 도로 주워 담았다. 아직은 때가 아닌 거 같았다.

그들은 다시 남은 음식을 먹었다. 그때 이쪽을 향해 걸어오는 이현우가 지윤의 눈에 들어왔다. 그의 어머니로 보이는 나이 지긋한 여자와 딸인 듯 초등학생 정도의 소녀가 함께 있었다.

"어! 여기서 만나네."

"늦잠을 자는 바람에 식사가 늦었어. 부모님하고 동생인가 봐? 저, 안녕하세요? 저는 예전에 엘에이에서 칼레지 다닐 적에 어머님은 한 번 뵌 적이 있는데 세월이 많이 흘러서 기억하지 못하실 겁니다. 아버님은 처음 뵙습니다. 이현우라고 합니다. 이 친구하고 코리안 클럽 활동을 함께했어요."

현우가 앞으로 성큼 다가와서 먼저 상현에게 허리를 깊이 숙였다.

"반가워요."

상현도 반갑게 인사를 받았다.

정원에게도 인사하고 나서 지수와도 악수했다. 정원은 코리안 클럽이라는 말에 오래전 기억을 더듬었다. 떠오르는 사건이 있었다.

어느 날 학교에서 다문화 행사의 하나로 각 나라의 음식 바자회가 있다고 했다. 코리안 클럽에서는 김밥을 선보이기로 했는데, 지윤을 통해 정원에게 바자회에서 팔 김밥을 싸 달라고 부탁해 왔다. 그녀는 기꺼이 승낙하고 김밥 재료를 미리 준비해서 새벽 일찍 일어나 정성 들여 싸 주었다. 지윤이 그 김밥을 학교로 가져갔는데, 현우를 비롯한 회원들 몇이 그것을 매대에 펼쳐 놓았다.

아직 학교 수업이 끝나기 전이었고, 점심 전이기도 했다. 회원들은 배가 고픈데 김밥이 어찌나 맛있게 보이던지 참을 수가 없었다. 남자 회원들은 하나씩 맛을 보았다. 어릴 적에 먹어본 어머니 손맛 그대로였다. 결국 한꺼번에 달려들어 한 접시씩 들고 먹기 시작했다. 이렇게 해서 김밥은 팔아 보지도 못하고 순식간에 동이 나 버렸다고 했다.

며칠 뒤 이현우는 망고를 한 상자 사 들고 와서 그녀에게 고맙다고 인사했다. 망고를 그때 처음 본 정원은 칼로 깎아서 가족들에게 주고 자신도 맛있게 먹었다. 그러고 나서 즉시 망고 알러지로 인해 온몸에 반점과 물집이 생겨 두 주일 동안 호되게 고생했다. 현우는 그 말을 지윤으로부터 전해 듣고는 또다시 미안해서 어쩔 줄 몰라 했었다. 정원은 그 뒤로 망고만 보면 재빨리 도망을 치게 되었다.

이런 사연이 있기에 그녀는 당시 코리안 클럽의 회장을 맡았던 이현우라는 사람을 기억하고 있었다.

"아, 그 이현우 군이군요. 반가워요. 그리고 저분은 어머니세요?"

"네 저의 어머니시고, 이 아이는 제 딸입니다. 뉴욕에서 초등학교를 다니고 있지요."

"처음 뵙겠습니다."

정원은 얼핏 자신보다 서너 살은 위로 보이는 현우의 어머니 조분이를 향해 고개를 숙여 인사했다.

"그런데 사위하고 손주는 같이 오지 않고 따님하고 아드님만 데리고 오셨군요."

현우의 어머니가 갑자기 지윤을 보고 반색했다. 그러자 현우가 무안함으로 얼굴이 벌겋게 달아올라서 절절맸다.

눈치가 백 단인 현우의 어머니는 거칠 것이 없는 성격이어서 궁금한 걸 못 참았다. 또한 거짓말 못 하고 속내를 감추고도 못 살았다. 그런 만큼 일을 했다 하면 시원시원하게 해치워서 서울의 장충동에서 가게를 열고 직접 족발을 만들어 팔 적에는 여장부 소리를 듣기도 했었다.

"아, 네에. 사정이 그렇게 되었어요."

정원은 어떻게 대답해야 할지 몰라 전전긍긍했다.

"우리 아들은 3년 전에 상처하고 혼자인데 혹시 따님도 혼자인가
요?"

자나 깨나 앉으나 서나 자식의 행복만을 생각하는 어머니들은 예
리한 촉을 거침없이 뻗게 마련이었다. 정확도 또한 뛰어나다. 그러
니 자식을 위해서라면 체면이고 뭐고 따지지 않는 건 기본이고 용감
무쌍하기로도 감히 경쟁할 상대가 없는 법이다. 조분이는 순식간에
아들에 대한 신변 정보를 공개해 버렸다. 그녀도 정원 못지않게 아들
이 재혼하기를 바라는 마음에 급한 모양이었다.

"그렇군요. 저희 딸애도 오래전에 이혼하고 내년에 대학 가는 아
들을 키우면서 여태껏 혼자 살았어요. 이렇게 반가울 수가 없네요."

초면에 이래도 되나 싶지만 그렇다고 무조건 감추고 볼 일도 아니
라고 생각했다. 진정 딸이 재혼하기를 바란다면 그깟 체면이나 부끄
러움이 문제이랴, 얼굴에 철판을 깔고라도 혼자라는 사실을 밝혀야
누구를 만나도 만날 것이다. 더구나 사위 후보가 눈앞에 있는데 망설
이다가 놓치면 후회하게 될 거 같았다.

"엄마!"

지윤과 현우는 양가 어머니들의 거침없는 직진에 그만 어이가 없
고 부끄러워서 더 이상 말을 못 했다. 지윤이 현우에게 사인을 보냈
다. 오랜 시간이 흘렀음에도 예전에 하던 버릇이 자연스레 나왔다.

어젯밤에 이미 오후에 만나기로 약속을 했으니 어서 자리를 피하는 게 상책이라는 생각이었다.

현우도 단박에 알아듣고 고개를 살짝 끄덕였다. 대충 식사를 끝낸 그녀가 서둘러 가족과 함께 수영장 쪽으로 나갔다. 가는 길에 커피를 한 잔씩 뽑아 들었다.

"하여튼 엄마 때문에 못 살아. 현우 앞에서 창피하게 이혼했다는 말을 왜 해?"

"현우 어머니가 먼저 자기 아들이 상처했다고 밝혔는데 어떠니? 나도 초면에 그런 말 하는 게 쉽진 않았어. 그렇지만 현우 그 사람이 욕심 나서 용기를 냈다. 그게 그렇게 잘못되었니? 그 사람 예의 바르고 성실해 보여서 맘에 들어. 게다가 예전부터 알던 사람이고 생긴 것도 말끔하잖니? 직업은 뭐라니?"

정원은 속으로 이거야말로 마지막에 그녀의 마음을 편하게 해주려는 하느님의 은총이라고 여겨졌다.

"몰라!"

지윤이 팩 소리 질렀다. 정원은 자신이 뭘 그렇게 잘못했다고 저러는 걸까, 아니면 지윤이 나이에 안 어울리게 내숭을 떠는 걸까 싶었다. 전에 같았으면 그녀도 참지 못하고 버럭 소리를 함께 질렀겠으나 이번에는 그저 조용히 미소만 짓고 말았다.

수영장 뒤쪽에는 스크린이 높이 설치되어 있어서 수영장의 모습을 실시간으로 보여 주다가 밤에는 영화를 상영했다. 그때 스크린의 영상이 사라지고 키웨스트 관광 안내가 나왔다.

배는 수영장을 중심으로 앞부분과 뒷부분으로 나누어 설명할 수 있었다. 그들의 방으로 가려면 수영장을 가로질러 뒷부분으로 이동한 다음 엘리베이터를 타고 두 층을 내려가는 편이 더 빨랐다.

그들은 엘리베이터를 타기 위해 이동하다가 배의 가장자리에 잠깐 멈춰서서 커피를 마시며 드넓게 펼쳐진 바다를 바라보았다. 물결은 잔잔하고 햇빛은 물결에 반사되어 반짝거렸다. 그리고 푸른 하늘 아래 아열대 식물이 우거진 숲을 배경으로 산뜻한 시가지가 눈에 들어왔다.

지윤은 하늘과 숲, 그리고 바닷물결을 보면서도 뇌리에는 조금 전에 주고받은 사인과 고갯짓이 생각났다. 서로 얼결에 보낸 사인과 답이었는데 오랜 세월의 공백에도 불구하고 그들은 서로 변한 것이 없어 보였다.

밤새 쉬지 않고 항해를 계속한 배는 이윽고 키웨스트 해안의 부두에 접안했다. 성조기가 바람에 휘날리는 모습이 보였다.

그들은 아름다운 섬에 예쁜 건물들이 오밀조밀하게 박힌 시가지를 바라보면서 각자 뭔지 모를 복잡한 기분에 휩싸여 말없이 커피를 홀짝거렸다.

방으로 돌아온 그들은 나갈 준비를 서둘렀다. 모자와 물병을 챙기고 여권과 승선 카드, 그리고 지갑을 챙겨 조그만 백에 넣어 어깨에 메었다. 서너 시간 육지에 내려 자유롭게 관광할 수 있는 시간이 주어진 것이다.

배에서 내리자 높은 습도의 한여름 열기가 입과 코로 숨 막히게 몰려 들어왔다. 그들은 곧바로 조그만 관광열차를 타고 시내로 들어갔다. 햇살이 뜨겁게 내리쬐는 거리에 나오자 채 오 분도 지나지 않아 온몸이 땀으로 축축해졌다.

"우리 자전거 탈까?"

지윤이 손으로 길 건너에 있는 자전거 대여점을 가리켰다.

"너무 더워서 걷기 힘드네."

지수도 동의했다. 상현과 정원도 아이들을 따라서 길을 건넜다.

"난 지수하고 탈 테니까 엄마는 아빠하고 타."

두 사람이 함께 페달을 돌리는 2인용 자전거였다. 지윤의 편짜기가 당연한 데도 정원은 불만스러웠다. 꼭 살던 습관대로 할 필요가 있는가, 여자끼리 남자끼리 탈 수도 있었고, 엄마와 아들, 아빠와 딸이 함께 타는 것도 괜찮은데 꼭 부부끼리 타야만 하나 싶었다. 상현과 단둘이 타는 건 왠지 불편했다.

그녀는 이제껏 둘이서 인생의 자전거를 타오지 않았나, 전혀 즐겁지 않았다는 건 이미 증명된 바 그대로인데 굳이 여기까지 와서 또다시 타야만 하나 싶었다. 뒤돌아보면 그들이 타고 온 인생의 자전거도 아이들이 아니었으면 진즉 어딘가에 거꾸로 처박혀 버렸을 것이라는 상상이 들었다.

"여기서는 한번 바꿔서 타보자. 내가 지수하고 타고 니가 아빠하고 타면 안 돼?"

정원이 은근히 투정을 부렸다.

"에 에이! 둘이 다정하게 타세요."

지수도 고개를 저었다.

"난 죽을 때까지 파트너를 못 바꾸는 거야?"

그녀는 아무도 듣지 못하게 혼자서 중얼거렸다. '이번 생은 어쩔 수 없다. 그러나 만약 다음 생이 있다면 절대로 이 사람은 만나지 않을 것이다.' 그녀는 그런 결심을 하면서 상현을 따라 자전거에 몸을 실었다.

"미국의 최남단이라는 표지판까지 누가 먼저 가나 시합할까?"

상현은 정원의 기분과는 반대인지 갑자기 활기가 솟는 듯 큰 소리로 말했다.

"그러죠. 여기서 이 길을 타고 쭉 남쪽으로 끝까지 내려가서 우회전하시고 다시 끝까지 가면 기념탑이 나오는 거 아시겠지요? 거기서 만나요."

핸드폰의 구글 지도를 보고 있던 지수가 손가락으로 가리키며 설명했다.

"알았다."

정원과 상현이 먼저 출발했다. 상현은 신이 나는 모양이었다. 마치 젊은 시절로 돌아간 듯 있는 힘을 다해 페달을 돌렸다. 정원은 언제나 자동차만 몰고 다녔을 뿐 자전거를 타는 건 처음이었다. 게다가 이 나이에 여기까지 와서 부부가 함께 자전거를 타게 될 줄은 생각지도 못 한 일이었다.

"당신하고 나하고 호흡을 맞춰서 돌려야 해. 생각나? 지수가 유치원에 다닐 적에 운동회에 가서 부모들끼리 이인삼각 경기를 했던 거? 우리가 그때 일등 했잖아?”

상현은 자전거를 타면서 옛날얘기를 했다. 그녀도 그 일을 잊지 않고 있었다.

“당신이 미리 작전을 짰잖아요. 거리가 가장 가까운 안쪽으로만 뛰자고요.”

그들이 함께한 삶에서 딱 한 번 서로 호흡을 잘 맞춰서 이긴 게 바로 그 이인삼각 경기였다. 그 일 말고는 거의 일방적으로 정원이 상현에게 맞추는 생활이 계속되었다.

처음에는 나이가 훨씬 많은 상현의 말을 따르면 다 되는 줄 알고 아무 생각 없이 무조건 하라는 대로만 했다. 그렇게 이기적인 사람이라는 판단을 하지 못했다. 그렇게 사는 게 모든 아내의 길이라고만 여겼다. 시부모와 함께 살았으니 바른말을 할 수도 없었다. 불공평하고 불합리한 생활 행태가 당연한 일로 받아들여졌다. 게다가 그는 남에게는 호인이었고 체면을 중시했으므로 절대로 그녀의 편이 아닌 남의 편, 남편이었다. 그녀의 일방적인 인내와 희생으로 집안은 그런대로 평온했다. 불만이 있어도 내색할 수 없었다. 그런 생활은 결국 그녀를 지치게 했다.

“지금도 그때처럼 내게 맞춰주면 안 되나?”

“안 되지요. 그렇게 하면 결국 이인삼각 경기를 하는 게 아니라 종살이밖에 안 되니까.”

어느 시점부터 상현의 생활 태도 및 의식이 모두 옳은 건 아니라는 생각을 하기 시작했다. 자신의 인생에 대해 생각하게 되었다. 자기 인생에서 주체가 되어야 할 자신이 없다는 사실을 깨닫게 되었다.

가정의 평화를 위해 일방적으로 인내하는 것이 최선은 아니라는 생각이 들었다. 아내도 인간인 이상 가정 안에서도 누려야 할 권리는 있는 것이고 가부장적인 관습에 묶여 끌려가듯 가야 하는 아내의 길 이전에 여성의 권리에 관한 문제였다. 그걸 미국 생활에서 알게 되었다.

뒤에서 페달을 밟는 건 수월했다. 두 발을 묶고 뛸 때처럼 호흡을 맞춰 상현과 동시에 페달에 힘을 주니까 신기하게도 자전거는 쓰러지지 않고 앞으로 나아갔다. 두 사람의 다리가 하나인 것처럼 원을 그리며 한 모양으로 돌아갔다.

정원은 생각했다. 자신들의 삶이 줄곧 그때와 같았다면 자기 인생에서 주체가 되어야 할 자신이 빠졌다고 절망하는 일이 생겼을까? 삐걱거리는 일이 생겼을까? 그녀는 고개를 저었다.

성격이 달라도 너무 다르고 생판 남이었던 그들이 어느 날 갑자기 만나 부부가 되어 함께 살아가는 모습은 얼핏 유치원 운동회의 이인 삼각 경기와 비슷한 거 같은데 결과는 예상과 달랐다. 아무리 맞추려고 해도 호흡이 맞지 않고 자꾸만 다리가 걸려 넘어지는 모양새였다고나 할까. 생각해 보면 상현과 자신은 평생 마음이 맞지 않는 부부였다. 안 맞아도 너무 안 맞았다.

상현은 그녀의 말에 아무 대꾸도 하지 않았다. 묵묵히 자전거 페달을 밟아 앞으로 달리기만 했다. 그의 셔츠 등이 땀으로 젖어오는 게 보였다. 그녀의 이마에서도 땀방울이 흘러내렸다. 하지만 자전거가 달리는 대로 얼굴에 와 부딪는 바람결은 시원하게 느껴졌다.

자전거는 곧 해변 도로를 만나 우회전했다. 저만치 도로 끝에 사람들이 모여 서성거리는 모습이 보였다. 그곳이 미국의 최남단 땅끝이었다. 빤히 보이는 이 길을 달려가면 닿는 곳.

그녀는 빤히 보이는 자신의 인생길 끝에서 만나게 될 자신의 모습을 상상해 보았다. 지금처럼 상현과 자전거 페달을 함께 돌리며 같은 곳을 바라보고 달린다면 처음 목표한 지점에 이를 것이다. 그 목표 지점에는 무엇이 있을까? 어쩌면 아무 장식도 없이 표지석 하나뿐인 황량한 저곳과 같지 않을까?

그녀는 다시 저 땅끝 표지판 앞에 상현과 자신이 함께 서 있는 모습을 그려보았다. 그것이 이제까지 고난의 삶을 인내하며 달려온 자신들의 목표라고 생각하니 허망하다는 생각이 들었다.

그들보다 늦게 출발한 지윤과 지수가 먼저 도착해서 기다리고 있었다. 그곳에는 미국 최남단 땅끝이라고 쓴 기념탑 외에는 아무것도 없었다. 무심한 파도만 밀려와 기념탑이 세워진 바로 밑의 바윗돌을 철썩거리며 때리고는 달아났다가 다시 밀려오곤 했다.

관광객들은 그 기념탑 앞에서 사진을 찍으려고 길게 줄 서서 기다리고 있었다. 그들도 이곳에서 사진을 몇 장 찍었다. 그리고 나서 정원과 상현은 다시 자전거를 타고 해안도로를 달렸다. 지윤과 지수 남매는 『노인과 바다』로 유명한 미국의 작가 어네스트 헤밍웨이의 생가로 향했다.

상현은 여행하는 며칠 동안만이라도 그녀와 많은 대화를 하고 싶었다. 그는 자신의 건강이 나빠질수록 이제까지 그녀와 많은 대화를 나누지 못하고 살아온 점에 대해, 살뜰히 대해주지 못한 점에 대해 후회가 밀려왔다. 늦은 감은 들지만, 정원과 대화를 통해 그의 속마음을 전하고 남은 생을 잘 마무리하겠다고 각오를 다졌다. 그렇게나마 자신은 나름대로 그녀를 사랑했다는 걸 확인시켜 주고 싶었다.

그들은 해변 도로를 달려 관광객들이 모여 있는 백사장으로 들어갔다. 그녀와 둘이 이야기할 수 있는 곳으로 이만큼 호젓한 장소가 없어 보였다. 백사장에는 썬베드가 줄지어 놓여 있었고 관광객들은 수영복 차림으로 의자에 누워 일광욕을 즐기고 있었다.

백사장 초입에 두 사람이 같이 앉을 수 있는 벤치가 하나 있었다. 그들은 바다를 바라보며 벤치에 나란히 앉았다. 상현은 왼쪽 팔을 들어 올리더니 고개를 숙여 눈을 가까이 들이대고 손목에 차고 있는 시계를 한참 동안 들여다보았다. 강렬한 직사광선 때문에 숫자판이 보이지 않았다. 그러자 정원이 재빨리 가방 속에서 핸드폰을 꺼내 빛을 가리고 시간을 확인했다.

"이제 11시예요."

아이들과 자전거를 빌린 곳에서 12시 반에 만나기로 했으니까 한 시간 남짓 이야기할 시간이 있었다.

"하, 바다를 보니까 속이 다 시원하네. 이렇게 우리가 함께 여행하면서 둘만의 시간을 갖게 된 게 얼마 만이지? 감개무량하군. 그동안에 당신이랑 못한 대화 이제부터라도 많이 하려고 해. 이렇게 나이를 먹고 보니까 그게 당신한테 가장 미안하더라고. 당신이 나랑 살면서 정말 힘들었을 거라는 생각 많이 들어."

이틀째 바다만 보고 있는데도 상현은 분위기를 잡는다고 마치 바다를 처음 보는 것처럼 새삼 감격스러워했다.

"참 별일이네요. 사람이 변하면 죽는다는데 당신 혹시 어디 아픈 거 아녜요?"

정원이 상현의 얼굴을 빤히 바라보았다.

"그런 거 아냐."

그녀의 농담 아닌 농담에 그는 가슴이 뜨끔했다.

"그럼 다행이군요. 당신이 대화라는 걸 할 줄이나 알아요? 내가 그동안 당신이랑 살면서 얼마나 대화하고 싶었는지 몰라요. 그런데 당신은 틈만 나면 신문에 얼굴을 박고 있거나 바둑만 두느라고, 그러잖으면 자느라고 내 말을 들어준 적이 없었어요. 내 말을 예사로 잘라 먹고 무시했잖아요? 아예 대화할 줄을 모르는 사람이에요."

그녀는 가슴속에 쌓인 감정이 한꺼번에 분출되어 나오려는 걸 스스로 자제하느라 목소리를 낮추었다.

"내가 말을 안 하는 건 인정해. 일부러 무시하려는 건 아니었어. 미안해. 그 점은 사과할게. 그렇다고 우리가 살면서 좋았던 일이 하나도 없었던 건 아니잖아? 우린 그런대로 무난했다고 생각해."

"아버님이 돌아가시기 전까지는 내가 일방적으로 참고 참았으니까 무난하게 보였던 거죠."

"나도 나름대로 열심히 살았으니까 나빴던 일만 생각하지 말고 좋았던 일을 먼저 생각해 보자는 말이지."

"그러죠. 당신은 내가 아는 한 바람을 피우지는 않았으니까 가정에 충실하지 않았다고는 말하지 않겠어요. 하지만 단지 바람을 피우지 않았다는 사실 하나만 가지고 좋은 남편이었다고 할 수는 없는 거지요. 어쨌든 난 지금 당신을 좋다 나쁘다 평하려는 게 아니에요. 다만 대화를 하려고 한다니까 우리가 어떻게 살았는지 한번 돌아보고 싶어요. 당신 말대로 좋은 추억도 없진 않았겠지요."

정원은 거기서 가볍게 심호흡을 하고 나서 다시 말을 이어갔다.

"아버님이 돌아가시고 나서 내가 갑자기 당신한테 이혼하자고 말했던 적이 있었지요?"

"응, 그랬지. 그 이유가 당신 인생에 주인공인 당신 자신이 없다는 거였어. 난 그때 얼마나 당황하고 놀랐는지 몰라."

상현의 얼굴에 다시 그 시간으로 돌아간 듯 엷은 그림자가 어렸다.

"당신이 내 말을 묵살하고 마는 바람에 결국 이혼은 못 했지만, 난 그때 내 인생에 대해 깊은 실망감을 느꼈어요. 그동안 살아온 걸 뒤돌아보니 내가 없더라고요. 내 인생에 내가 없었어요. 내가 잘못 살았다는 걸 알았지요. 내 인생의 절반을 실패했다는 생각까지 들었어요. 그 뒤로 암에도 걸려서 대수술하고 항암치료까지 받았지요."

그녀의 뇌리에는 지난 일들이 파노라마처럼 펼쳐졌다.

정원이 낯설고 어색한 신혼 분위기를 극복하는 일은 쉽지 않았다.

돌이켜 생각하면 보통의 신혼부부에게 깨가 쏟아진다는 신혼 기간이 그녀에게는 갑작스럽게 바뀐 생활과 환경에 적응하기 위해 안간힘을 쏟아야 하는 시간이었다.

상현은 퇴근 시간이 되자마자 부리나케 서둘러 버스에 올랐다. 종일 직장에서 일하는 시간에는 아무 생각도 하지 않다가 퇴근 시간이 되면 불안감이 엄습해 왔다. 그녀가 단칸 셋방에서 자신을 기다리지 않고 친정으로 돌아갔을 것만 같았다. 무엇으로 보나 자랑할 것이라고는 족보뿐인 자신에게 정원은 과분한 상대였다. 나이도 열 살이나 어리니 친구들은 그를 도둑놈 운운하며 박이 넝쿨째 굴러오기라도 했다는 듯이 부러움을 표하곤 했다.

하루는 상현이 무릎이 깨져 피가 흐르는 채 절뚝거리며 들어왔다. 동네 입구에 있는 정류장에 내리자마자 신혼 셋방을 향해 캄캄한 골목을 달리다가 돌부리에 발이 걸려 넘어졌다고 했다. 그에게 그런 면이 있었다니, 그건 전혀 예상 밖의 행동으로 평소 말도 잘 안 하는 그에게는 어울리지 않았지만 작은 감동을 주었던 건 틀림이 없었다. 그녀는 상현의 그런 행동이 작은 행복이어서 결혼을 지속해야 하는 이유로 삼기도 했다.

그는 말수가 적고 어쩌다 한마디씩 내뱉는 말투 역시 얼핏 듣기에 화가 난 거같이 무뚝뚝해서 잔정이 많은 그녀와는 달랐다.

"얘, 네 남편이 말을 좀 안 하더라도 네가 이해하거라. 그리고 네가 먼저 자꾸 말을 붙여라. 걔가 원래 숫기가 없어서 말을 안 해."

그런 아들의 성격을 걱정하는 시어머니 이옥진 씨는 낮에 잠깐씩 그들의 신혼 방에 들러서 그녀에게 타이르곤 했다. 오죽하면 바로 옆에 사는 사촌 형수한테 형수님이라고 부르는 걸 한 번도 듣지 못했겠냐는 말도 곁들였다. 그 정도로 숫기가 없다는 뜻이었다. 그러니 시어머니는 그가 정원에게도 말을 하지 않아서 결혼생활을 유지하기 어려울까 봐 속으로 노심초사했다.

그녀는 상현과 아침저녁으로 마주 앉아 밥을 먹건만, 밥상을 가운데 놓고 앉으면 매번 어색했다. 불과 한두 달 전만 해도 생판 모르던 아저씨 같은 남자와 갑자기 부부가 되어 한 이불을 덮고 잠을 자며 마주 앉아 밥을 먹고 있는 사실에 적응이 안 되었다. 게다가 상현은 왜 집에만 오면 소설책을 펼쳐 들고 있는지, 일본 대하소설 『대망』 24권 전집을 신혼 기간 일 년에 걸쳐 완독했다.

'살다 보면 익숙해지겠지. 인생 별거 있나, 이렇게 한 세상 사는 거지.'

그녀는 스스로 최면을 걸듯 생각하곤 했다. 그러던 어느 날이었다.

"설거지 빨리하고 와봐. 줄 게 있어."

상현이 저녁 식사를 끝내고 나서 언제나처럼 『대망』을 손에 들고 말했다.

잠시 뒤에 정원이 수돗물도 없고 싱크대도 없는 처마를 달아내 만든 부엌에서 설거지를 끝내고 들어오자, 상현이 봉투 하나를 그녀 앞에 내놓았다. 결혼한 뒤 받아온 첫 월급이었다.

"세어봐."

처음으로 그의 얼굴에 뿌듯하고 기꺼운 미소가 흘렀다.

정원은 머뭇거렸다. 빈 봉투에 가까운 얄팍한 부피가 한눈에 보여서 세어보고 말고 할 것도 없었다. 그녀는 그렇게 얇은 월급봉투는 생전 처음 보았다. 더 정확하게 말하면 세어본다는 게 두려웠다. 그걸로 한 달 생활비나 충당할 수 있을지 모르겠다는 계산이 금세 나왔다.

"어서 세어보라니까."

상현은 쉽사리 손을 뻗어 봉투를 잡지 못하는 그녀를 재촉했다.

그녀의 눈앞에 친정아버지가 아침마다 은행으로 들고 가던 돈 가방이 어른거렸다. 전날 하루에 벌어들인 돈이었다. 봉투 두께로만 보아서는 그 돈의 백 분의 일이나 될까 말까, 그녀는 선뜻 손이 뻗어지지 않았다.

이것이 아버지가 반대한 이 결혼의 현실이구나 싶었다. 박봉의 월급쟁이라는 건 둘째로 치더라도 집안이 너무 가난하다는 것과 상대가 어떤 사람인지 알 새도 없이 너무 급작스럽게 서두른다는 것, 그리고 나이 차이가 너무 많이 난다는 게 결혼을 반대한 큰 이유였다.

결혼 상대로 무엇 하나 만족스러운 게 없었다. 그런 점에서 현실을 무시한 무모한 행동이었던 건 틀림없었다. 하지만 정원은 어차피 결혼은 살아봐야 결과를 알 수 있는 모험이라고 억지를 부렸다. 오로지 가족과의 갈등에서 벗어나는 것만이 이 결혼의 목적이었다.

'어떻게든 나는 이 삶을 살아내야 해.'

정원은 마음속으로 자신을 다독였지만, 한 달 생활비도 안 될 게 뻔한 상현의 월급을 세어볼 엄두가 쉽사리 나지 않았다.

"얼마가 필요한데? 필요한 액수를 말해봐. 내가 무슨 짓을 해서든 가져올 테니까."

상현의 표정이 굳어졌다. 평소 말수가 드문 사람이 못을 박듯이 분명하게 하는 그 말에서는 비장함이 느껴졌다. 순간 정원은 찬물을 뒤집어쓴 것처럼 퍼뜩 정신이 들었다.

"아, 아니에요. 어떡하든 이 돈으로 꾸려나가 볼게요."

자칫 자신이 그를 비리 공무원으로 전락시킬까 두려웠다. 가난하게 살지언정 남편을 망친 아내가 될 수는 없다는 판단이 재빠르게 뇌리를 스쳤다.

그녀는 월급봉투를 집어 들었다. 그리고 봉투를 열고 돈을 꺼내 세어보았다. 오만 원도 안 되는 돈. 평생 잊히지 않는 액수의 첫 월급이었다. 그때까지 공무원 월급이 얼마인지도 모르고 살아왔던 그녀는 그렇게 적은 액수의 돈으로 한 달을 살아낼 엄두가 나지 않았다. 그 실망감, 아무리 표정을 위장하려고 해도 되지 않았다.

봉투의 겉면에 적힌 명세서를 자세히 보니 매달 조금씩 월급에서 자동으로 나가는 금융기관의 빚까지 있었다. 그러니 더 적을 수밖에 없었다. 그녀는 그 돈의 행방을 바로 짐작할 수 있었다. 그들이 사는 전세방의 금액과 맞아떨어졌다.

절로 나오는 한숨을 속으로 삼켰다. 어쨌든 그 돈으로 생활을 꾸려나가야만 했다. 그녀는 안 쓰는 대학 노트를 꺼내 상현과 함께 한 달 예산을 짰다.

긴축생활을 철저하게 실천하기로 했다. 허리띠를 졸라매다 못해 하루 두 끼로 때우더라도 일정 금액을 떼어 저축은 해야 한다고 생각했다. 저축하지 않는다면 희망조차 가질 수 없기 때문이었다.

우선 그 돈에서 이자가 시중은행보다 높은 신용조합에 2년짜리 적금을 넣기로 했다. 그래서 적금 넣을 돈을 떼어 놓고, 나머지를 다시 그의 용돈과 쌀값, 연탄값, 부식비로 나누어 각각 봉투에 넣고 겉봉에 명목을 쓴 다음 화장대 서랍에 넣어 놓았다. 병이 나면 병원에 갈 비상금이나 미용비, 여가를 즐길 문화생활비 같은 건 엄두도 못 냈다.

옆에서 그녀가 얄팍한 월급봉투를 놓고 한 달 예산을 세우는 걸 본 상현은 비로소 빙그레 웃음을 머금었다. 자신이 무슨 복에 이런 여자를 만났을까, 자신보다 열 살이나 어리고 물질적인 고생을 모르고 자란 그녀가 이렇게 알찬 여자일 줄은 전혀 예상하지 못했다. 그는 다시 누운 채 책을 펼쳐 들고 정원을 끌어당겨 품에 안았다.

그래, 가난하겠지만, 사리 분별은 확실한 사람인 것 같으니 이만하면 살 만한 거야. 정원은 그의 품에 안겨 쓸쓸한 자신을 위로했다.

그로부터 일주일쯤 지난 뒤였다. 상현의 목 주위에 뾰루지가 돋아나 벌겋게 성을 내며 문제를 일으켰다. 그대로 두어서는 안 되겠다 싶었는데, 토요일에 일찍 집에 온 그가 가까운 외과에 가보겠다고 집을 나섰다. 아무래도 곪은 종기를 째고 고름을 짜야 할 거 같았다.

"같이 갈게요."

정원이 걱정스러운 얼굴로 따라 일어났다.

"왜?"

"그냥…"

그가 왜 따라오냐고 물으니까 할 말이 없었다.

"내가 아픈데 니가 왜 같이 가?"

"…!"

그가 나직한 목소리로 그녀의 호의를 단칼에 잘라버리니까 더 할 말이 없었다. 정원은 옷을 챙겨 입으려고 장롱문을 열다 말고 그대로 닫았다. 이게 무슨 의미인지 몰라 우두망찰 서 있는데 가슴 가득 무안함이 차 올라왔다. 가슴을 한 대 세게 얻어맞은 것같이 먹먹해졌다.

부부라면 아플 때 서로 챙겨 주고 함께 해주는 게 당연하다고 여겼는데 상현은 그녀에게 의지하고 위로받고 싶지 않은 모양이었다. 어쩌면 그도 정원과의 관계가 당연하게 받아들여지지 않을 만큼 어색한지도 몰랐다.

며칠 전에 그녀가 행여 친정집으로 돌아갔을까 봐 무릎에 피를 흘리며 뛰어왔을 때와는 영 딴판이었다. 첫 월급봉투를 갖다주며 세어보라고 하던 때와도 다른 모습이었다. 그녀가 적은 돈으로 생활을 꾸려나가기 위해 돈을 쪼개고 쪼개 예산을 세우던 걸 보며 감탄의 눈길을 보내던 때와도 달랐다.

상현이 혼자서 병원에 가고 나서 그녀는 서먹한 마음으로 말없이 대문을 걸어 잠그고 방으로 들어왔다. 아무리 생각해도 그의 말은 선뜻 이해하기 어려웠다.

그녀는 아랫목에 깔아놓은 이불 속에 누운 채 천정을 바라보며 생각에 잠겼다. 조금 전까지 상현을 빠르게 알아가고 있다고 여겼던 건 오판이었다는 생각이 들었다. 그들에게는 결혼식을 치르고 잠자리를 함께하는 일보다 더 어려운 일이 마음으로 가까워지는 거였다.

인간과 인간이, 여자와 남자가, 아내와 남편이 서로를 이해한다는 것은 그리 쉽게 되는 일이 아니구나 싶었다. 그들이 사랑의 불씨를 지피기까지는 많은 시간과 노력과 인내와 배려와 희생이 필요할 터였다. 그녀는 비로소 자신의 결혼이 성급했음을 깨달았다.

끝까지 사랑의 감정이 솟아나기나 할 것인지 막막했지만 그렇다고 이제 막 시작한 결혼을 포기할 수는 없었다. 사랑의 감정이 노력한다고 솟는 일인지, 하지만 시작한 지 얼마나 되었다고, 노력도 하지 않고 성급한 판단을 내려 또 다른 잘못을 되풀이할 수는 없었다. 어쩌면 이 문제는 평생이 걸릴지도 모르는 과제라는 걸 그녀는 어렴풋이 느끼고 있었다. 결혼이 두렵다는 걸, 얼마나 심사숙고해야 하는 문제인지를 이제야 알 거 같았다.

'어쩔 수 없어. 시간이 필요한 거야.'

그녀는 자리에서 일어나 화장대 맨 아래 서랍을 열고 옷가지 아래 바닥에 숨겨둔 대학 노트를 꺼내 펼쳤다. 거기에는 날짜와 함께 글이 빼곡하게 적혀 있었다. 수필이라고 하기에는 짧고 시라고 하기에는 좀 길다 싶었다. 수상록이라고 해야 맞을까, 결혼 전에 그저 마음이 답답할 적마다 끄적인 것인데 혹여 상현의 눈에 뜨일까 봐 깊이 감추어 놓았던 것이다.

정원의 꿈은 결혼이 아니라 소설가가 되는 거였다. 물론 결혼과 꿈 두 가지 다 이룰 수도 있다는 걸 생각하지 못한 건 아니었다. 그러나 왜 그랬는지 그녀는 결혼한 자신의 모습을 그려본 적이 없었다. 그런데 어느 날 갑자기 나타난 상현과 결혼해 버렸고, 그녀의 꿈은 멀어지고 말았다. 한 달 생활비도 안 되는 상현의 월급으로는 책 한 권 사볼 형편이 안 되는 거 또한 현실이었다. 그녀는 노트를 펼쳐 놓고 몇 자 끄적거리다가 도로 덮어서 서랍장 맨 밑바닥에 넣고 옷가지로 덮었다.

한 시간 남짓 지나서 그가 돌아왔다. 돌아와서도 여전히 궁금해하는 정원의 마음을 무시했다. 대답하기도 귀찮을 만큼 많이 아픈가 싶었지만, 그럼에도 불구하고 상처 입은 마음에 서운한 감정이 이는 건 어쩔 수 없었다.

그러고 보니 그녀의 말을 무시한 게 처음이 아니었다. 가끔 책을 읽는다고, 신문을 본다고, 어느 때는 피곤한 척 눈을 감고 있으면서 자주 그랬다는 기억이 났다. 화가 난 거 같지는 않았는데 예사롭게 그녀의 말을 잘라먹었다.

그녀는 그런 걸 가지고 일일이 화를 낼 수도 없고, 그렇다고 가뜩이나 낯설고 서먹한데 되갚음 하듯이 똑같은 태도로 상대방의 말을 무시할 수도 없어서 그대로 넘어가곤 했다.

서로의 성격을 몰라 사소한 것으로 상처를 줄 수 있다는 건 서글픈 일이었다. 부부는 일심동체라는 건 헛말이었다. 반드시 상처를 받아서가 아니라 모른다는 그 자체로 거리감을 느낄 적마다 부부도 각기 다른 생각과 다른 몸을 가진 남이라는 걸 절감해야 했다.

'당신은 어떤 사람인가요?'

정원은 속으로 이런 질문을 던지며 상현이 어떤 사람인지 몰라 답답하고 우울했다.

그는 다시 『대망』을 들고 앉아서 책 속에 몰두했고, 그녀는 조금 떨어져 누운 채 천정을 쳐다보며 생각에 잠겼다.

혹자는 말할지도 모른다. 도대체 뭐가 문제냐고. 남자가 손찌검하는 버릇이 있는 것도 아니고, 술 마시고 주정을 하지도 않고 월급을 봉투째 갖다주고 고작해야 책을 읽는 거뿐인데 그만한 사람 만나기도 어렵다고. 그렇게 말하면 상현은 그야말로 일등은 아니어도 꽤 괜찮은 신랑인 셈이었다.

문제는 소통이 안 된다는 거였는데, 그걸 아내가 된 서정원 외에 누가 알겠는가. 그런데 가만히 보면 상현은 이런 분위기가 아무렇지도 않은 모양이었다. 옆에 있는 사람과 말을 하지 않는 게 버릇이 되어서 아주 자연스러운 듯이 보였다. 그리고 보니 그녀 혼자만의 문제일 수도 있겠다는 생각이 들었다. 그가 있음에도 그녀는 외로움이 몰려왔다.

며칠 뒤 상현은 직장에서 회식이 있었다면서 조금 늦은 시간에 돌아왔다. 그는 돌아오자마자 양복 주머니에서 파카 만년필을 꺼내 놓고 말했다.

"내가 당신보다 다 나은데 딱 한 가지만 당신이 나보다 나은 거 같아. 글 쓰는 거. 이제부터 글을 쓰겠다고 하면 이 만년필을 당신에게 줄게."

정원은 느닷없는 상현의 말에 어리둥절해졌다.

"…?"

"당신이 쓴 글을 내가 봤어. 놀라운 재능을 가지고 있다는 생각이 들었어."

"…!"

그녀는 화가 난 것처럼 계속 말없이 상현을 노려보았다.

"몰래 본 건 미안해. 우연히 옷을 찾다가 발견했어. 그냥 묻어 두기에는 아까운 재주라고 판단되어서 말하는 거야. 얼마 전에 외국 갔다 온 친구가 선물로 준 건데 이 만년필로 글을 쓰기 바래."

상현의 말에 그녀가 화를 낼 만한 이유는 없어 보였다. 그러나 정원은 자존심을 다친 듯이 몹시 당황스러웠다. 그 글 속에는 그녀가 지금까지 누구에게도 털어놓저 못했던 그녀의 마음이 솔직하게 드러나 있었다. 아무에게도 말하지 못하는 자신의 이야기를 그 노트에 눈물로 쏟아 놓곤 했었다.

상현이 그 노트를 본 사건은 생각하기에 따라서는 별일이 아니라고 가볍게 넘길 수도 있을 것이다. 하지만 그녀의 반응은 달랐다. 상현의 칭찬이 단순한 칭찬으로 들리지 않았다. 그에게 자신이 자라온 환경에 대해 자세히 말한 적이 없다는 사실이 그랬다. 그것이 진정 그에게 말 못 할 비밀이어서 그랬던 건 아니었다. 그만큼 상현과의 결혼이 급작스러웠기 때문이었다. 아직도 그녀는 상현이 가깝게 느껴지지 않았던 것이다.

남편과 아내는 얼마나 가까운 사이여야 할까, 얼마나 빨리 속에 있는 모든 말을 털어놓을 수 있는 사이일까, 다시 말해 상현도 말을 하지 않아 속을 모르는데 그녀는 자신의 모든 걸 상현에게 꼭 털어놓아야만 하는지, 그 문제에 대해서도 고개를 갸웃거릴 수밖에 없었다.

"아니요. 난 글을 쓰지 않을 거예요."

왜 그랬을까, 그 순간 자신을 괴롭히던 여동생에게 일기장을 들킨 거 같은 기분이 들었다. 그녀는 서랍을 열고 감추어 두었던 노트 두 권을 꺼내 밖으로 들고 나갔다. 그리고 아궁이 앞에 앉아 노트를 찢어 연탄불에 던져 태웠다. 그렇게 그녀는 자신의 꿈을 포기했다.

그 모습을 보는 상현은 당황스러웠다. 그녀가 왜 그토록 화를 내는 건지 이해할 수 없었다. 글의 내용에 대단한 비밀이 있었던 건 아니었다. 그가 생각하기에 정원의 글은 자신으로서는 따라가기 어려운 깊은 사유의 결과물로 여겨진 거뿐이었다. 그래서 높은 점수를 주었고 특별한 재능이 있다고 인정한 것이다. 그런데 그녀의 예민한 반응은 참으로 의외였다.

얼마 전에 상현의 목 뒤쪽에 종기가 나서 병원에 갈 때 보였던 그의 반응이 정상의 범주를 벗어났다고 본다면 이번에 보인 그녀의 반응 역시 지나치다고 볼 수밖에 없었다.

두 사람은 하루에 겨우 몇 마디씩 주고받던 말조차 멈추고 침묵했다. 냉기류가 그들 사이를 감돌았다. 분위기가 처음 다방에서 맞선을 보기 위해 마주 앉았던 어색했던 때로 돌아간 듯했다. 마치 겨우 통성명을 끝내고 난 뒤에 진도를 어떻게 나갈지 몰라 침묵하던 때처럼 막막했다.

그들은 부부가 되었음에도 서로를 향해 한 걸음도 나아가지 못했다는 걸 인정해야 했다. 서로의 마음을 알아가는 건 잘 닦여진 포도를 걷는 것과는 달랐다. 마음의 길은 변화가 많을 뿐만 아니라 낯설어서 미로를 헤쳐나가는 것과 같았다고나 할까.

결혼한 지 한 달이 채 안 되어 정원은 입덧을 시작했다. 놀랍게도 허니문 베이비였다. 하지만 결혼한 상대를 알기도 전에 찾아온 아기는 그녀에게는 벅찬 선물이었다. 어찌 보면 상현과 결혼생활을 지속할 것인지조차 확신이 서지 않는 상태라고 함이 맞았다. 자신의 인생을 걸겠다는 확신이 없었음에도 박차고 나와 버릴 표면적인 구실이 없었고 용기 또한 없었다.

가슴 설레는 사랑의 감정을 느끼지 못하는데도 결혼생활을 끝내야 할 만큼 심각한 문제가 없다는 거, 그것을 뭐라고 해야 할까, 시간에 맡겨두면 그냥저냥 살아질 거 같지만, 한편으로 억울하고 애석했다. 결론부터 말하면 아기가 생긴 이상 이제는 도망칠 생각조차 못 하게 된 셈이었다.

지윤은 그렇게 복잡한 심경 속에서 낳은 아기였다. 그런데 그 아기가 그렇게 재미있는 아기일 줄을 정원은 상상조차 하지 못했었다. 한마디로 천재 재롱둥이였다. 재롱부리는 것만 천재가 아니라 영특하기까지 했다. 어떻게 그토록 뚝뚝하고 멋없고 안 맞아도 너무 안 맞는 그런 사람과 자신 사이에서 그렇게 깎은 배 속처럼 달콤하고 아삭거리는 재롱둥이 아기가 태어날 수 있는 것일까? 그녀는 생각할수록 신기하고 신기했다.

아기는 그녀의 고민과 억울함을 한 방에 날려 버렸다. 말이 없어서 삭막하던 집안에 날마다 깔깔깔 웃음꽃이 피었다. 말은 없어도 웃음은 있었다. 그야말로 세월 가는 줄을 모르게 되었다.

지윤은 발육이 빨랐다. 백일 무렵에 엄마 소리를 하더니 첫돌도 안 되어 엄마와 이야기할 만큼 말을 잘했다. 그토록 말을 하지 않는 사람의 피를 받고 태어난 아기가 그렇게 말을 잘하다니! 놀랍기만 했다.

"여보, 일라요!"

아침마다 잠을 깨우는 십 개월짜리 딸애의 말에 그 목석같은 상현도 기절할 지경으로 귀와 배가 간지러워서 참지 못하고 웃음을 터트리곤 했다. 그들은 딸자식 키우는 맛에 흠뻑 빠져 딸바보가 되었다. 자식이 부부 사이를 이어주는 끈이라더니 정원과 상현의 가정을 받쳐주는 튼튼한 지지대 역할을 했다.

그동안 상현에 대해 알지 못해 안개가 낀 듯 답답하기만 하던 정원의 감정도 앙증맞게 내뱉는 지윤의 말마디에 자지러지게 웃고 나면 모두 가볍게 날아가 버리곤 했다. 상현의 속생각은 하나도 궁금하지 않게 되었다. 정원과 상현의 문제에 있어 아기의 재롱만큼 명쾌한 답이 없었고 웃음만큼 통쾌한 대화가 또 없었다.

그리고 삼 년 뒤 지수가 태어난 해 가을에 그들은 그동안 저축한 돈에 전세금을 합치고, 모자라는 액수는 빚을 얻어 처음으로 내 집을 장만했다. 빚은 방 한 칸을 세놓아 갚을 생각이었다.

상현의 수입으로는 사실 엄두를 내기가 쉽지 않았지만, 그녀가 집을 사겠다고 억지를 써서 밀어붙인 거였다. 시누이 집에 얹혀 지내던 시부모님도 모셔왔다.

억지로 내 집을 마련한 첫 겨울은 참으로 춥고 힘들었다. 세를 놓아 빚을 갚겠다고 한 계획도 뜻대로 되지 않아 겨우내 피를 말리는 시간을 보냈다.

동네가 서향인 데다 가파른 언덕이어서 겨울에는 몹시 춥고 여름에는 반대로 몹시 더운 까닭에 누구도 그 동네에 들어오길 꺼렸다. 그런 약점 때문에 상현의 경제력으로도 살 수 있었던 집이었다.

궁하면 통한다고 했던가, 많은 생각과 노력 끝에 상현은 월급이 좀 더 많은 기업체로 일자리를 옮겼다. 공무원 월급으로 여섯 식구가 살기에는 너무 벅찼기 때문이었다.

이듬해 봄에 정원은 그 집을 되팔아 정부 사업으로 강남의 뽕밭에 세운 5층짜리 소형아파트 일 층으로 이사했다. 계단을 수시로 오르내려야 하는 시부모님을 배려해서 일 층을 선택한 거였다.

방 두 칸짜리 그 아파트는 비록 공간은 좁았지만, 새집이라 깨끗했고 무엇보다도 빚이 없어 마음이 편했다. 집을 줄이고 상현이 직장을 바꾸자 경제적으로 숨 쉴 정도의 여유가 생겼다. 그녀는 그 아파트에서 다시 계획을 세웠다. 억지가 사촌보다 낫다고 허리띠를 졸라매서 일 년에 두 평씩 늘려가자는 계획이었다.

정원은 육아와 동시에 시부모님 수발을 드느라 눈코 뜰 새 없이 바빠서 몸과 마음이 고달팠다. 그러나 집안일은 오로지 그녀의 몫이었다. 상현은 집에 오면 손가락 하나 까딱하지 않았다.

상현은 때가 되면 승진했고, 시부모와 정원의 사이도 원만해서 집안은 언제나 평온한 듯했다. 그러나 그 평온함의 바탕을 자세히 들여다보면 거기에는 그녀의 일방적인 희생이 깔려 있었다고 함이 옳을 것이다.

가정의 평화를 지키기 위해서 그녀는 항상 피로에 젖어 있었다. 행복이 무엇인지 기쁨이 무엇인지 생각할 겨를이 없었다. 시부모를 위해 하루 세 끼 밥상 차리고 시중드는 일부터 빨래와 청소, 두 아이의 육아와 교육, 남편을 뒷바라지하는 일까지 쉴 틈이 없었다. 그러나 세상의 모든 여자가 엄마와 아내, 그리고 며느리로서 다 그렇게 살려니 여겼다.

상현은 집에 들어오는 순간부터 몸을 움직이지 않으려고 옷과 양말을 벗어서 여기저기에 아무렇게나 던졌다. 현관문에서부터 정원이 가방을 받아 들여놓고 양복 윗도리와 바지를 갖다 걸고, 아무렇게나 흩어진 양말을 주워다 빨래 바구니에 넣고, 정신없이 저녁 밥상을 차려주면 먹고 나서 이내 아랫목이나 소파에 길게 누웠다. 그러고서는 양복 호주머니에서 담배를 꺼내 오라, 라이터를 가져오라, 재떨이를 가져오라 하고 시켰다.

그는 집안일에는 신경 쓰지 않았다. 회사에 나가 일하는 거 딱 한 가지 외에는 일절 손 하나 까딱하지 않았다. 그에게 집은 온전히 쉬는 곳이었다. 각자의 역할은 생활비를 버는 회사 일과 집안일로 분명하게 나뉘었다. 무거운 물건을 나르는 등 힘을 쓰는 일이라도 집안일은 그녀의 몫이었다.

시어머니 역시 아들에게 일을 시키는 걸 몹시 싫어했다. 시부모를 모시고 사는 게 어려운 건 바로 그런 점이었다. 그런 까닭에 아무리 힘들어도 남편에게 도와달라고 말하기가 주저되어 차라리 자신이 힘든 게 낫다는 심정이 되곤 했다. 앓느니 죽는다고 될 수 있으면 자신이 해결하고 아쉬운 소리를 하지 않았다.

그녀는 쉴 새 없이 가족들을 위해 몸을 종처럼 빠릿빠릿 움직여야 했다. 그래서 늘 피곤했다. 하지만 막연히 여자의 삶에 대해 회의를 느끼기는 해도 자신의 삶에 대해서는 불만을 가질 줄 몰랐다. 여자의 삶이 다 그렇게 고달픈 것이려니 여겼기 때문이었다.

그런 중에도 정원이 세운 계획은 차질없이 진행되었다. 해마다 아파트를 두 평씩 늘려 이사하기. 그녀는 지독하게 살림을 꾸려나갔다. 아이가 아프면 이웃집에서 돈을 꾸어야 하는 생활 속에서도 해마다 이사는 계속했다.

잦은 이사에도 상현은 이삿짐 싸는 거나 이사한 후에 짐을 푸는 걸 도와주지 않았다. 이사하는 전날까지 기원에 들러 바둑을 두다가 밤늦게 들어와 누우면 금세 잠이 들곤 했다.

지수가 태어난 이후로 그는 줄곧 집에 늦게 들어왔다. 집에 오는 길에 곧잘 기원에 들러 바둑을 두었다. 바둑은 고교 시절 이후로 그의 오랜 취미였다. 신혼 시절에 『대망』을 완독한 이후로 틈만 나면 바둑판을 내놓고 앉아 한국기원에서 내는 월간지를 보며 묘수를 익혔다. 그러다 아이들이 대여섯 살이 되면서부터는 아예 기원에서 살다시피 했다.

"당신의 마음은 네모인가요, 세모인가요? 아니면 동그라미인가요?"

그녀의 질문은 계속되었다. 도무지 그의 마음속에 무슨 생각이 있는지 알 수 없었기에 그녀로서는 참으로 절실한 물음이었는데 돌아오는 건 항상 묵묵부답으로 무시하는 태도였다.

정원은 '나는 무엇일까?'하고 자신에게도 묻게 되었다. 그리고 상현에게 있어 자신은 한낱 종에 불과한 존재일지도 모른다고 생각하기에 이르렀다.

그녀는 우울해졌고 불면증에 시달렸다. 그러나 상현은 한 침대에서 한 이불을 덮고 잠을 자면서도 그녀가 날마다 뜬눈으로 밤을 지새운다는 사실을 전혀 알아채지 못했다. 그 정도로 관심을 두지 않았고 둔감하기까지 했다. 절망감마저 들었다. 그녀는 차츰 생에 대한 의욕을 잃어갔다.

그러던 어느 날 줄곧 이십 일을 뜬눈으로 새우고 난 뒤였다. 세상이 갑자기 빙글빙글 돌기 시작했다. 속이 메스꺼워서 먹은 음식을 토했다. 아무리 중심을 잡고 정신을 가다듬어도 세상은 돌기를 멈추지 않았다.

그녀는 마침내 쓰러졌다. 이웃의 도움으로 병원 응급실로 실려 가 진찰을 받았다. 여러 가지 검사를 받았지만, 그녀의 몸에서는 아무 이상도 발견되지 않았다. 마지막으로 보내진 곳이 신경정신과였다. 우울증으로 인한 심한 불면증이 원인이라고 했다.

그녀는 신경정신과 병동에 입원했다. 말이 입원이지 사실상 갇힌 거나 다름없었다. 이중 삼중의 철문에 커다란 자물쇠가 걸리고 외부인과 면회가 금지되었다. 남편인 상현조차 만날 수 없었다.

의사는 그녀의 우울증을 치료하기 위해서 약과 상담을 병행했다. 담당의는 그녀의 우울증을 몸이 감기에 걸리듯이 마음이 감기에 걸려 아픈 거라고 표현했다. 그리고 말했다. 얼마나 머릿속이 복잡하면 세상이 빙글빙글 돌았겠냐고. 그녀는 그 표현에 용기가 나는 듯했지만, 어지럼증과 불면증은 쉽게 좋아지지 않았다.

자신이 살아온 지난 시간을 되돌아보았다. 그동안 바윗돌을 마주하고 사는 듯한 삶에 지쳤다는 생각이 들었다. 절망감이 밀려와 생을 끝내고 싶다는 유혹마저 일었다.

그녀를 일으켜 세운 건 아이들이었다. 삼 주일 만에 면회 온 상현이 작은 쪽지를 내밀었다. 바로 일곱 살이 된 지윤이 일찍이 혼자 익힌 한글로 삐뚤빼뚤 쓴 손편지였다.

'보고 싶은 엄마, 빨리 나아서 집에 와야 해요. 지윤이하고 지수가 많이 많이 기다리고 있어요. 엄마 사랑해요.'

정원은 그 편지를 읽고 나서 울고 또 울었다. 어떻게든 이 위기를 극복하고 살아야겠다는 생각이 들었다.

"그렇게까지 힘든 줄 몰랐어. 미안해."

상현이 한 말은 그게 다였다. 그녀 역시 더 바라지도 않았다.

그녀는 빠르게 좋아져서 일주일이 지난 뒤에는 집으로 돌아올 수 있었다. 아이들은 그녀를 붙잡아 주는 끈이었다. 자식이 있는 엄마는 자신의 인생을 함부로 던질 수 없는 것이다. 그래서 알고도 기꺼이 종이 되는 것이다.

그 일이 있고도 상현이 달라진 건 없었다. 그는 묵묵히 자기 일만 했고 말이 없으니 잔소리 또한 없었다. 그녀만 참으면 생전 싸우자고 시비 걸지도 않았다.

지나치게 과묵한 점은 정원만 빼고는 모두에게 장점으로 비쳤다. 그들은 그를 진국이라고 했다. 분명 진국은 진국이었다. 그래서 정원은 누구에게 하소연할 수도 없었다. 그들은 뒤에서 이바구할 지도 몰랐다. 복에 겨워서 요강에 뭐 싸는 소리를 한다고.

아아, 누군가 바닷물 속으로 뛰어들며 소리쳤다. 그 소리에 깊은 상념에서 나온 정원이 상현에게 말했다.

"그렇게 서둘러서 결혼하는 게 아니었는데, 당신을 몰라서 너무 힘들었어요. 하도 말을 안 하고 마음을 안 여니까 아는 데 십 년이 걸렸어요. 아이들을 낳고서도 당신이 어떤 생각을 하고 있는지 알 수 없었어요. 게다가 신경이 얼마나 굵은 동아줄인지 난 우울증에 걸려 잠을 못 자고 밤새 뒤척거려도 당신은 까맣게 모르고 혼자서 잠을 잘 자더군요. 결국 내가 쓰러져서야 알았잖아요?"

그녀는 지난 일이라고 웃으며 말했다.

"내가 워낙 말이 없는 성격이라 많이 답답한 거 알아. 그게 타고나길 그렇게 타고나서 안 고쳐지네. 이제부터 노력할게. 그런데 이거하나는 확실하지. 그때 서두르지 않았으면 당신이 나하고 결혼했겠어? 난 당신한테 첫눈에 반했는걸."

"첫눈에 반한 여자를 그렇게 외롭게 해요?"

정원은 기가 막혀서 또 웃었다. 어차피 헤어지지 못하는 거, 첫눈에 반했다니 싫지는 않았다. 그녀는 상현과 자신은 결코 끊을 수 없는 굵은 운명의 줄로 꽁꽁 묶여있다는 느낌이 들었다. 그러므로 그에게서 벗어날 수 없다는 것도 진즉 알고 있었다. 십 년이 지나서야 그의 마음이 보였다. 맑고 깊은 물 속에 잠긴 조약돌처럼. 그런데 아무것도 없었다. 다시 말해 두 사람의 삶에 대해 특별한 생각이나 계획같은 건 없었다는 말이다.

그는 아내를 사랑하는 방법을 모른다고 해야 할까, 그저 결혼식이라는 형식적인 절차만 거치고 나면 그 뒤부터는 태엽을 감아놓으면 자동으로 춤추는 인형처럼 저절로 살아가는 줄 아는 사람이었다.

그런 까닭에 그녀 역시 그가 자신을 자상하게 살펴주지 않았다고 이제 와 탓할 생각이 없었다. 그런 남편을 만난 것도 운명이거니 여기고 싶었다.

"미안해. 내가 표현도 못 하고 눈치도 없어서. 그렇지만 당신과 사는 동안 다른 여자는 쳐다보지도 않았으니까 그만하면 괜찮은 편이잖아?"

"쳐다봤는지 안 쳐다봤는지 내가 그걸 어떻게 알아요? 내 눈에는 곰이라도 혹시 어느 눈 삔 여자가 여우로 볼지 그건 모르는 일이니까."

"맹세해. 맹세한다니까!"

"ㅎㅎㅎ."

남자는 모두 어린아이라더니 그가 꼭 어린아이 같아 보여서 정원은 재미있다는 듯이 웃었다. 그러고 보니 상현의 이런 모습이 처음으로 보였다.

곰 같아서 살가운 구석이라고는 없는 남자라도 막상 한눈을 팔면 질투가 날 거 같다는 생각이 들었다. 어쨌든 부부로 살아온 세월이 있어서 미운 정 고운 정 다 들은 모양이었다.

"결혼 초에는 당신이 도망갈까 봐 불안했는데, 지수가 태어난 뒤로는 마음이 놓였어. 아마 그래서 그랬던 거 같아. 그리고 당신이 부모님 모시는 일에서부터 집안 살림과 아이들 교육까지 빈틈없이 잘하니까 믿었던 거야. 게다가 우리 자식들이 영특하고 착해서 속 한번 안 썩였잖아? 마음이 편해서 긴장이 풀어졌지."

"그래요. 처음엔 우리 자식들 때문에 헤어지지 못했어요. 그다음엔 재산이 조금씩 느는 재미도 있었고, 말 없는 당신에게 익숙해져서 견딜 만했어요. 그리고 당신 속을 알게 되었지요. 난 항상 당신이 말을 안 해도 마음속에 무엇인가 생각이 있을 거라고 여겼어요. 십 년이나 걸려서 당신 마음이 보였는데 아이들 말로 꽝이었어요. 아무것도 없더라고요. 아무 생각이 없었어요. 그때 정말 실망했지요. 그 이유를 알겠더라고요. 날마다 바둑만 두었으니 사색이란 걸 해보았겠어요? 인생을 설계해 봤겠어요? 그런데 결정적으로 나를 실망하게 만든 건 그게 아니었어요."

그랬다. 결정적으로 그녀가 상현과 헤어질 생각을 하게 된 이유는 가슴 뛰는 사랑의 감정을 못 느껴서도 아니었고, 그가 말을 하지 않는 사람이어서도 아니었다. 종처럼 산다는 것 때문도 아니었다.

목석같은 성격도 일찍이 익숙해졌으니, 철학이 없고 감성이 없는 것도 으레 그러려니 여기면 그만이었다. 그런 성격을 가진 사람을 남편으로 만났으니 어찌 외롭지 않기를 바랄 수 있겠는가, 외로움도 진즉 몸에 배어 인생이 그런 것이거니 여기게 되었고, 우울증도 극복한 그녀였다. 자식들이 있는 한 웬만해서는 이혼을 거론할 수 있는 이유가 아니었다.

결정적으로 그녀를 실망하게 만든 건 아이러니하게도 자기 자신이었다. 바로 인생에 대한 자각이 없이 가부장적인 사고를 그대로 답습한 결과 절반의 실패를 가져온 자신에 대해 깊은 실망감을 느꼈던 것이다.

그때 상현이 손목에 찬 시계를 들여다보았다. 아이들과 만나기로 한 시간이 얼마 남지 않았다.

"이제 돌아갈 시간이야. 나머지는 배에 돌아가서 하지."

그는 서둘러 백사장에 아무렇게나 버려진 자전거를 일으켜 세웠다. 그리고 부부는 다시 자전거에 올라 관광용 기차가 승객들을 내려주었던 곳으로 가기 위해 함께 페달을 밟았다.

한편 지윤과 지수 남매는 미국이 낳은 노벨문학상 수상 작가인 어네스트 헤밍웨이 생가에 도착했다. 생가 건물은 아직도 헤밍웨이가 살았던 당시의 아름다움을 간직하고 있는 듯 깔끔하게 보존되고 있었다. 손을 대면 건물 곳곳에 배어있을 그의 숨결이 묻어나올 거 같았다.

그들이 박물관으로 들어서자 어디선가 한 무리의 고양이들이 나타나 그들 앞을 가로질러 우루루 사라졌다. 헤밍웨이가 생전에 키운 고양이의 후손들이라고 했다.

지수는 『노인과 바다』를 읽었던 기억을 떠올렸다. 고등학교 때였다. 수학과 물리가 좋아 이공계 쪽으로 진로 방향을 잡고 있었던 그는 인문학에는 좀체 취미가 붙지 않았다. 무식하다는 소리를 듣지 않으려고 학교 도서관에서 책을 빌려 읽기 시작했다. 제일 먼저 읽은 책이 바로 헤밍웨이의 작품이었다. 영어 선생님이 하도 자랑스럽게 말해서 관심이 생겼던 것이다.

한편으로는, 솔직히 고백하자면, 미국 작가가 쓴 노벨문학상 수상작을 읽고 자신이 문학에 대해 문외한은 아니라는 걸 친구들에게 인식시키고 싶은 일종의 허세라고나 할까, 그런 마음이 있었다.

특히 그가 좋아하는 유나에게 잘 보이고 싶었다. 십 대의 치기 어린 발상이었음을 인정하지 않을 수 없었다. 그런데 거의 절반까지는 좀 지루해서 여러 번 중단할 뻔했던 기억이 또렷했다. 끈기와 인내심이 필요했다고나 할까?

어느덧 불혹의 나이를 넘겼건만 아직도 그가 말하고 싶었던 메시지가 무엇인지 선뜻 이해되지 않았다. 노인이 고기를 잡기 위해 사투를 벌이듯이 끝까지 인내하며 노력하라는 것일까? 노력의 결실을 보지 못하고 노력으로만 끝난다면 인생은 노인이 힘들게 잡은 물고기가 금세 뼈만 남은 것처럼 허망할 거 같았다. 혹시 그 말을 하고 싶었던 것은 아닐까? 인생은 그처럼 허무하다는 것.

"난 헤밍웨이가 쓴 『노인과 바다』에서 맨 마지막 문장만 기억에 남았어. The old man was dreaming about the lions. 이 말은 인생은 물고기가 뼈만 남았듯이 허무하지만, 노인이 사자 꿈을 꾸듯이 끝까지 용기를 잃지 않아야 한다는 말인 거 같아."

지윤도 같은 고민에 빠져있었던 것인지 한참을 심각하게 생각하고 있는 지수에게 말했다.

언제 준비해왔는지 지윤이 쏘시지 한 조각을 꺼내 쭈뼛쭈뼛 다가오는 고양이 한 놈에게 내밀었다. 반갑게 다가와 날름 먹어 치웠다. 이곳에 고양이가 많다는 정보를 미리 듣고 온 거 같았다.

"나 소설 쓰려고 해."

지윤이 뜬금없이 말했다.

"응? 소설?"

갑작스러운 지윤의 말에 지수는 영 생뚱맞다는 듯한 표정을 지었다.

"내가 여섯 살에 시를 썼다는 거 알지? 그리고 초등학교 다닐 적에는 글짓기 대회에 나가서 상 받은 적이 있었던 것도 알지? 그것도 두 번이나. 일기를 잘 써서 학교 선생님들이 내 일기장을 갖다 돌려보고 자기 아이들에게 보여 주고 싶어 했다는 것도 들었지?"

"응, 알지."

"도전해볼 거야. 진호도 곧 대학으로 떠날 텐데, 뭔가 남은 생을 걸 수 있는 걸 찾아야 할 거 같아. 다람쥐 쳇바퀴 돌 듯 회사와 집만 왕복하는 인생은 영 재미없어서 못 살겠어. 기분이 꼭 『노인과 바다』에서 노인이 잡은 뼈만 남은 물고기 같단 말이야."

결심을 단단히 굳힌 듯 지윤의 표정이 예사롭지 않아 보였다.

"헤밍웨이 생가에서 헤밍웨이의 뒤를 이을 결심을 하다니, 썩 괜찮은 생각인 거 같네. 잘 해봐."

"언감생심 내가 어떻게 헤밍웨이의 뒤를 잇겠어? 그렇게 거창한 거 말고 그냥 소박하게, 뭔가 새로운 도전을 해보고 싶다는 말이지. 소설가는 엄마의 꿈이었다는 거 너도 알지? 내가 이룰 거야."

사실 지윤은 어릴 적부터 글 쓰는 재능이 보였었다. 그러나 도중에 꺾이고 말았지만, 학문적으로 깊이 있는 공부를 해서 보다 더 현실적인 꿈을 이루기를 원했던 것이다.

"응원할게."

"고마워. 근데 얼마나 걸릴지 모르니까 엄마 아빠한테는 비밀이야."

"알았어."

지수는 손으로 입에다 지퍼 채우는 시늉을 하며 웃었다.

그곳에서 나오다가 그들은 어머니와 함께 딸을 데리고 들어서는 현우와 마주쳤다. 밖에 세워 놓은 빨간색 골프 카트를 타고 온 모양이었다. 키웨스트 섬은 작았지만, 그렇다고 더위 속을 걷기에는 무리였다.

그들은 현우의 가족을 향해 가볍게 손을 흔들었다. 지윤은 현우를 향해 이따 보자는 말을 남겼다. 그들은 다시 자전거 페달을 힘차게 밟아 부모와 약속한 장소로 갔다. 정원과 상현도 알맞은 시각에 도착했다. 거기서 각각 타고 온 자전거를 반납하고 곧바로 관광용 기차를 타고 부두를 향해 중심거리를 달렸다.

부두에 정박하고 있는 화려한 유람선이 눈앞을 막아섰다. 뒤쪽의 맨 꼭대기에 있는 굴뚝에서 하얀 김이 펑펑 쏟아져 나오고 있었다. 밖에서 보는 굴뚝은 바닷속으로 자맥질하고 있는 커다란 물고기의 꼬리 모양이었다. 그리고 보니 배는 전체 모양이 한 마리의 거대한 고래같이 보였다.

순간 지수는 헤밍웨이 소설 속 노인이 잡은 큰 물고기를 떠올렸다. 사람들은 뼈만 남은 물고기를 상어라고 생각했는데 혹시 고래는 아니었을까 상상해 보았다.

스무 살의
마지막 기억

배는 코주멜을 향해서 다시 움직이기 시작했다. 점심 식사를 마치
고 지윤은 현우와 약속한 대로 그를 만났던 수영장 근처로 갔다. 수
영장 입구에 있는 유명 햄버거 가게 앞에는 사람들이 길게 줄을 서서
차례를 기다리고 있었다. 반대쪽의 포장마차 앞에는 간이의자에 사
람들이 앉아 술을 마시면서 시끌벅적 떠들어댔다.

계단을 통해 한 층을 더 올라갔다. 어제 수영장과 그 주변을 한눈
에 내려다보았던 곳이었다. 지금은 사람들이 춤을 추지 않았다.

중앙의 큰 풀과 목욕탕 같은 작은 풀에는 사람들로 가득 차서 움
직이지도 못하고 겨우 물속에 몸을 담그고 있었다. 주변에 빼곡하게
줄지어 놓은 썬베드에 누워있는 사람들까지, 그들은 껍질 속에 촘촘
히 들어찬 석류알 같았다.

그녀의 머릿속에 지난 밤 춤추던 사람들의 모습이 어른거렸다. 과
감한 노출에 원색적인 차림이 그토록 아름다운 패션이었던가 싶어

새삼 감탄했었다. 이곳은 수영하는 곳이 아니라 춤을 추는 장소로 딱 어울리는 곳이었다.

새삼 미국을 칭하는 '샐러드 볼'이란 말이 떠올랐다. 이 크루즈 선 중에서도 이곳 수영장이야말로 샐러드 볼이라는 생각이 들었다. 여러 가지 재료를 넣고 드레싱까지 듬뿍 뿌려야 보기에도 좋고 맛도 있는 샐러드가 되듯이, 전 세계의 다양한 인종이 음악과 춤으로 하나 되어 진정 조화로운 분위기를 연출할 수 있는 곳이 아닐까 싶었다.

그녀는 주위를 두리번거렸다. 현우가 배의 오른쪽 가장자리에 서서 손을 흔들어 보였다. 서둘러 그쪽으로 걸음을 옮겼다. 어제에 이어 오늘도 날씨는 맑았고 바람도 적당히 불어주어 물결은 잔잔했다.

키웨스트에서 다시 출발한 배는 속력을 내서 달리고 있었다. 동서 남북을 돌아보아도 바다에는 점 하나 보이지 않았다. 육지에서 멀리 떨어져 있는지 날아다니는 갈매기조차 보이지 않았다.

현우는 낮에 입었던 간편한 복장이 아니라 베이지색 면바지에 분홍빛이 도는 셔츠 차림이었다. 그들은 배 안을 구경할 겸 산책하는 기분으로 천천히 걸었다.

그녀가 입은 무릎 아래로 내려오는 치맛자락이 바람에 날리며 몸에 휘감겼다. 혹시나 불안한 마음에 한쪽 팔을 내려 살짝 잡았다.

계단을 따라 맨 꼭대기까지 올라갔다. 조용하고 한적한 곳이 나왔다. 앞이 탁 트이고 바다와 하늘이 한눈에 보였다. 그리고 크고 폭신하고 아늑하게 만들어진 원형 썬베드가 여기저기 몇 개 놓여 있었다. 여기가 바로 밤이면 젊은 연인들이 총총한 별을 보며 사랑을 나누기 위해 찾는다는 곳이었다. 낮이라서 다른 사람은 보이지 않았다.

"우리 저기 앉을까?"

그녀가 좀 어색한 표정을 짓자 현우가 조금 떨어진 곳에 있는 작은 벤치를 손으로 가리키며 말했다. 그들은 그 벤치에 약간의 간격을 두고 나란히 앉았다. 두 사람 사이에 잠시 침묵이 흘렀다.

"그때는 우리 모두 충격이 너무 커서 경황이 없었던 거 같아. 나중에 너와 소식이 끊어진 뒤에야 후회했지만 난 이미 동부에 있었고, 코리안 클럽 회원들도 뿔뿔이 흩어진 뒤였어. 다들 트라우마에 시달리느라 일부러 단절하고 지냈던 거 같아."

현우가 먼저 침묵을 깨고 조심스럽게 오래전 그 일에 관해 입을 열었다. 그들이 공유한 기억인 그때 스무 살의 그 이야기를 빼고는 대화할 수 없다는 생각이었다. 한 번은 통과해야만 하는 의례와도 같은 거였다. 그녀도 어제 현우를 만나고 나서 그 시절을 돌이켜 생각하느라 새벽녘에서야 겨우 잠이 들었던 것이다.

"나도 오랫동안 트라우마에 시달렸어. 혜린은 나와 제일 친했는데 내가 좀 더 보살펴주지 못했다는 자책감도 들었고. 혜린을 잊을 수는 없지만, 그 끔찍했던 마지막은 늘 기억하고 싶지 않아서 일부러 피하려고 노력하곤 했어. 그래서 회원들과 멀어지고 말았어."

"우리 그때 마지막 파티를 열었지."

"그랬었지."

지윤이 쏟아질 듯 반짝이는 별빛으로 시선을 보내며 대꾸했다. 별빛은 다소 무거운 그들의 분위기와는 달리 영롱하게 빛나고 있었다.

그녀는 현우와 함께 기억하지 않으려고 애써 피했던 그 마지막 장면과 어쩔 수 없이 마주하고 말았다.

다행히 폭동은 일어나지 않았다. 폭동 재발설의 원인이었던 로드니 킹 사건의 원인이 된 네 명의 백인 경찰관 중 두 명에게는 유죄, 나머지 두 명에게는 무죄 평결이 내려진 결과였다. 한시름 놓게 된 교민사회와 마찬가지로 회원들의 마음도 불안감에서 벗어나게 되었다.

누군가 파티를 열자고 한 제안에 너도나도 동의했다. 그들을 짓누르고 있던 폭동의 불안감에서 해방되었다는 게 그 명분이었다. 거기에 더해서 각자 안고 있던 청춘의 열병 같은 걸 털어버리고 싶었던 이유도 작용했던 듯했다.

사실 미국의 대학에서는 주말마다 파티가 열려서 파티스쿨이라는 별명을 얻고 있는 대학도 많았으니까 굳이 명분을 앞세울 필요는 없었다.

그녀도 파티에 참석하기로 했다. 사 년제 대학으로 전학하게 된 걸 계기로 회원들과 마음의 정리를 할 겸해서 에릭과 마지막 인사를 하고 싶었다. 마침내 엘에이 지역이 아닌 캘리포니아 북부에 있는 대학으로부터 입학 허가를 받았던 것이다. 그동안 모아두었던 돈을 몽땅 털어 드레스와 구두를 장만했다.

혜린도 한껏 치장하고 나왔다. 안 그래도 예쁜 외모가 한층 더 빛났다. 아르바이트해서 번 돈으로 산 화려한 드레스에 준호가 사준 귀

173

걸이와 목걸이를 했다. 화장을 진하게 하고 미장원에 가서 머리 손질도 했다. 평소 회원들의 눈에 비친 우울한 고혜린이 아닌 밝고 예쁜 여자로 기억되고 싶었다.

"정말 예쁘구나."

먼저 도착한 지윤이 반갑게 다가가 인사를 건넸다. 그녀가 혜린을 보는 건 꽤 오랜만이었다. 현우의 부름을 받고 킴스에 들렀을 적에 잠깐 얼굴을 본 이후로 처음이었다. 혜린은 한결 밝아 보여서 한 송이 꽃이 피어있는 듯 주변까지 환하게 만들었다. 혹시 무소식이 희소식이라고 준호와 다시 잘 되고 있어서 소식이 뜸했던 건 아니었을까, 그녀는 제발 그렇기를 바랐다.

게다가 준호와 나란히 파티에 나왔기 때문에 그녀뿐이 아니라 다른 회원들의 눈에도 치장한 모습이 행복의 상징인 듯한 착각을 불러일으켰다. 회원들이 다가와 너도나도 칭찬을 아끼지 않았다. 화려하고 밝은 혜린의 모습을 보니 그녀는 마음이 좀 놓였다.

정장 차림의 신사들과 아름다운 드레스를 입은 숙녀들이 속속 모여들었다. 예상보다 많은 편이었다. 회원들이 함께 꾸민 홀 안은 오색 풍선이 매달리고 디스코 미러볼이 돌아가며 홀 안을 환상적인 분위기로 만들었다. 홀로 들어오는 입구에도 화분을 놓아 장식했다.

아직 파티는 시작되지 않았고 회원들은 오는 대로 삼삼오오 모여서 얘기를 나누거나 음료를 즐기고 있었다.

"저기 좀 봐!"

유란이 화들짝 말했다. 데이빗이 소문으로만 듣던 열 살 연상의 이혼녀와 손을 잡고 들어오고 있었다. 그 모습을 본 회원들은 놀라움에 입을 다물지 못하다가 한 마디씩 뱉었다.

"어쩌면 저렇게 뻔뻔스러울 수가 있니?"

"아니 땐 굴뚝에 연기 나는 일 없지."

"아주 중년 부부 같다 얘. 기가 막혀!"

에리카가 입가에 묘한 웃음을 지으며 비꼬았다.

"순진한 데이빗이 저 여우 같은 여자의 꼬임에 넘어간 거야."

유란은 데이빗의 입장에서 두둔하듯이 말했다.

"누가 순진해? 데이빗이? 설마 쟤 뱃속에 구렁이가 여러 마리 들어앉아 있는 걸 모르는 건 아니지? 분명 저 여자의 돈 때문일 거야."

에리카가 다시 유란의 말에 반박했다.

"어유, 너희 둘은 왜 보기만 하면 서로 으르렁대는지 아무래도 오늘 푸닥거리 한 번 제대로 해야 하겠다."

회원들의 말에 유란이 혀를 차는 시늉을 하며 에리카에게서 떨어져 갔다.

그들을 바라보는 지윤의 기분도 묘한 건 마찬가지였다. 다른 회원들처럼 노골적으로 비아냥거리지는 않았어도 두 사람의 앞날을 축복해 줄 기분은 아니었다. 그녀는 이내 시선을 거두어들였다.

회장의 인사말이 끝나자 빠른 박자의 음악이 홀을 울렸고 동시에 회원들은 중앙으로 몰려나와 몸을 흔들었다. 마치 폭동의 망령을 털어버리려는 굿판을 벌이는 듯 그들의 몸짓은 격렬했다.

에릭이 가볍게 몸을 날려 바닥을 구르듯 공중제비를 넘었다. 그의 연속적인 백 텀블링은 파티에서 가장 볼 만한 그만의 장기였다. 회원들은 춤을 추는 걸 중단하고 그에게 공간을 만들어 주며 구경하다가 일제히 박수로 화답했다.

한바탕의 춤사위가 끝나자 음악은 바뀌고 홀 안의 분위기는 갑자기 물을 끼얹은 듯 가라앉았다. 디스코를 즐기는 회원들은 아쉬운 표정을 지으며 물러나고 쌍쌍이 손을 잡고 나왔다.

혜린과 준호 커플이 제일 먼저 앞으로 나가 슬로 댄스로 속삭이듯이 스텝을 밟기 시작했다. 분위기가 꼭 결혼식이 끝난 뒤의 피로연에서 신랑 신부가 손을 맞잡고 춤을 추는 거 같았다. 이어서 데이빗이 그 이혼녀의 손에 이끌려 나갔고, 유란도 다른 남자 회원과 손을 잡고 춤을 추었다.

지윤은 별로 춤출 기분이 아니어서 맥주를 마시고 있었다. 그때 에릭이 불쑥 다가와 손을 내밀었다. 그가 춤을 추자고 할 줄은 미처 예상치 못했던 터라 그녀는 당황했다. 그러나 거절하지는 않았다. 이 시간이 끝나면 그의 지긋지긋한 스토커 행동도 사라질 거라는 예상으로 마지막 선심을 쓴다는 생각이었다. 그의 손에 이끌려 춤추는 무리 속으로 들어갔다.

한동안 말없이 서로 손을 잡고 음악에 맞춰 움직였다. 지윤은 그와 춤을 추면서도 마음속으로는 여러 감정이 혼란스럽게 교차했다. 연민과 당혹감이 들었고, 후련하면서도 동시에 약간의 미안한 감정도 없지 않았다. 그런 혼란스러운 감정을 견디지 못한 그녀가 먼저 입을 열었다.

"입대한다는 얘기 들었어."

"그래, 나 군대에 자원했어. 너 같은 계집애 보기 싫어서 멀리 떠나기로 결심한 거야. 앞으로는 내가 귀찮게 하지 않을 테니까 잘 살아!"

에릭의 목소리는 갑자기 격앙되어 떨렸다. 그러자 그녀는 망연했고, 그도 전혀 예상하지 못한 자신의 말에 스스로 놀랐는지 춤추던 동작을 멈추었다. 그리고 서로의 얼굴을 멀뚱히 쳐다만 보았다. 짧은 순간 그녀는 자신이 그에게 그토록 못 할 짓을 한 것일까 싶었고, 그래서 황망히 쳐다만 보다가 잘 가라는 말조차 잊고 말았다.

울고 있는 것일까, 에릭은 성큼성큼 플로어에서 빠져나가 밖으로 사라졌다.

지윤은 뒤쪽 테이블로 가서 의자에 털썩 주저앉았다. 혜린이 그녀에게로 다가왔다. 위로해 주려고 했던 거 같은데 막상 앞에 와서는 별로 말이 없었다. 둘이서 조용히 맥주를 홀짝거렸다.

"목걸이가 예쁘구나."

그녀가 멋쩍어서 한 말이었다.

"그럼 너 가져."

혜린은 즉시 자신의 목에서 목걸이를 풀어서 그녀의 손바닥에 쥐어 주었다.

"아냐! 그런 뜻으로 한 말이 아니었어. 오해하지 마."

그녀는 혜린의 행동에 놀라 완강히 거절했다.

"오해하는 거 아니고, 진심으로 뭔가 주고 싶은데 줄 게 없어서."

혜린의 표정이 진지해서 진심을 이해할 수는 있었다. 그러나 그 목

177

걸이는 준호한테 받은 선물이라는 걸 그녀가 모를 리 없었다.

"자꾸 그러면 나 화낸다."

그녀는 혜린의 행동을 납득할 수 없었다.

"그럼 이건 어때? 이건 내가 벌어서 산 거다. 아주 싸구려는 아니
야. 너 곧 엘에이 떠날 거잖아? 그래서 주는 거야."

혜린은 머리에서 제법 고급스러운 하얀 핀을 뽑아 내밀었다. 지윤
은 더 이상 거절할 구실이 없어서 하는 수 없이 그 머리핀을 받았다.
혜린이 직접 머리에 꽂아 주었다.

"고마워해야 하니? 이 웬쑤야!"

그녀의 말속에는 여러 의미가 담겨 있었다. 그들은 서로 끌어안고
등을 토닥이며 웃었다.

혜린은 원래 외유내강의 성격이었다. 그런데 유일하게 약해지는
상대가 준호였다. 사랑 앞에서 혜린은 모든 걸 내려놓았다. 밀고 당
기는 줄다리기를 모른다고나 할까, 지나치게 자신을 굽히고 헌신적
이었다. 맺고 끊는 데에 약해서 한 번 마음을 주면 한없이 끌려다니
는 점이 그녀의 삶을 어지럽게 만든다고 볼 수 있었다.

현우가 준호를 두고 못마땅하게 여기는 것도 혜린의 그런 점을 아
는 까닭이었다. 혜린에 비하면 준호는 너무나 현실적이고 계산이 빠
른 편이어서 한번 마음을 결정하면 냉정하게 선을 그었다. 자신의 아
버지로부터 물려받은 처세술인 셈이었다.

"지윤아, 난 너를 이해해. 에릭은 결코 네 상대가 아니야. 넌 꿈이
크고 남자 보는 눈이 높아. 너는 꼭 성공할 거야. 생각나니? 언젠가

에릭이 쓴 소설 말이야. 그 소설 속에서 넌 성공한 교수였고, 데이빗은 나이트 클럽 사장으로, 유란은 카페 여주인이고 이혼녀로 그렸었잖아. 난 준호와 헤어진다는 내용이었어. 그때 난 준호에게 자신감이 넘쳐서 별로 실망도 안 했어. 그런데 그 시답잖은 장난이 현실로 되려나 봐."

혜린은 자조적인 웃음을 지었다. 지윤은 혜린의 말을 듣고 잠시나마 준호와 잘 되기를 기대했던 마음이 일시에 무너지는 걸 느꼈다. 혜린은 이내 표정을 바꿔서 다시 말했다.

"현우는 공부를 마치고 한국에 돌아가서 교수를 한다고 썼지? 현우는 성실해서 아마 그렇게 될 거야. 에릭이 실속은 없어도 사람 보는 눈은 여간 아니야. 너를 좋아하는 거만 봐도 그렇지."

혜린은 술기운 때문인지 큰소리로 과장되게 웃었다.

언젠가 에릭은 정말 그런 소설을 쓴 적이 있었다. 뭐 소설이랄 것도 없이 조잡한 수준의 말장난에 지나지 않았다. 그는 소설가가 될 거라는 엉뚱한 이야기도 가끔 했었다. 그러나 회원들은 누구도 그의 글을 진지하게 읽지 않았다. 그저 재미있는 발상이라고 웃어넘겼을 뿐이었다.

"너희 둘, 정말 깨진 거야?"

지윤은 안타까운 심정이 되어 물었다.

"준호와 나 오늘이 마지막이야. 이 파티를 끝으로 준호와 나는 각자의 길을 가기로 했어. 이 파티에도 오지 않는다는 걸 내가 마지막으로 한 번만 같이 가자고 사정해서 온 거야. 말하자면 이것이 준호와 나의 이별 파티인 셈이지."

혜린은 유란과 춤을 추고 있는 준호에게 시선을 주며 말끝을 흐렸다.

이별 파티, 그녀는 속으로 중얼거리며 유란과 손을 잡고 돌아가는 준호를 바라보았다. 그가 혜린의 마음을 사로잡을 수 있었던 건 그의 배경과 귀티 나는 외모가 아니었을까 생각했다. 외모 못지않게 여자를 다루는 매너 또한 좋았다. 그는 여자의 마음을 끌어당기는 능력이 있었고 다가오는 여자를 거절하지 않는다고 평판이 나 있었다.

전에 그녀가 준호의 평판에 대해 말해 준 적이 있었는데, 혜린은 그런 소문 따위 아랑곳하지 않았다. 이미 준호에게 넋이 나간 상태여서 어떤 충고도 귀담아듣지 않았다.

"아무리 여자들이 따라도 그가 사랑하는 여자는 나 하나뿐이야."

혜린은 자신감이 넘쳤었다.

그때 유조 타카하시가 나타났다. 그는 회원으로 등록하지는 않았어도 큰 행사에는 빠지지 않았다. 그가 전에 주장한 대로 한국인 할머니의 피를 받은 사분의 일 한국인이 분명한가 보았다.

"나와 춤을 추시겠습니까?"

유조가 지윤에게 허리를 굽혀 정중하게 청했다. 그들이 춤을 추기 위해 플로어로 나가려는데 혜린이 핸드백을 챙겨 일어났다.

"할 일이 있어서 먼저 가야겠어."

"끝까지 있다가 가."

왠지 혜린을 잡고 싶었다.

"아냐. 그만 가야겠어."

지윤이 잡을 새도 없이 혜린은 출입구를 향해 도망치듯 달려갔다. 지윤은 혜린이 사라진 출입문에서 시선을 쉽게 거두지 못했다.

파티 분위기는 한층 더 고조되었다. 그녀는 혜린의 뒷모습을 털어내고 차츰 춤추기에 빠져들었다. 서툰 그녀의 춤에 비해 유조의 춤 실력은 뛰어났다.

지윤은 현우와도 추었고, 한국말을 잘 못 하는 한국인 2세와도 추었다. 혜린이 돌아가고 난 뒤라서 그 우울함을 떨쳐내고 싶어서 가능한 한 많은 남자와 쉬지 않고 춤을 추었다. 에릭에 대한 연민의 찌꺼기를 날려 버리기 위해서도 다시는 이런 기회가 없을 것처럼 이 시간을 마음껏 즐겼다.

그날 지윤은 파티를 끝내고 밤늦게 집으로 돌아왔다. 대충 씻고 자리에 누우려는데 전화벨이 울렸다. 자신에게 걸려온 전화라는 걸 직감하고 다른 가족들이 깰까 봐 얼른 송수화기를 들어 올렸다. 당연히 혜린에게서 걸려온 전화려니 여긴 것이다.

갑자기 쏴-하는 바람 소리 비슷한 소리가 그녀의 뇌를 관통하고 지나가면서 무엇인가가 빠져나가는 느낌이 들었다. 마침내 머릿속이 텅 비어 정신이 아득해지고 전화기를 든 그녀의 손은 사정없이 떨려왔다.

"혜린이 아파트에서 뛰어내렸어."

준호의 목소리가 메아리치듯 되풀이되었다.

무슨 정신으로 갔는지, 혜린의 부모님보다도 먼저 병원에 도착한 사람이 그녀였다. 준호가 가장 먼저 그녀에게 연락했기 때문이었다. 그리고 지윤의 전화를 받고 두 번째로 달려온 사람이 현우였다. 이어 코리안 클럽 회원들이 하나둘씩 허둥지둥 달려왔다.

혜린은 두개골이 터져 그 자리에서 즉사했다고 했다. 송수화기를 통해 들은 목소리는 분명 준호였는데 그의 모습은 보이지 않았다.

그녀는 혜린의 얼굴을 보기 위해 시트 자락을 올리다 말고 그 자리에 털썩 주저앉았다. 말로는 형용할 수 없을 정도로 끔찍한 모습이었다. 너무도 경악해서 울음도 나오지 않았다. 피로 범벅이 된 혜린의 목에 걸린 목걸이가 보였다. 일부 회원들은 그 참혹함에 놀라 소리치며 시신 안치실을 뛰쳐나가기도 했다.

혜린의 부모님이 달려오고 통곡이 터졌다. 지윤을 비롯해 회원들 모두 심한 충격으로 뭐가 뭔지 정신을 차릴 수 없었다. 회장인 현우만 연신 눈가를 훔치면서도 뒷수습을 돕느라 이리 뛰고 저리 뛰었다. 그는 바쁜 중에도 몇몇 회원들과 함께 준호를 찾아다녔다. 만나기만 하면 죽여버린다고 흥분해서 펄펄 뛰었는데, 준호는 끝내 회원들 앞에 모습을 드러내지 않았다.

지윤은 여러 감정이 복잡하게 얽혀서 참으로 혼란스러웠다. 친구가 그 지경이 돼도 어쩔 수 없었던 자신에 대한 부끄러운 마음, 아무것도 해주지 못해서 미안한 마음 사이로 어떤 정체 모를 마음이 고개를 내밀었다. 우정에 대한 배신감 같은 거였다.

"어떻게 이럴 수가 있어?"

그녀는 몸을 가누기가 어려울 만큼 온몸이 떨려왔고, 분노가 밀려들었다. 누구를 향한 분노인지 가늠할 수 없었다. 혜린을 죽게 만든 준호인지, 그렇게 허망하게 죽어버린 혜린인지, 아니면 엘에이 폭동을 일으킨 폭도들인지, 그것도 아니면 자기 자신인지 몰랐다. 무작정 분노가 끓어올랐다. 그리고 자신이 웅크리고 들어앉은 딱딱한 껍데기를 깨버리고 싶은 충동에 휩싸였다.

이틀째 되던 날 밤 그녀는 무작정 현우를 찾아갔다. 현우도 비슷한 심정인지 말없이 술을 꺼내왔다. 그들은 조용히 술을 마셨다. 마실수록 눈물이 흘렀다. 술기운이 오를수록 머릿속은 비었고, 생각이란 건 하지 않는 게 편했다. 생각해야 하는 건 아무것도 없다고 여겼다. 아니, 생각 따윈 필요 없었다.

'다 잊어버리는 거야. 아무것도 생각하지 않는 거야. 모두 내려놓는 거야.'

그들은 누가 먼저랄 것도 없이 동시에 같은 생각을 했고 같은 행동을 했다. 말없이 서로의 눈에서 흐르는 눈물을 닦아 주었다. 서로의 몸을 부드럽게 어루만져 주었고, 그 손길이 절망감을 쓸어냈다. 함께 상처를 위로하고 위로받기 위해서 안간힘을 썼을 뿐이었다. 상처와 괴로움에 서툰 청춘이었다.

그녀의 머릿속에 언젠가 혜린과 나누었던 말이 떠올랐다.

"인간이 극도의 슬픔이나 절망에 빠졌을 때 섹스를 한다는 걸 넌 상상해 봤니? 오래전에 어느 소설에서 읽은 건데, 저자는 기억나지 않네. 주인공의 아이가 죽었는데 그 아이의 엄마인 주인공 여자는 너무나 슬프고 절망한 나머지 죽은 아이를 놓아둔 채 말없이 나가서 낯 모르는 남자와 섹스하는 내용이 있었어.”

혜린의 말에 그녀가 ‘엽기적이네’라고 반응했었고, 혜린은 다시 ‘그 당시에는 나도 그렇게 생각했는데 요즘의 내가 그 여자와 같다고 생각해. 나도 절망 때문에 준호와 사랑을 탐닉하게 되고, 그 원초적인 위로에 매달린다는 생각이 들거든. 일종의 자학인지도 몰라’라고 말했었다.

아, 얼마나 절망적이었으면 이런 말을 했을까, 지윤은 그제야 깨달을 수 있었다. 죽을 만큼 힘들었을 그 마음을.

그들의 몸짓은 서툰 관현악 연주 같았지만 깊은 슬픔과 불안감을 밀어내 주었다. 그들은 이제야 마음의 안식을 얻은 듯 잠시 편안해졌다. 그녀는 일어나 옷을 주워 입고 말없이 그의 아파트를 나왔다. 그걸로 끝이었다.

혜린은 한 줌의 재가 되어 바다에 뿌려졌다. 그리고 회원들은 한동안 혜린이 그렇게 사라졌다는 충격에서 헤어나지 못했다. 각자 공부에 열중인 것처럼 보였지만 책에 집중할 수 있는 사람은 아무도 없었다. 식당 근처에서는 두세 명의 회원들이 모여 앉아 조용히 허공만 바라보기 일쑤였다. 그러다가 방학을 맞았고, 각자 길을 찾아 뿔뿔이 흩어져 갔다.

그녀도 그곳을 떠나 샌프란시스코 근처의 대학에 편입했다. 하지만 혜린은 그녀의 가슴 속에 웅크리고 들어앉은 존재가 된 거 같았다. 그녀는 마치 혜린에게 하듯이 혼자서 중얼거리곤 했다. 혜린의 일은 그녀에게 영원한 트라우마였다.

그녀의 시선은 멀리 수평선으로 옮겨갔다. 수평선 바로 위에는 하얀 조각구름이 마치 흰 솜을 조각조각 뜯어서 늘어놓은 것 같이 둥실둥실 떠 있었다. 사방 어디를 둘러보아도 오로지 하늘과 바다뿐이었다. 배는 카리브해의 멕시코만 쪽을 향해 달리고 있었다.

그 이후 그녀는 줄곧 혜린으로 인한 트라우마에 시달렸고, 그로 인해 인생의 방향도 달라졌다. 세월이 지남에 따라 차츰 벗어난 듯싶었지만, 혜린은 늘 그녀의 마음 한구석을 차지하고 있었다. 마치 세입자라도 되는 것처럼 같은 공간을 나누어 쓰며 함께 살아왔다. 그것이 자연스러웠다.

"그 일은 잊으려고 해도 잘 안 되대. 결혼했는데도 가끔 캄캄한 밤중에 혼자 일어나 멍하니 앉아있곤 했어. 그러니까 마음속에 어떤 여자를 품고 사냐는 말까지 들었지."

현우가 얼굴에 엷은 미소를 띠며 말했다. 말하는 내용과 그의 표정은 영 일치되지 않았다.

"혜린에게는 준호가 있다는 걸 알면서 왜 좋아한 거야?"

지윤의 목소리가 갑자기 커졌다.

"그러니까 웃기는 일이었지, 고백도 못 하면서. 난 아주 비겁한 놈이었어. 언제나 그들이 안 되기만 빌었으니까. 준호를 많이 질투했던 거 같아. 준호를 미워했는데 결과적으로 혜린까지 잘못되기를 바란 셈이 되었어. 그들이 잘 안 돼서 혜린이 괴로워할 적에도 나는 뒤에서 좋아했어. 제발 더 안 되라고 응원했으니까. 그러다가 혜린이 그렇게 되어서 난 심한 충격을 받았고 자책감에 시달리게 되었지. 내 탓인 거 같아서."

지윤은 현우의 말을 들으며 함께 했던 진실 게임을 떠올렸다. 누군가 마음으로 생각하고 있는 사람이 있다고 말했었다. 그 상대가 자신이기를 바랐었다. 그가 혜린을 좋아한다고 짐작했지만, 그건 짝사랑에 불과해서 도저히 진정성을 인정할 수 없었다. 그저 코리안 클럽의 남학생이라면 누구나 한 번쯤은 혜린을 마음에 둘 수 있다고 여겼고, 그래서 쉽게 무시할 수 있었다.

"혜린이 얼마나 힘들게 살고 있었는데, 그걸 알면서 어떻게 그럴수 있었어? 진짜 나빴네. 그럴 거면 차라리 당당하게 고백할 것이지."

그녀는 자신은 뭐였냐고 묻지 않았다. 그때 도서관에서 함께 공부하면서 느꼈던 감정은 착각이었던 거냐는 말은 할 수 없었다. 하지 않는 게 늦게나마 자존심을 지키는 일인 거 같았기 때문이다.

"그래서 아내가 암으로 떠났을 때 혜린이 복수하는 거라고 생각되었어."

"그렇다고 그렇게까지 자책할 건 뭐 있어. 나도 실은 자책감에 시달렸어. 난 혜린이 힘들어해도 사실 내 일처럼 온 마음으로 느끼지는 못했으니까. 그 절박함을 속속들이 이해하지 못했거든. 재벌만큼 풍족하지는 않아도 부모님이 늘 부족하지 않도록 보살펴주셨으니까 세상 물정 모르고 살았던 거지. 그걸 나중에 이혼한 뒤에야 깨달았어. 내 손으로 힘들게 돈 벌어서 자식을 키워보니까 나 자신이 얼마나 철

없이 생각하고 행동했는지 알겠더라고."

그녀가 빙그레 웃으며 벤치에서 일어섰다. 천천히 걷고 싶었다.

"그래도 그때가 아쉽지 않아? 그 시리도록 푸르른…"

현우도 따라 일어서며 그녀의 말에 이십 대로 돌아간 듯 밝게 웃었다.

두 사람은 계단을 통해 맨 꼭대기 층에서 한 층 내려왔다. 그곳에는 승객들이 미니 골프를 즐길 수 있게 홀이 만들어져 있었고, 한쪽에는 농구대도 두 개 설치되어있었다. 곱슬머리와 꽁지머리 모양의 두 남자가 아이언으로 퍼팅 연습을 하다가 지나가는 그들에게 슬쩍 눈길을 주었다.

"근데… 무슨 일 하고 살아?"

지윤은 갑자기 말투가 어색하게 느껴졌다. 옛날 하던 대로 반말을 하기는 해도 긴 세월의 공백이 의식되었다. 그렇다고 동갑끼리 존댓말을 하기도 이상했다.

"에릭이 점쟁이였어."

에릭이 소설에서 쓴 시답잖은 장난이 맞았다는 말이었다.

"그럼 교수가 된 거야? 성공했네."

"성공은 무슨! 에릭이 쓴 대로 지방에 있는 대학에서 가르쳤었어. 아내가 떠나고 한국에 있기가 싫어서 무작정 사직하고 미국으로 왔는데, 사 년제 대학으로 가는 게 쉽지 않아서 우선 뉴욕에 있는 칼레지에서 강의하고 있어. 기회가 되는대로 사 년제로 옮기려고 해. 넌 뭘 하고 살아?"

"그 일이 있고 나서 한동안 공부를 제대로 할 수 없었어. 결국 대학을 졸업하고 한국으로 돌아가서 대학원 과정 마치고 영국계 회사에 다니다가 캐나다로 왔어. 이미 들었다시피 결혼에 실패하고 나서. 그런데 캐나다에는 일자리가 많지 않아. 힘들게 회사에 입사해 그럭저럭 먹고 살아."

지윤은 공연히 부끄러운 듯 고개를 숙였다. 에릭이 소설에서 그렸던 대로 되었다면 자신도 교수가 되었어야 맞다. 그만큼 코리안 클럽 회원들로부터 자신이 현우보다 더 인정받았던 재목이었다는 사실을 속으로 씹어 삼켰다. 그녀의 꿈도 교수였다. 그러나 한국으로 돌아가면서 자신의 인생이 뒤틀렸다고 여겼다.

상담 심리학을 포기하고 국제통상 쪽으로 돌린 것도, 만나지 말았어야 했던 전남편인 박수혁을 만나 결혼하고 3년 만에 파경을 맞은 것도 모두 미국을 떠난 결과였다고 생각했다. 그리고 그 밑바탕에는 혜린의 그림자가 있었다.

혜린의 그림자는 그녀가 만나는 상담자에게서 지워지지 않을 거라는 사실이 힘들었다. 시간이 지나고 나서야 어떤 상황에서도 미국을 떠나지 말고 꿋꿋하게 견뎌냈어야 했다고 뒤늦은 후회를 했다.

"세상 뭐 있나? 먹고 살면 되는 거지."

"그렇기는 하지."

해는 어느새 서쪽 수평선에 걸려서 하늘과 바다를 온통 붉게 태우고 있었다. 그들은 노을을 보며 배의 난간을 따라 한 바퀴씩 돌면서 한 층씩 내려갔다.

꼭 필요한 말 한마디

정원과 상현은 아들을 따라 빙고 게임이 열리는 3층의 홀에 들어섰다. 커다란 홀은 빙고 게임을 하러 온 사람들로 가득 차 있었고 그들이 내뿜는 흥미와 열기로 후끈거렸다. 여성 사회자가 나와서 개그로 참가자들을 한바탕 웃기기도 하고 게임에 대한 기대감을 높여 흥미진진하게 분위기를 이끌었다.

정원과 아들 지수는 작은 테이블 하나를 앞에 두고 붙어 앉았다. 그들은 각자 마크할 펜을 하나씩 들고 사회자의 입에서 나올 번호를 놓치지 않으려고 집중했다.

상현은 그들과는 떨어져서 지루한 듯 무표정하게 앉아있었다. 게임에 참석한 게 아니라 그냥 딸려 들어온 소품 같았다. 그는 사회자가 아무리 웃기려고 해도 절대로 웃길 수 없는 사람이었다. 영어 실력이 달려서 그러는 게 아니었다. 사회자는 간단한 영어로 알아듣기 쉽게 말해서 기초실력만 있으면 누구나 알아들을 수 있었고, 그의 영어는 유창해서 말하고 듣는 데에 큰 어려움이 없는 정도였다.

그런 모습에 익숙한 두 사람은 그에게 관심 둘 여유가 없었다. 두 사람 앞에는 입장할 때 산 숫자가 나열된 두 장의 종이가 놓여 있었다. 그중 한 장에는 가로 세로로 여섯 개의 숫자 조합이 정사각형 모양으로 나열되어 있었다. 그리고 나머지 한 장에는 직사각형으로 한 무더기씩 늘어선 숫자들이 대여섯 개의 집단으로 나누어져 있었다.

사회자는 날씨 얘기로 시작해서 한참 동안 주의사항과 게임 하는 방법에 곁들여 별 영양가 없는 사설을 늘어놓았다. 능숙한 말장난 끝에 입으로 뿡~ 뿡~ 방귀 뀌는 소리까지 내서 참가자들을 한바탕 웃도록 만들었다.

홀 안에 감돌던 참가자들 사이의 낯섦과 경쟁심으로 긴장된 분위기가 한결 누그러졌다. 또한, 절반이 넘는 노령 참가자들의 다소 산만한 시선도 한곳으로 집중되었다.

드디어 번호를 부르기 시작했다. 첫 게임은 정사각형으로 늘어서 있는 숫자 중에서 가로나 세로 또는 사선으로 여섯 개의 번호를 제일 먼저 맞추는 사람이 이기는 게임이었다.

큰 홀에 모인 몇백 명은 족히 될 듯한 사람들이 일제히 숨을 죽이고 시선을 그녀의 입으로 모은 채 귀를 기울였다.

그들도 재빨리 마크하기 위해 손에 펜을 들고 숫자들을 노려보았다. 게임은 집중력과 순발력도 중요했지만, 그보다는 운에 따라 승패가 좌우되었다.

운이 따라주지 않았다. 사선으로 연결되는 숫자 중 하나를 남기고 다른 사람이 먼저 손을 들어 올렸다. 스페인에서 왔다는 백인 여자였다. 두 번째, 세 번째 게임도 마찬가지였다. 번번이 애만 태우다 종료되었다.

"내 인생에서 그런 행운은 없었어."

정원은 자신의 인생을 빙고 게임에 견주어 생각했다. 자신의 삶에서 거저 주어지는 행운은 없었다고, 늘 성실히 노력하지 않으면 보통을 누리기도 어려웠다고 회상했다.

"어떻게 연거푸 행운이 따르기를 바라겠어요?"

지수가 아쉬워하는 그녀의 마음을 첫날 저녁에 슬러트머신으로 잭팟을 터뜨린 걸 상기시키며 위로했다.

"그래, 우리에게 그래도 작은 행운은 있었어."

그녀가 자위하는 뜻으로 대꾸했다.

"아빠도 하시지 왜 가만히 앉아만 계셨어요? 같이 즐기자는 건데요."

지수가 상현에게 한마디 했다.

"난 어떻게 하는 건지 게임 방식을 통 모르겠더라고."

그제야 가만히 앉아만 있었던 이유를 실토했다.

"당신이 뭐 바둑하고 슬러트머신 말고 이해할 수 있는 게 있겠어요?"

정원이 빈정거리듯 말했다.

"빙고 게임은 바둑을 두는 거보다 훨씬 쉬운 데요. 그리고 슬러트머신도 요즘엔 디지털 방식으로 바뀌어서 컴퓨터 기초는 알아야 시작하고 끝낼 수 있으니까 빙고보다 어려운 편이고요."

지수는 공손하게 그의 의중을 헤아리려고 했다.

"쉽고 단순한 걸 못 하는 게 느이 아빠 특징이잖니? 문제는 능력이 없는 게 아니라 관심이 없는 거지. 언제나 자기가 듣고 싶은 것만 듣고 보고 싶은 것만 보는 사람이니까."

그녀는 다시 상현 씨가 살아온 생활 태도를 꼬집었다. 평생 주변에 두루 관심 두지 않고 자기 일 한 가지만 하면 된다는 태도로 일관했다는 주장이었다. 나가서 생활비를 벌어다 준 거 딱 하나, 그거 외에는 눈을 감고 귀를 막고 살았다는 걸 강조하고 싶은 거였다.

"그깟 빙고 게임이 뭐가 중요하다고!"

정원의 말이 귀에 거슬리는 듯 상현이 작은 소리로 중얼거렸다.

"그래요. 빙고 게임은 중요하지 않으니까 중요한 일만 하세요."

그녀는 흐흐 웃으며 '아마 그곳이 바둑 대회장이었거나 유명 정치인의 연설을 듣는 자리였다면 집중했을 거예요. 안 그래요?'라고 더 하고 싶은 말을 잘라 삼켰다. 그녀의 관점은 다른 데 있었다. 하찮은 것이라도 가족과 함께한다는 데 의미를 두는 거였다.

그들은 9층에 있는 식당으로 올라갔다. 거기서 지윤을 만나 합석했다. 현우는 그녀와 헤어져 어린이 뮤지컬을 관람한 어머니와 딸을 만나 식당으로 가서 먼저 식사를 시작한 지윤의 가족과 인사하고 가까운 테이블에 앉았다.

승무원 젤다가 다시 찾아왔다. 그녀는 식사 때마다 그들을 찾아다니는 거 같았다.

"굿 이브닝! 한국인이 한 가족 더 있는 거 아세요? 저기 있는 저 가족이에요."

젤다가 현우의 가족을 가리키며 말했다.

"네. 알고 있어요. 나하고 친구인데 여기서 우연히 만났어요."

"어머, 그래요? 정말 멋진 일이네요. 그럼 다음에는 두 가족이 같이 앉으세요. 저기 가운데 자리는 테이블 두 개를 붙여서 여러 사람이 함께 앉을 수 있어요."

지윤의 대답에 젤다가 손뼉을 쳐가며 재미있어했다.

"일찍 와서 자리를 차지할 수 있으면 그렇게 하지요."

"내가 요전에 말한 거 잊지 않으셨지요? 꼭 부탁드릴게요."

젤다가 이번에는 지수의 얼굴을 바라보며 말했다.

"그건 염려 마세요. 집에 돌아가면 바로 사이트에 들어가서 추천할게요."

그가 다시 약속을 확인해 주었다.

"너 꼼짝없이 해줘야 할 거 같다."

정원이 한국말로 지수에게 말했다.

"그럼요. 약속했는데 꼭 해줘야지요."

그도 한국말로 대답했다.

"그런데 궁금한 게 있는데 가다가 태풍을 만나면 배가 어떻게 가지? 저 여자한테 한 번 물어봐."

정원이 엉뚱한 궁금증을 꺼냈다. 그러자 지수가 다시 영어로 젤다에게 물었다.

"우리 어머니가 배가 항해 중에 태풍을 만나면 어떻게 하냐고 물으시네요."

"배는 늘 일기예보에 따라 움직이지요. 일기예보를 듣고 태풍이 불어온다고 하면 태풍이 부는 곳을 이리저리 피해서 다닌답니다. 어떻게 해서든 목적지에 무사히 도착합니다."

젤다의 대답은 너무 쉽고 당연해서 절박한 순간을 만화 영화 톰과 제리가 장난치는 것처럼 태풍과 배가 마치 게임을 하거나 장난을 치는 듯한 착각을 하게 만들었다.

"으응, 그렇구나."

정원이 뒤늦게 우문이었다는 생각이 들어 멋쩍게 웃었다.

"그럼 즐거운 저녁을 지내십시오."

젤다는 그들에게 저녁 인사를 한 다음 건너편에 앉아 식사하고 있는 현우의 가족에게도 가볍게 인사를 나누고 돌아갔다.

"아줌마, 우리하고 영화 보러 가요. '라이언 킹' 상영한대요."

저녁 식사를 끝내고 나자 현우의 딸 민서가 지윤의 팔을 잡아끌었다. 그 애가 그런 제안을 할 줄은 전혀 예상을 못 했던 탓에 그녀는 잠시 당황했다. 더군다나 그 말투와 행동이 그렇게 애교스럽고 싹싹할 수가 없었다. 그녀는 아들 하나만 낳고 키웠기 때문에 여자아이가 어떻게 행동하는지 말로만 들었지 실제로 겪지는 못한 것이다.

"민서라고 했지? 귀엽구나."

지윤은 그 애가 신기하게 생각되었다.

"아줌마, 우리 아빠하고 대학 동창이에요? 우리 아빠랑 친했어요?"

엄마의 사랑에 주렸던 것일까 싶게 민서는 쉴 새 없이 묻고 쫑알거렸다.

"민서야, 버릇없이 굴면 안 돼."

"얘가 엄마 정이 그리워서 그러는 거니까 이해해요."

현우와 그의 어머니가 나서서 말렸지만 아이는 지윤을 잡은 손을 놓지 않았다. 그녀는 자신도 모르는 사이에 민서에게 끌려 수영장으로 향했다.

"그럼 영화 보고 들어오너라. 나는 먼저 방으로 가서 쉬련다."

현우 어머니는 혼자 객실로 돌아가고 지윤의 가족 세 사람도 반대 방향으로 헤어져 방으로 갔다.

현우는 수영장으로 가는 길에 음료수대에서 라미네이드 세 컵을 뽑고 감자 칩 한 봉지를 간이매점에서 샀다. 그는 민서 때문에 얼떨결에 세 사람이 마치 한 가족처럼 나란히 앉아 영화를 보게 되었지만, 속으로는 지윤에게 미안한 마음이 들었다.

코리안 클럽 시절에 그녀가 자신을 좋아하는 걸 알면서도 혜린을 마음에 두고 있었기 때문에 처신을 분명하게 하지 못했다. 상대방의 마음을 얻을 수 없는 짝사랑이기는 했지만, 불분명한 자신의 행동이 그녀에게 상처를 준 것만 같았다.

수영장의 대형 스크린에서는 낮에 촬영한 관광객들의 모습이 나오다가 중간중간 짧은 광고가 나오기도 했다. 화면 속 승객들의 움직임은 영화의 한 장면이나 광고 영상 못지않게 아름다웠다. 모두가 배우였고 주인공이었다.

아직 영화가 상영되기 전이었는데 자리를 찾기 어려울 정도로 많은 사람이 가족 단위, 혹은 연인끼리 나와 썬베드에 비스듬히 누워 밤하늘에 반짝이는 별을 보며 소곤대고 있었다.

그들은 위층으로 올라가 맨 뒤쪽 구석에 겨우 자리를 잡았다. 민서를 가운데 자리에 앉히고 썬베드의 뒷부분을 높여 등받이로 만들어 기대고 앉았는데 몇 분 지나지 않아 온몸이 서늘해졌다. 그들은 낮에 입은 옷차림 그대로였다.

주위를 둘러보니 다른 이들은 모두 모포나 두툼한 자켓을 걸치고 있었다. 연인이나 부부인 듯 남녀가 담요 하나를 같이 두르고 다정하게 붙어 앉아있는 이들도 눈에 띄었다.

"민서야, 잠깐 아줌마하고 여기 있어. 아빠가 방에 가서 담요 가져올게."

아무래도 오래 앉아있기는 어렵다고 판단한 현우가 자리에서 일어섰다.

"내가 갔다 올게. 우리 방은 7층 맨 뒤쪽에 있으니까 여기서 가까워."

수영장이 배의 중앙에서 약간 뒤쪽으로 위치했으니까, 얼핏 계산해도 그녀의 객실이 더 가깝지 않을까 짐작되었다.

"앞쪽이니까 좀 더 멀긴 하지."

현우의 말이 끝나기도 전에 지윤이 재빨리 자리에서 일어나 계단을 내려갔다. 썰렁한 밤공기 탓에 낮에는 가볍고 촉감도 부드러웠던 치맛자락이 한기를 막아주지 못했다. 그녀는 옷부터 갈아입고 싶었다.

낮에 혜린을 마음에 두고 그녀를 만나 함께 공부했다는 의미로 현우가 했던 말이 객실로 향하는 그녀의 머릿속에서 가을바람에 휘날리는 낙엽처럼 쓸쓸하게 떠다니는 거 같았다.

그 옷을 입고 그를 만나러 나가는 마음이 조금은 설레었었다. 스무 살 그때도 그녀는 현우와 함께 공부하는 날, 곧잘 짧은 스커트나 원피스를 입었었다. 그 앞에서는 은근히 여성스럽게 보이고 싶었던 기억이 왠지 부끄러웠다.

저녁 식사를 마치고 일찍 돌아온 정원은 지수와 함께 발코니에 나가 서서 캄캄한 밤바다를 바라보며 이야기를 나누고 있었다. 하늘 중앙에 뜬 커다란 북두칠성이 계속 배를 따라오고 있었다. 그들의 방이 후미 중앙에 있으니까 배가 남쪽을 향해 항해하고 있다는 증거였다.

칠흑 같은 어둠에 익숙해지자 희뿜하게 보이는 둥근 수평선 주위에 늘어선 검은 뭉게구름이 시야에 잡혔다. 그러고 보니 배는 원 안에 갇혀 제자리에 머물러 있는 거 같았다. 미풍에 찰랑거리는 물결도 한결같았다.

문득 인생을 일엽편주를 타고 망망대해를 떠도는 것에 비유한 말이 떠올랐다. 자신의 인생이라고 해서 자신이 뜻한 대로 되는 게 하나나 있던가? 친정 식구들과의 갈등을 피해 공부하다 말고 갑자기 결혼한 결과 목석같은 상현을 만나 평생 재미없는 삶을 살았다고 생각하니 씁쓸했다.

상현이 포도주에 취해서 했던 말이 생각났다. 키웨스트 바닷가에서 나눈 대화도 그렇고 그에게서 알 수 없는 변화가 엿보였다. 칠십 평생 바뀌지 않던 그가 여행하면서 보여 준 일말의 변화는 그녀를 의아하게 만들고도 남았다. 그를 변하게 만든 게 뭘까, 정원은 고개를 갸웃거렸다.

그녀는 고민하는 아들을 물끄러미 바라보았다. 그 모습이 안쓰럽기도 하고 한편 얼마나 대견하게 느껴지는지 몰랐다. 젊으니 고민하는 거라고, 자신만큼 세월을 살다 보면 고민하는 게 귀찮아진다고, 그저 시간에 맡겨버리게 된다는 생각도 들었다. 이 여행이 끝날 때쯤 어떤 길을 선택할지 그녀 자신도 짐작하지 못하는 것처럼.

"고민 그만하고 미연이하고 결혼해."

정원이 아들의 등을 토닥이며 말했다.

"결혼이 인생에서 최선의 길은 아니잖아요?"

"너희 아빠하고 내가 살면서 부부로서 좋은 본을 보여 주지 못해서 미안하구나. 하지만 완벽한 부부는 없어. 참고 살면 남들 눈에 금실 좋은 부부로 보이는 거지. 속내를 들여다보면 문제가 없는 집 없어. 이혼하지 않고 끝까지 살아내면 성공이지."

"그러니까 더 망설여지지요. 후회할 걸 뻔히 알면서도 하는 거 같잖아요?"

"뭘 망설여? 그런다고 명쾌한 결론이 나오지도 않는 걸, 해보기 전에는. 그러니까 너무 크게 바라지 말고, 그저 인생 순례길에 함께 할 길동무를 만난다고 생각하면 조금은 쉽지 않겠어?"

그녀는 순간 자신이 과연 아들에게 결혼에 관해 조언할 자격이 있는 걸까 싶었다. 자신은 이혼하지 못했으면서 딸의 이혼은 동의했고, 자신은 무모하다고 할 정도로 전격적으로 결혼한 걸 후회했으면서, 또한 평생을 살고 나서도 결혼에 대해 확신을 갖지 못하면서 아들이 결혼하기를 바라는 건 무책임하고 모순된 마음이라는 생각조차 들었다. 게다가 그녀는 다시 태어난다면 절대 결혼하지 않고 현세에서 이루지 못한 작가의 꿈을 이루어 글만 쓰고 살겠다고 입버릇처럼 말했었다.

나이를 먹고 나서 뒤늦게야 결혼은 결단코 행복의 조건이 아니며, 행복은 결혼과는 별개라는 걸 깨달았다.

그렇지만 마음속 생각을 솔직하게 말할 수는 없었다. 그것은 나이 사십이 넘어 겨우 사랑하는 사람을 만나 결혼을 생각하는 아들에게 할 말이 아니라고 생각되었다. 혹여 딸처럼 실패하게 되더라도 말리기보다는 밀어주는 게 세상 이치에 어긋나지 않는다는 생각이었다. 결혼은 해도 후회하고 안 해도 후회할 터이니 해보고 후회하는 편이 더 낫다는 말도 있지 않은가.

평범한 사람이라면 대개는 결혼에 대해 나름의 환상을 가지고 있는 것이고, 그래서 어리석게도 천년의 사랑 운운하며 운명의 상대를 만나기를 기대하는 것이다. 그러나 환상은 곧 깨지게 되고 서로의 눈에 낀 콩깍지가 떨어지고 나면, 상대방의 성격과 행동이 자신과는 달라도 너무 달라 정반대이며 지독한 이기주의자라는 사실을 깨닫고 실망하게 된다.

그토록 다르고 이기적인 두 사람이 만났는데 어느 한쪽을 죽여버리거나 당장 갈라서지 않으면 다행이지 행복은 꿈도 못 꾸는 거라고. 그러니 결혼은 행복을 전제로 하지만, 애당초 인간은 행복해질 수 없는 존재라는 걸 인지해야 한다고, 그것이 결혼의 함정인 거라고 그녀는 생각했다. 결국 인내하고 또 인내해야 하는 게 결혼이 아닐까 싶었다.

그녀는 어떻게 하면 서로 상처를 주지 않고 인내하며 결혼을 지속할 수 있을지 자신의 경험에 비추어 생각해 보았다.

결혼식의 주례사 같아서 식상食傷하게 들릴지 모르지만, 아들에게 서로 존중하면서 상대를 있는 그대로 인정하고, 상대가 내 것이라는 소유개념을 없애고 나면 그냥 함께 걷는 동료가 한 사람 옆에 있을 터이니, 때로 생각은 달라도 한평생 외롭지 않은 인생 여정을 갈 수 있을 거라고 말해주고 싶었다.

결혼은 누가 누구를 행복하게 해주기 위해서 하는 게 아니라 인생길을 함께 할 동반자를 선택하는 거라고. 그러다 보면 때로 그 여정에서 덤으로 함께하는 행복을 맛보게 된다고. 그리고 자신의 피를 이어받은 분신을 가져보라고, 그러면 진짜 기적을 만나게 된다는 것도 말하고 싶었다.

또한 인생이란 일엽편주에 몸을 맡기고 망망대해를 떠도는 거와 같다고 했으니 지나친 욕심과 불만을 버리고 최선을 다해서 주어진 삶을 살아내라고 당부하고 싶었다.

그녀는 상현과 자신의 관계를 생각해 보았다. 자신들은 과연 서로를 인생의 진정한 동반자로 여기고 대우했던가? 자신도 동반자라는 개념을 갖고 실제 생활에 반영하지 못했으며 그도 실천에 옮기지 못했음을 인정해야 했다.

그녀는 '가부장적인 제도'라는 시대적 배경의 희생자 세대에 속한다고 할 수 있었다. 여성의 일방적인 희생을 강요하는 고루하고 억압적인 관념에서 완전히 벗어나지 못한 끝자락 세대로서 어쩌다 코가 꿰어 끌려다니는 듯한 느낌이 들었던 것도 부인할 수 없는 사실이었다.

특히 시댁 식구들과의 관계에서 동반자 개념은 어디에도 없었으며 종적인 관계였다는 게 그녀의 생각이었다. 일방적으로 순종하는 형태의 삶을 살아왔다는 생각이 들었다. 그것이 한 집안의 며느리로서 마땅히 지켜야 할 도리라고 여겼으며 상현 역시 정원의 그런 삶을 당연하게 받아들였다. 그녀는 여자니까 일방적으로 참아야 한다는 사고에 대해 몸서리쳤다.

지윤이 이혼하게 되었을 적에도 그녀는 그런 맥락에서 판단했다. 이혼 사유가 두 사람의 성격 차이 정도를 넘어서 가부장 제도의 잔재에서 비롯되었다고 판단되었기 때문에 동의할 수 있었다.

당당하게 살아라, 결혼도 해보았고 자식도 나았으니 아쉬울 게 무엇이겠는가. 그리고 혼자서도 얼마든지 행복할 수 있다고 격려했다. 지윤은 그녀의 이런 응원에 힘을 얻어 이혼을 과감하게 선택하였을 뿐만 아니라 언제 어디서나 떳떳하게 행동할 수 있었다.

지윤은 여성의 권리를 법으로 보호받고 주위 사람들에게 이해받으며 당당하게 살기를 원했다. 이혼은 어떤 이유로든 결혼을 지속하고 싶지 않을 때 선택할 수 있는 삶의 다른 방식이며, 또한 결혼은 두 사람이 만신창이가 되어서까지 반드시 지켜야 하는 가치는 아니라고. 정원은 딸의 그런 생각에 박수를 보낸 것이다.

정원은 어느덧 마음속으로 '아들아, 아직 가보지 못한 그 길을 가보아라. 그래야 인생을 깊이 있게 이해하게 될 것이다'라고 말하고 있었다.

"전 결혼이란 틀로 서로를 구속하지 않아도 동반자는 될 수 있다고 생각해요."

지수의 생각은 그녀와 같은 듯하면서도 달랐다. 아예 결혼이란 틀에 갇히지 않고도 사랑하면서 살 수 있다는 걸 강조했다.

"그거야 그 애도 너와 생각이 같다면 가능하지. 넌 동반자가 다른 사람이 아닌 미연이기를 바라니까. 미연이도 너랑 같은 생각을 하는 거야?"

"미연이는 그렇지 않아요. 결혼식은 해야 한다고 생각하죠."

"어렵구나. 아무튼 난 본 적도 없는 그 애가 이유 없이 좋다. 이유가 없어. 그래서 잡으라는 거야."

정원은 그 말을 남기고 방으로 들어갔다. 그녀는 결론을 내기가 어려운 문제를 만나면 마음이 가는 대로 따르는 방법을 택하곤 했다. 지수는 생각을 더 하려는지 그대로 발코니 난간에 매달려 수평선을 바라보고 있었다.

방으로 돌아온 지윤은 옷장 속에 넣어둔 자신의 캐리어 백에서 긴 청바지를 꺼내 가지고 화장실로 들어가 갈아입었다. 그리고 토론토에서 입고 나온 후드 모자가 달린 자켓을 위에 걸치더니 장 속에서 담요를 꺼내 둘둘 말아 들고 서둘러 다시 나갔다.

"추워서 옷 갈아입으러 온 거야?"

정원이 지윤의 등 뒤에 대고 물었다.

"응, 갔다 올게."

지윤은 대답을 문틈으로 밀어 넣듯이 던지고 사라졌다. 상현은 그새 잠이 들어 낮게 코 고는 소리가 났다. 어디서나 눕기만 하면 잠드는 버릇은 좋은 건지 나쁜 건지 모르지만 그녀는 고개를 내둘렀다.

무심코 화장대 위에 있는 핸드폰에 눈길이 스쳤다. 순간 메시지가 왔다는 표시가 반짝 떴다가 사라졌다. 지수의 핸드폰이었다. 잠시 핸드폰을 들여다보다가 화면을 살짝 터치해 보았다. 잠겨 있었다. 손가락으로 지수가 그렸던 알파벳 더블유 자를 옆으로 누인 거 같은 산 두 개를 그렸다. 단번에 암호가 풀렸다. 그녀의 눈썰미가 적중한 것이다.

'대답을 줘요. 기다릴게요.'

역시 미연에게서 온 문자였다. 잠시 망설이다가 오른손 검지로 더듬거리며 문자를 찍었다.

'반갑구나. 놀라지 마라. 나는 지수 엄마란다.'

첫 문장을 쓰고 그녀는 다시 망설였다. 검지를 펼치자 손끝에 미세한 떨림이 왔다. 문자를 올렸다. 계속해서 하고 싶은 말을 문자로 찍어 올렸다.

'직접 만나서 이야기하고 싶지만, 사정상 이렇게 카톡으로 이야기하게 되어 미안하구나.'

'미연아, 나는 우리 지수가 너와 결혼하기를 바란다.'

'내 아들이 좋아하는 네가 나는 무조건 좋다. 조만간 볼 수 있기를 바란다. 그럼 잘 지내거라.'

그녀는 쓰는 대로 문장을 끊어서 보냈다. 이윽고 쓰기를 마친 그녀는 한숨을 후우 길게 내쉬었다. 짧지만 필요한 말은 다 했다고 생각했다. 문자를 쓴 짧은 시간이 참으로 길게 느껴졌다.

그런데 미연에게서는 아무 반응이 없었다. 혹시 자신이 보낸 메시지를 보고 기절할 정도로 놀라서 당황한 나머지 대답을 못 하고 절절매는 걸까, 공연히 자신이 나서서 두 사람 사이에 방해를 놓은 건 아닌지 몰라 불안했다.

한편 너무 쉽게 허락해서 이 집안을 말랑하게 보고 우리 아들을 떡 주무르듯이 마구 대하면 어떡하지? 무슨 큰 약점이라도 잡은 듯이 여겨 시어머니를 만만한 콩떡쯤으로 여기면 어쩌나? 그녀는 그 찰나의 시간에 별 오만가지 상상을 다 하게 되었다.

마침내 대답이 왔다.

'어머니! 뜻밖의 문자를 받고 제가 놀라서 잠시 숨 고를 시간이 필요했습니다. 답이 늦은 걸 이해해 주십시오.'

맨 처음 미연이 한 말은 어머니라고 부른 거였다. 그 한 마디가 그녀의 가슴에 진한 감동을 일으켰다. 아들의 여자, 바로 자신이 며느리로 받아들인 사람에게 듣는 어머니라는 첫 호칭은 진정 특별했다. 역시 그녀의 불쑥 끼어든 문자에 놀랐다는 말이었다. 왜 안 그렇겠나, 자신이 생각해도 충분히 납득이 가는 상황이었다. 다음 말이 날아왔다.

'진즉 만나 뵙고 인사를 드렸어야 했는데 이렇게 문자로 인사드리게 되어 정말 죄송합니다.'

한 마디 처지지도 거슬리지도 않는 똑바른 인사였다. 안 보아도 미연의 반듯한 모습이 눈앞에 어른거렸다. 이만하면 됐다. 그녀는 인사 한마디에 벌써 후한 점수를 주었다.

'진심으로 고맙습니다. 어머니께서 지수 씨를 믿고 저를 기꺼이 받아주신다는 걸 알 수 있어요.'

'빨리 어머님을 뵙고 싶어요. 아버님과 어머님, 언니와 지수 씨 모두 끝까지 행복한 시간 되시기를 빕니다.'

'그럼 여행 잘 마치시고 건강히 돌아오세요. 그때 찾아뵙고 인사드리겠습니다.'

미연의 말은 계속 올라왔다. 간단하지만 할 말을 다 챙겨서 한 다음 마지막 인사를 하고 끝냈다. 이만하면 흠잡을 데 없었다.

정원은 미연과 문자를 나누고 나니 자신에게도 이제 며느리가 생겼다는 생각과 함께 항상 언행이 가지런했던 시어머니가 떠올랐다.

그녀의 시어머니는 가난 속에서도 양반 집안의 품위를 잃지 않고 산 분이었다. 어린 시절부터 자연스레 몸에 익힌 행동거지였다. 함부로 언성을 높이거나 경망스러운 행동을 하지 않고 늘 다소곳했다. 언제나 아들이 우선인 거 같아도 꼭 필요할 때는 그녀의 입장을 배려해 주었다.

그분은 한 가지에 대해서만은 철저했다. 내 식구라는 의식, 내 며느리가 된 이상 집안 안팎의 누구도 그녀에 대해 흠을 잡지 못하도록 미리 철벽을 쳤다.

어느 집이나 그렇듯이 집안에는 항용 이집 저집 드나들며 말을 옮기는 번잡한 사람이 있기 마련인데, 시어머니의 그런 배려가 있었기에 그녀는 흠 잡히는 잡음이 없이 집안 어른들로부터 인정을 받을 수 있었다.

정원의 시대는 대가족에서 소가족으로 가정 유형이 바뀌고 있었고, 유교의 관습에서 벗어나 서양 문화의 자유분방한 분위기로 전환되어 가는 과도기였다고 할 수 있었다. 흔히 말하는 샌드위치 세대의 표본인 셈이었다. 시부모를 봉양했다고 자식 세대로부터 되돌려 받는다는 건 꿈도 못 꾸는 일이 되었다.

정원은 눈을 감고 생각에 잠겼다. 치매를 앓는 시어머니의 수발을 들던 기억이 지금도 생생했다.

방 두 개짜리 아파트는 방 세 개 크기로 바뀌었다. 앞서 말했듯이 정원과 상현이 계획한 대로 해마다 아파트를 두 평씩 늘려 이사한 결과였다. 그것이 박봉으로 집 크기를 늘려 조금이나마 안락한 생활을 꾸리는 방법이었다. 정원은 그 집에서 두 아이와 함께 시부모를 모시고 살았다.

아이들이 초등학교 이학년과 유치원에 다닐 즈음이었다. 그녀의 시어머니 이옥진 씨는 두어 해 전부터 아이들을 데리고 나가면 자주 무릎과 팔꿈치가 깨지고 여기저기 멍이 들어서 들어오곤 했다.

"나도 몰라. 다리가 자꾸만 저절로 달음질을 쳐. 그래서 나도 모르게 달리다가 넘어졌어."

왜 이렇게 다친 건지 묻는 그녀에게 시어머니는 언제나 부끄러운 듯 다리가 저절로 달려진다는 말만 되풀이했다. 할머니는 그냥 혼자서 달린다는 아이들의 말과도 일치했다. 정원은 좀 이상하게 생각되기는 했지만 어려운 살림에 뚜렷한 증세도 없이 병원에 갈 형편이 못 되어 그저 연세 드시니 그런가보다 여겼다. 그때까지도 그들은 집을 늘릴 때 받은 융자금을 갚느라 생활이 빠듯했다.

언제나 정갈하고 말수가 적었던 시어머니는 정원과 마주 앉으면 남편인 송인규 씨에 대한 원망을 풀어놓기 시작했다. 그것은 시어머니의 가슴에 맺힌 한 같은 거였다.

"그 위인은 본래 가족에 대해 무심했어. 글쎄 시골에서 집이며 땅을 팔아서 가져온 돈을 호주머니에 넣고 다니며 사업한다고 다 없앴다니까. 집 한 채만 사자고 그렇게 말해도 듣질 않았어. 그때 한참 주택개발 붐이 일었는데 팔십만 원이면 변두리에 새집을 살 수 있었어. 내 말은 언제나 무시하고 콩으로 메주를 쑨다고 해도 안 믿었다니까."

시어머니의 과거 얘기는 한숨과 함께 계속되었다. 그녀는 아, 네, 라는 말만 판소리에 추임새를 넣듯이 반복하며 듣고 있었다.

"그러다가 그 돈이 다 없어져서 너의 시할아버지 시할머니를 모시고 월세방으로 돌아다니게 되었어. 다행히 위로 둘은 출가한 뒤였고, 네 남편은 군대에 가 있었지. 한 번은 자기가 방을 얻겠다고 하고는 보증금 뺀 돈을 가지고 나가서 들어오지 않는 거야. 우리는 길거리에 나앉았는데 가까스로 아는 사람의 도움을 받아 창고 같은 집에 들어가 그 위인이 돌아오기만 기다렸지. 몇 달 만에 들어 왔는데 그 돈 어떻게 했냐니까 글쎄 주식에 투자해서 다 날렸다는 겨. 네 시아버지가 그런 위인이여."

"정말 아버님이 잘못하셨군요. 어떻게 그러실 수가 있지요?"

시어머니의 말을 듣고 보니 한 맺힌 그 마음을 충분히 이해할 수 있었다. 그 뒤로 이옥진 씨는 길거리에 나가 장사해서 자신은 끼니를 거르면서도 시부모님을 극진히 모셨다고 했다.

"난 그때 네 시아버지가 죽이고 싶게 밉더라니까."

시어머니는 말끝에 한숨을 길게 내쉬었다.

"어머니, 얼마나 힘드셨어요?"

시아버지 인규 씨를 두고 목석이라고 하는 말은 여러 번 들었지만, 남편 가족이 살아온 세세한 이야기는 처음이었다. 정원은 시어머니의 손을 두 손으로 잡고 토닥였다. 가족에 대한 책임감이 없는 남편 때문에 가난과 고통의 짐을 짊어지고도 시부모를 봉양하고 가정에 헌신해야 했던 시어머니의 삶이 놀랍기만 했다.

또한 여성의 권리나 페미니즘이라는 말은 알지도 못하던 시절, 유독 여자에게 가혹하고 모진 세월을 살아야 했던 시어머니가 그녀는 같은 여자로서 한없이 딱하고 안쓰러웠다.

시어머니의 원망은 하루에도 몇 번씩 같은 어투로 되풀이되었다. 될 수 있으면 참을성 있게 들어 주려고 노력했지만, 좋은 말도 자꾸 들으면 듣기 싫은데 하물며 한이 서린 말을 수없이 들으려니 그녀 역시 힘이 들었다. 하지만 시어머니의 하소연은 끝나지 않고 한두 해 동안 이어졌다.

"이제 그만 아버님을 용서해 드리세요."

인내심에 한계가 온 것도 사실이었지만, 시어머니의 한풀이를 들어주기가 지겹다기보다 이렇게 같은 말만 되풀이해서 무슨 소용이 있나 싶었다. 이왕이면 살아온 날이 앞으로 살아갈 날보다 많은 시어머니의 입장으로 보아 그만 용서하시는 게 좋겠다는 생각이 들었던 것이다.

"용서가 안 돼."

시어머니는 머리를 흔들곤 했다.

"세월이 많이 흘렀는데 그럼 어쩌시겠어요?"

"아무리 세월이 흘러도 용서가 안 되는 걸 나보고 어쩌라고?"

그녀와 시어머니의 이런 대화는 대화가 아니라 실랑이에 가까웠다. 정원의 입장에서 아무리 시어머니의 하소연이라도 하루 이틀도 아니고 해가 바뀌고 또 바뀌도록 똑같은 말을 들어준다는 건 대단한 인내심을 넘어 불가능에 가까운 일이었다. 나중에는 시어머니와 마주 앉기가 주저 되어 식사를 마치면 얼른 다른 일을 하는 척 자리를 피하기도 했다.

그녀는 시어머니가 치매 증세를 보이기 시작한 뒤에야 마치 고장 난 레코드판처럼 같은 말만 되풀이했던 게 바로 병증의 시작이었다는 걸 깨달았다. 곧 정신줄을 놓아 버렸다. 초반에는 나갔던 정신이 돌아온 적이 있었다.

"네게 큰 짐을 지워주면서 줄 것이 이것밖에 없구나. 정말 미안하고 고맙다."

자신이 치매에 걸렸고, 그녀에게 자신의 병수발을 맡겨야 할 처지가 되었다는 걸 인지한 시어머니는 무엇인가 선물을 주고 싶었는데, 아무리 둘러보아도 줄 만한 물건이 없었다. 작은 사위가 유럽 출장길에 사다 준 스웨터 하나가 눈에 띄었다. 그 스웨터를 주었다.

정원은 그 옷을 바라볼 적마다 미안하고 고맙다는 말과 함께 잘 부탁한다는 시어머니의 애절한 마음을 느낄 수 있었다. 그 말은 앞으로 두 사람이 함께 견뎌야 할 고통의 시간 끝에 미처 하지 못할 수도 있는 유언과도 같은 거였다.

스웨터에서는 빨아도 사라지지 않는 병든 노인의 냄새가 배어있었지만, 그녀는 기꺼이 그 스웨터를 입고 시어머니 앞에 섰다. 그분의 마음에 대한 답이었다. 시어머니도 흐뭇한 듯 그 모습을 한참이나 바라보았다. 그 후로 다시 떠나버린 정신은 영영 돌아오지 않았다.

그녀는 그 감동을 잊지 않았다. 그녀가 긴 병수발을 견뎌낼 수 있었던 건 바로 두 사람 사이에 오간 그 인간적이고 따뜻한 감동의 순간이 있었기 때문이라고 말할 수 있었다.

십 년이 넘는 시간을 좁은 아파트에서 함께 살면서 언제나 아들을 우선으로 했던 분이었으니 두 사람 사이에 반드시 좋은 기억만 있었던 건 아니었다. 하지만 그 감동은 그동안의 자잘한 서운함을 모두 덮고도 남을 만큼 그녀의 마음에 깊은 인상을 남겨 주었다.

치매 환자를 돌보는 일은 그저 단순히 식사를 챙기고 대소변이 묻은 옷가지와 이부자리를 빨고 목욕을 시키는 등의 육체적인 노동 문제가 아니었다. 한없이 인내하고 인내하면서 환자가 아닌 자기 자신과 싸우는 일이었고, 밤낮 구별도 없이 시달리다가 결국은 자신까지 정신이 황폐하게 되어 함께 무너질 수도 있는 일이었다.

가족 중 시어머니를 돌보는 건 온전히 그녀 한 사람의 몫이었다. 시아버지 인규 씨는 날마다 아침에 나가면 저녁 식사 때나 되어야 돌아왔고, 상현은 주말은 물론 퇴근해서 돌아오는 길에도 기원에 들러 바둑을 두다가 열 시가 넘어서야 들어와 밥 먹고 잠자기 바빴다. 가끔 찾아오는 시누이들은 잠깐 얼굴만 보고 한 시간도 안 되어 돌아가면 그만이었다.

시어머니의 기억은 새댁 시절 친정 나들이를 가던 때에 머물러 있었다. 밤이나 낮이나 친정에 가겠다고 보따리를 싸 들고 집을 나서곤 했다. 눈 깜짝할 사이에 사라졌다. 현관문만 나서면 곧장 길을 잃고 헤매기 때문에 정원은 시어머니를 찾느라 온 동네를 헤매고 다녀야 했다.

그녀는 차츰 지쳐갔다. 두 사람 사이에 오간 감동은 더 이상 그녀

211

를 받쳐주는 힘이 되지 못했다. 누군가에게 위로라도 받으면 힘이 날 거 같았다. 누구보다도 남편의 한 마디 위로가 간절히 듣고 싶었다. 남편의 따뜻한 위로만큼 강력한 뒷받침이 또 어디 있겠는가. 하소연할 상대도 남편밖에 없었다.

무심해서 목석같기가 상현보다도 더한 시아버지에게 하겠나, 아니면 그깟 정신 나간 노인네 하나 다루지 못하고 난리냐고 핀잔이나 하는 시누이들에게 하겠나? 안 그래도 전화로 딱 한 번 큰 시누이에게 사정 얘기를 했다가 잘못한 어린아이처럼 야단만 맞은 적이 있었다.

베갯머리 송사라고 아무리 뚝뚝한 남편이라도 잠자리에 누우면 자신도 모르게 의지하고 싶은 마음이 생겨 답답한 마음을 풀어놓게 되었다. 정원의 입장에서 그런 심정이 되는 건 당연하다고 할 수 있었다. 그럴 때 결코 외면할 수 없는 상대 또한 남편일 것이다.

"뭐라고 한 마디만 해줘 봐요. 한 마디면 힘이 날 거 같아요."

"..."

"어떤 말이라도 좋아요."

"..."

"...?"

얼마나 지났을까, 상현은 코를 골고 있었다. 피곤한 건 알겠는데 기가 막혔다. 이 상황에서 어떻게 한마디 대꾸도 없이 가만히 있다가 코를 골 수 있는지. 이럴 때는 그녀가 하소연할 때까지 기다릴 일이 아니라고 생각되었다. 그가 먼저 알아서 위로해 주었더라면 얼마나 좋았을까. 그녀는 서운한 마음이 들어서 앞으로는 절대 위로 따위 바라지 말자고 스스로 다짐했다.

그런데 참으로 속이 없는 사람은 그녀였다. 그런 일이 있고도 시간이 지나면, 또다시 하소연하게 되었다. 그때마다 상현은 어쩌면 그렇게 똑같은 행동을 하는지 몰랐다. 매번 코를 골았다. 혹시 의도적인 건 아닌지 의심스러웠다. 그렇게 서너 번 되풀이하다가 그만 지쳐서 포기하게 되었다.

대신 하느님께 기도하기 시작했다. 그녀는 비종교인인 상현과 결혼하기 전까지 천주교 신자였다. 끝까지 버틸 힘이 필요했다. 진정 외로웠고 이대로 무너질지도 모른다는 두려움이 일었다.

"하느님, 제가 시어머니를 끝까지 사랑으로 보살필 수 있게 힘을 주세요."

자신에게만 맡겨 놓고 도와주지 않는 다른 가족, 특히 한 마디 위로마저 인색한 상현에 대한 실망이 큰 나머지 그녀도 손을 놓아 버리고 싶은 유혹이 일었던 때문이었다.

기도는 종일 이어졌다. 대소변을 치우고 시어머니를 목욕시키면서도, 빨래하고 청소하면서도, 밥을 하면서도 기도하느라 계속 중얼거렸다. 그리고 다시 성당에 나가기 시작했다. 그녀는 이렇게 인고의 시간을 하느님께 의지하고 견뎌냈다. 시어머니는 치매 발병 사오 년 만에 세상을 떠났다.

그런데 정말 알 수 없는 게 상현의 마음이었다. 그렇게 간절하게 한마디 위로를 듣고 싶어 할 적에는 모른 척하더니 다 끝나고 나니까 장례식 때 그녀에게 수고했다면서 손을 잡아 주었다.

사실 정원이 원했던 건 칭찬이나 고맙다는 말이 아니었고, 너무 지쳤으니 힘을 달라는 거였다. 아무 말도 하지 않아도 좋았다. 그냥 말없이 등만 한 번 토닥여 주어도 힘이 솟고 모든 피로가 다 달아날 거 같았다.

엄밀히 말하자면 수고했다는 말이 아니라 위로해 주지 못한 데 대한 사과를 해야 마땅할 거 같았지만, 그렇다고 그다지 기분 나쁜 건 아니었다. 시어머니와 함께한 시간에 대해서 후회가 남지 않았기 때문이었다. 때늦은 감은 있었지만 그런 말이라도 했으니 아예 입을 씻은 거보다는 낫다는 심정으로 받아들였다.

정원은 가벼운 숨을 내쉬면서 과거의 기억을 떨쳐냈다. 시간은 상처를 치유해 주는 힘이 있다. 그리고 세상은 많이 변했다. 요즘은 살아가는 방식이나 가치 기준이 그녀의 젊은 시절과는 완전히 달라졌다는 걸 상기했다.

시어머니라고 해서 며느리에게 아무거나 요구할 수 없다는 건 기본 상식에 속한다. 그녀가 시어머니의 병수발을 했던 만큼 나중에 며느리가 해주기를 바랄 수 없다는 건 두말할 필요가 없었다. 대신 장기요양 환자를 위한 사회 시스템이 잘 구축되어 있어서 며느리가 힘들게 떠맡지 않아도 되니 참으로 다행스러운 일이었다.

그리고 보니 그녀 자신을 위해서 며느리에게 바랄 수 있는 건 아무것도 없는 셈이었다. 그저 너희끼리나 잘 살라고 빌 뿐이었다. 그래도 한마디 한다면 끝까지 지수 곁에 있어 달라는 부탁이었다. 그렇게 변함없이 살다가 마지막 순간에 아들 손자와 함께 떠나는 모습을 지켜봐 준다면 그건 분명 큰 선물이 될 거라는 생각이 들었다.

선물, 정원은 자신도 모르게 중얼거렸다. 치료받고 좀 더 살면 올망졸망한 손자들이 지켜보는 가운데 생을 끝낼 수 있을까 상상해 보았다. 그리고 처음으로 좀 더 살아 보면 어떨까 하는 생에 대한 의욕이 꿈틀거렸다.

발코니에서 늦게 방으로 들어온 지수는 자신의 핸드폰을 들여다보다 말고 발끈하며 그녀에게 물었다. 목소리에 불만이 가득 차서 곧 폭발할 거 같았다.

"엄마가 내 핸드폰으로 미연이에게 카톡 보냈어요?"

"응. 마침 카톡이 오길래. 네가 했던 대로 하니까 비번이 쉽게 풀려서."

허락도 없이 아들의 핸드폰으로 미연에게 불쑥 카톡을 보냈으니 화를 낼만 했다.

"결혼하고 안 하고는 제가 결정해요. 엄마가 나서면 될 일도 안 된다고요."

"왜 될 일도 안 돼? 난 네가 좋아하는 여자를 그만 뜸 들이고 화끈하게 잡으라고 그러는 건데. 내가 좋다고 하면 자존심 상하니? 나도 며느리 선택권에 대한 지분이 있어."

그녀는 조금 전의 미안한 마음은 없어지고 오히려 살짝 화가 나려고 했다. 아들의 결혼에 대해 자신에게도 엄마로서 나설 수 있는 권리와 자격이 있는데 뭘 그리도 잘못했나 싶었다.

"미연이 부모님이 너무 일일이 개입하시는 거 같아서 그런다고요. 누나가 결혼했을 때도 시댁에서 지나치게 간섭해서 이혼하게 된 거 잖아요. 뭐가 되든 당사자들이 알아서 살라고 맡겨 놓았다면 이혼하지 않았을 거예요."

지수는 목소리를 낮추었다. 틀린 말은 아니었다. 지윤의 경우에는 분명 시댁의 지나친 간섭이 있었다. 또한, 두 집안 간에 너무나 큰 문화 차이가 있었음을 부인할 수 없었다.

지윤의 시어머니는 전셋집 구해서 이사하는 문제까지, 심지어 왜 동쪽으로 가지 않고 서쪽으로 갔냐고 모든 결정을 자신에게 허락받지 않았다고 화를 냈다. 사사건건 뭐를 그리도 트집 잡고 싶은지 툭 하면 서울에서 직장에 다니는 아들 며느리를 경상도 구석에 있는 시골까지 오라 가라 하기 일쑤였다. 아들 가진 유세를 해도 너무 한다고 정원은 고개를 내둘렀다.

"그렇다고 볼 수 있지. 그 사람의 잘못된 사고와 생활 습관도 다 집안 내력과 가정교육 때문이라고 보니까. 아무튼, 중간에 소개한 사람만 믿었던 게 잘못이었어."

무슨 집안이 조선 시대도 아니고 효와 예의범절을 그리도 내세우는지, 집에 가면 임금님 알현하듯이 시골집 마루에서 안방에 대고 큰절을 올려야 시부모가 있는 방안에 들어설 수 있었다고 했다. 방 안에 들어가서는 무릎 꿇고 앉아 장장 연설을 듣다가 끝내는 자기들 말을 듣지 않으면 죽어버리겠다는 협박에 못 이겨 영문도 모른 채 잘못도 없이 무조건 싹싹 빌어 올려야 했다. 요즘 같은 세상에 마치 그 집안에만 세월이 거꾸로 흘러간 거 같았다고나 할까.

미국에서 공부한 서울 며느리가 혹시나 시골에 사는 무식한 시부모를 무시할까 봐 길들이는 방식이었다. 족보로 따지자면 밀리지 않는 이 집안사람들도 도무지 이해가 가지 않는 효 문화였다. 결혼은 집안과 집안의 결합이라는 말이 헛된 말이 아니라는 걸 그녀는 경험으로 깨닫게 된 것이다.

미연의 집안은 문화적인 면에서는 자기 집안과 융화가 잘 될 듯싶었다. 그러나 미연이 무남독녀로 부모의 관심이 지나치게 집중될 뿐만 아니라 사위를 아예 아들 삼아 자기 집으로 데려가려고 하는 점이 문제였다. 지수의 고민이 바로 이 점이었다. 그걸 차마 자기 입으로 실토하지 못하고 지나친 간섭 운운하며 에둘러 말한 거였다.

"엄마가 이렇게 밀어붙이면 아무 생각 안 하고 확 결혼해 버리는 수가 있어요."

확 결혼해 버리겠다니, 이게 무슨 소리인가 싶어서 정원은 눈을 크게 뜨고 아들의 얼굴을 뚫어지라고 쳐다보았다. 말속에 뭔가 한 자락 숨기고 있는 게 분명해 보였다.

"그게 무슨 말이니? 니가 고민하는 다른 이유가 있는 거였어?"

그녀가 목소리를 누그러뜨리고 물었다. 아들이 무엇인가 숨기는 것이 느껴질 적마다 나오는 말투였다.

지윤을 대할 때는 자주 목소리가 높아지고 직설적으로 파고들어서 곧잘 다툼으로 발전하곤 하지만, 지수를 상대할 때는 그녀의 말투가 정 반대가 되었다. 그만큼 아들이 딸보다 상대하기 어려운 까닭이었다.

딸은 자주 싸워도 쉽게 화해가 되지만 아들은 사이가 틀어지면 멀어질 수 있다는 걸 명심했다. 그렇게 사이가 벌어지면 결혼한 뒤에는 서양 사람들이 흔히 그렇듯 죽을 때까지 목소리 한 번 듣지 못하게 될지도 모른다는 두려움이 일었다.

캐나다에서도 흔히 있는 일인데 다른 나라 사람에게만 있는 얘기가 아니라 한국 교민사회에서도 어렵지 않게 들을 수 있다고 했다.

"미연이 무남독녀라 그 댁에서는 딸을 시집보내는 게 아니라 저를 데릴사위로 데려가고 싶어 하세요. 그래도 괜찮아요?"

"그런 얘기였어? 생각해 보자."

애써 태연한 척했지만, 머리를 한 대 얻어맞은 거 같은 얼떨떨한 기분이 드는 건 사실이었다. 데릴사위 얘기는 들어보았지만, 실제로 자기 아들에게 일어날 줄은 몰랐다. 겉보리 세 말만 있어도 처가살이는 하지 않는다는 옛말도 있는데, 아이 양육 문제가 있는 것도 아니고 웬 데릴사위란 말인가. 그렇다고 두 사람이 서로 사랑한다는데 데릴사위는 안 된다고 무조건 결혼을 막을 수도 없는 노릇이었다. 더구나 아들의 나이 사십이 넘어서 하는 결혼이 아닌가.

정원은 침대로 올라가 누웠다. 그러나 쉽사리 잠이 올 거 같지 않았다. 인생사 정말 쉽게 되는 게 하나도 없구나 싶었다.

한편 지윤과 현우는 스크린에 눈을 주고 있었으나 내용은 머리에 들어오지 않았다. 우연이지만 둘 다 결혼에 실패하고 싱글이 되어 만났다는 사실이 편하지 않았다. 어색함을 누그러뜨려 줄 말이 필요한 거 같은데 아무리 궁리해도 쉽게 떠오르지 않았다.

현우는 지윤이 반가운 한편 혜린을 마음에 품고 만나던 기억이 나서 착잡한 심정이 되었다. 그녀 역시 우연히 현우를 만나 마음에 위안을 받으면서도 뭔가 해소되지 않은 감정의 찌꺼기가 남은 거 같은 미묘한 상태가 되었다. 이어서 또 다른 기억 하나가 담담하지만 선명하게 떠올랐다.

그들은 혜린의 죽음으로 인한 충격을 견디기 위해 의식을 치르듯 서로에게 몰입했었다. 많은 시간이 흘렀지만, 그녀는 현우와 있었던 그 첫 경험을 한 번도 후회한 적이 없었다. 그건 현우도 마찬가지였다.

민서는 지윤이 갖다준 담요를 제 아빠와 함께 둘러쓰고 앉아 열심히 보는 듯하더니 '하쿠나마타타'만 흥얼거리다 잠이 들었다. 'Hakuna Matata'라는 말은 동아프리카 지역에서 쓰는 스와힐리어로 다 잘될 거라는 의미였다. 묘하게도 민서가 중얼거리는 그 말은 그들을 격려하고 응원하는 말로 들렸다.

"그만 일어날까?"

눈치를 살피던 현우가 먼저 제안했다. 그녀도 아쉽기는 하지만 뭔가 어색하게 느껴지는 분위기를 참으며 앉아있기가 불편했다.

"어? 어, 그래."

"민서야, 방에 가서 자자. 일어나!"

현우가 잠자는 민서의 볼을 살살 두드려 깨웠다.

"으응, 나 진짜 잠잤네. 근데 아빠, 아줌마랑 키스했어?"

잠에서 깨어나는 민서가 엉뚱한 말을 했다.

"어?"

"나 아빠랑 아줌마랑 키스하라고 잠든 척하다가 진짜 잠들었어. 아빠하고 아줌마하고 좋아하는 거 내가 다 알아."

"뭐라고?"

민서의 말에 두 사람은 정곡을 찔린 듯 움찔해졌다. 지윤은 민서의 당돌함에 그만 당황스러웠지만, 곧 아이의 말에 익숙하다는 듯 가볍게 웃어넘겼다. 어찌 보면 나름 깜찍해서 귀여운 면도 있어 보였다.

어린아이는 순수해서 감정을 표현하는 데에 솔직할 뿐만 아니라 때로 어른보다 상황을 직시하는 눈이 정확하다. 그러나 당사자인 어른들은 자신들의 감정에 솔직하지 못하고 복잡하게 생각해서 오히려 혼란 속에 빠지게 되는 것이다. 그래서 가깝게 갈 수 있는 길을 멀리 돌고 돌다가 시간이 흐른 뒤에 후회하게 된다.

어쨌든 민서로 인해 두 사람 사이에 안개처럼 조금은 답답하게 휘돌던 감정이 일시에 걷히면서 편안해졌다. 민서가 서로의 감정을 대신 고백해준 셈이 되었다.

그녀는 진호가 민서 나이쯤에 외삼촌인 지수에게 했던 말을 떠올리고 한 번 더 웃지 않을 수 없었다. 그 당돌함이라니, 하여튼 어른들의 허를 찔러 헉, 웃게 만드는 무엇이 있었다.

여름방학이 되어 진호가 그녀와 지수를 따라 서울의 집에 갔을 때였다. 가족들이 모여앉아 지수의 늦어지는 결혼에 관해 염려하고 있었다.

"삼촌, 결혼하고 싶어요?"

"응? 으응! 그래."

지수는 어린 조카에게 뜻밖의 질문을 받고 황당해하다가 곧 장난조로 대답했다.

"정말 결혼하고 싶으세요?"

"응."

"왜요? 섹스하고 싶어서요? 잘 생각해 보세요. 삼촌이 정말 결혼하고 싶은 이유가 뭔지를. 진심으로 사랑하기 때문에 함께 있기 위해서 결혼하고 싶은지 아니면 그냥 섹스가 하고 싶어서 결혼하고 싶은지를 알아야 해요."

"…!"

열 살짜리 진호의 말에 어른들은 그만 기가 차서 할 말을 잃고 말았다. 그걸 미국 문화에 길들어 나이보다 조숙하다고 봐 넘겨야 할지 되바라졌다고 훈계해야 할지 몰라 잠시 어리벙벙한 상태가 되었다.

"요 녀석!"

잠시 뒤에 지수가 진호의 이마에 꿀밤을 한 대 먹이는 것으로 분위기를 수습했다.

"삼촌한테 버릇없게 말하면 안 되는 거야!"

지윤도 얼른 나서서 진호를 나무랐지만, 그 말의 여운은 오랫동안 뇌리에 남아 궁색한 미소를 짓게 되었다.

진호의 말이나 민서의 말이나 어른들이 철없는 어린아이가 아무렇게나 지껄이는 말이라고 무시해버릴 수만은 없는 점이 분명 있었다. 아이는 어른의 아버지라는 말도 있지 않은가, 어른의 어리석음을 일깨워주는 핵심이 있다는 생각이 들었다.

지윤과 현우는 민서를 데리고 아직 화면을 응시하고 있는 관객들을 방해하지 않으려고 몸을 낮추고 살금살금 계단을 내려왔다. 조명을 모두 끈 상태라 화면이 바뀌는 순간마다 원색의 화려한 빛이 수영장 안과 그 주변을 번쩍거리며 비치곤 했다. 그들은 수영장에서 서로에게 잘 자라는 인사를 하고 반대 방향으로 각각 갈라져 갔다.

제비섬에서

배는 다시 여행의 목적지인 코주멜섬에 정박했다. 마이애미 항구를 떠난 지 삼 일째 되는 날이었다. 코주멜은 제비들의 섬이란 뜻이라고 했다. 제비들이 북아메리카의 추위를 피해서 따뜻한 남쪽 아르헨티나 칠레로 날아가다가 중간에 쉬어가는 곳이 바로 이곳이라서 코주멜이라는 이름이 붙여졌다는 것이다.

승객들은 여덟 시간 동안 배에서 내려 예약한 일정에 따라 시내 관광을 즐기거나 쇼핑을 하면서 시간을 보낼 수 있었다.

섬의 왼쪽으로 보일 듯 말 듯 가물거리는 곳이 멕시코 본토였다. 그곳에 있는 아름다운 휴양지 칸쿤으로 갈 승객은 이곳에서 배를 갈아타야 하니 3층에 있는 장소로 따로 모이라는 안내 방송이 나왔다.

지윤은 현우가 칸쿤으로 간다고 했던 말이 생각났다. 어찌 된 일인지 그동안 그걸 까맣게 잊고 있었다는 걸 깨닫고 아차 싶었다. 동시에 그와 마지막 인사도 나누지 못했다는 걸 깨닫고는 안타깝고 서운한 마음에 몸 둘 바를 몰라 허둥댔다. 그런데 현우도 잊은 것일까, 전날 밤에 헤어지면서 아무 말이 없었다는 게 이상했다.

선창을 통해 푸른 하늘과 두둥실 떠 있는 뭉게구름, 그리고 바닷가에 늘어선 야자수들과 그 사이로 멕시코의 전통 가옥인 팔라파 지붕이 눈에 들어왔다. 말린 코코넛 잎을 엮어서 얹은 지붕이 마치 한국의 초가집을 보는 듯 정겨웠다. 야자수만 빼고는 키웨스트의 풍경과는 완전히 다른 캐리비안 고유의 경관이 펼쳐졌다.

부두에는 또 다른 크루즈 선이 먼저 도착해 정박해 있었다. 그 하얗고 멋진 유람선까지 자연과 인공이 합쳐져 만들어내는 조화의 아름다움이 그대로 한 폭의 그림으로 다가왔다.

점심 식사를 끝낸 후, 그들은 키웨스트에서처럼 각자 자기 배낭에 지갑과 여권, 승선카드 등 중요한 물건을 챙겼다. 그리고 생수도 한 병씩 사서 넣었다. 마지막으로 직사광선에 대비해 선글라스와 모자도 챙겼다.

정원은 먹다 남은 군것질거리도 배낭에 넣었다. 가족이 함께 여행할 때마다 음식을 챙기는 건 으레 그녀의 몫이었다. 피곤해서 쉴 때면 그녀의 가방에서는 초콜릿이나 쿠키 같은 간식이 나오고 무료하다 싶으면 껌이라도 꺼내 나누어주곤 했다. 그것이 몸에 밴 때문이었다.

지윤은 몰려든 승객들 틈에서 주위를 두리번거렸다. 현우를 만나 잘 가라는 인사를 하고 싶었다. 3층으로 내려오니 다른 게이트 앞에 사람들이 길게 줄지어 서 있었다. 칸쿤으로 가는 배를 갈아타려는 승객들이었다.

"잠시만 여기서 기다려 줘."

그녀는 정원에게 그 말을 남기고 사람들 틈을 비집고 그쪽으로 빠져나갔다. 줄지어 선 사람들을 여러 번 살펴보았다. 그러나 현우의 가족은 보이지 않았다. 그녀는 늦게라도 만날 수 있기를 바라는 마음으로 주변을 살피며 한참 동안 그 자리에 서서 기다렸다. 그러나 칸쿤으로 향하는 승객들이 출입구로 다 빠져나간 뒤에도 그들 가족은 나타나지 않았다.

사람들이 거의 다 빠져나갈 즈음에 그녀는 실망스러운 마음으로 출입구를 나갔다. 자신이 현우와 그 가족에게 큰 실수를 했다는 생각에 마음이 무거웠다. 연락처마저 받지 못한 것이다.

스무 살 그때도 자신은 현우의 아파트를 나온 뒤로 연락을 끊었던 기억이 새삼 선명하게 떠올랐다. 그의 목적지를 염두에 두지 않았던 건 그때처럼 고의는 아니었다. 왜 그랬는지 칸쿤으로 간다는 사실은 까맣게 잊고 당연히 자신과 같이 코주멜에서 마이애미로 돌아갈 거라고 단정해 버렸다. 마음이 몹시 안타까웠지만, 어쩔 수 없었다.

부두의 콘크리트 바닥에 내려서자마자 키웨스트에서처럼 열대의 따가운 기운이 타오르는 불 앞에 선 듯이 그들의 얼굴과 몸으로 확 달려들었다. 어딜 바라보나 눈이 부셨다. 구름 한 점 없이 맑고 푸른 하늘과 반짝이는 바닷물결, 그리고 야자나무와 길게 펼쳐진 백사장.

햇볕은 이글거리고 세상은 타는 듯 빛났다.

지윤과 상현이 재빨리 선글라스를 꺼냈다. 지수는 끼고 있던 안경을 벗고 주머니에서 도수가 들어간 선글라스를 꺼내 썼다. 자외선을 받은 정원의 변색 렌즈는 즉시 선글라스로 바꿔 쓴 것처럼 까맣게 변했다.

부두에서 곧장 다리를 건너 선창으로 보았던 야자수가 우거지고 팔라파 지붕의 정자가 여기저기 늘어서 있는 동네로 진입했다. 다리는 건물처럼 지붕과 벽이 있어서 매우 특이하게 보였는데 역시 상품을 진열해 놓은 상가였다. 주로 상징성이 있는 기념품과 주류 등이었다. 견물생심이라고 승객들은 벌써 기념품을 사느라 법석이었다.

다리 위의 상가를 나오자 해변가에 손님이 없어 텅 빈 선술집이 죽 늘어서 있었다. 아직 대낮이고 배는 밤이 되어야 돌아갈 터이니 아마도 저녁 무렵부터는 왁자지껄한 특유의 분위기로 변할 것이다.

지수가 예약한 프로그램은 두 시간짜리 역사 유적지를 돌아보는 거였다. 기념품 가게들이 늘어선 곳 중앙에 제법 넓은 공터가 보였다. 우람한 덩치의 나무들이 하늘로 죽죽 뻗어 있어서 햇빛을 피하기에 좋았다.

그곳에 모여 있는 사람들 틈에서 백인 안내인이 피켓을 높이 들고 소리치고 있었다. 바로 그들이 예약한 역사탐방 프로그램이었다. 그 앞으로 몇몇 사람이 모여들고 있었다. 그들도 그 줄 뒤로 가서 섰다. 예약을 확인하고 팀 이름이 적힌 스티커를 받아 가슴에 붙였다. 예약한 승객이 모두 모이자 한 번 더 확인한 다음 두 대의 승합차에 나누어 태우고 출발했다.

지윤은 현우와 마지막 인사도 나누지 못하고 헤어진 것이 못내 아쉬웠다. 자신은 실수로 잊었다 쳐도 현우까지 왜 아무 말도 하지 않은 걸까 싶어 그 마음을 종잡을 수 없었다. 혹 다시 만날 수 있는 걸까? 만약 다시 만난다면 이번에야말로 그의 진심을 확인할 수 있으리라 여겼다.

십여 분쯤 달렸을까, 승합차는 곧 조그만 건물의 주차장에 도착했다. 승합차에서 내린 관광객들은 그 백인 청년의 안내를 받아 건물 안으로 들어갔다.

건물 입구에서부터 영상물 관람실로 이어지는 통로의 벽에는 남녀 공연자들이 갖가지 전통 의상을 입고 공연하는 모습과 토테미즘을 상징하는 동물과 조각품 등의 사진들이 붙어 있었다. 관람실에서 보게 될 영상물의 내용과 관련이 있음을 짐작할 수 있었다.

그들은 과달루페에서 발현한 원주민 모습의 성모상이 모셔져 있는 유리관 앞으로 가서 가슴에 성호를 긋고 잠깐 서서 구경했다. 그리고 영상관에서 영어로 설명하는 멕시코의 역사와 문화에 관한 영상 자료를 30분 정도 시청하고 나서 고대 도시 유적지 모형이 있는 숲속으로 향했다.

열대 우림으로 우거진 숲속 길을 이리저리 걸었다. 음습한 길목에서 매복하고 기다리는 적처럼 어디선가 느닷없이 달려드는 모기떼가 팔과 다리를 마구 공격했다.

"앗 따가워! 요놈의 모기들, 왜 내 피만 좋아하는 거지?"

정원이 손바닥으로 자기 팔을 탁 때리며 투덜거렸다. 옷 소매 밖으로 나온 팔과 다리에 모기에 물려 부푼 자국이 수없이 나 있었다.

"나두!"

지윤도 손바닥으로 여기저기 툭툭 치는 시늉을 했다.

숲속은 그늘져 땡볕을 가려주었으나 후텁지근한 열기는 여전했다. 하지만 모기떼만 아니면 피톤치드로 삼림욕을 겸할 수 있는 오솔길은 그런대로 걸을 만했다.

영상물 관람을 함께 한 사람들은 다 어디로 갔는지 주변에는 그림자 하나 없이 그들 뿐이었다. 숲속은 새소리 하나 들리지 않고 적막했다.

구불구불한 좁은 길을 얼마나 갔을까, 유네스코에 의해 세계 문화유산으로 등재된 치첸이트사의 조형물이 나타났다. 본토에 있는 실물을 축소해서 옮겨 놓은 듯 아주 섬세하게 제작된 모형이었다. 실물을 보지는 못해도 그런대로 찬란하게 꽃피웠던 마야 문명의 면모를 느낄 수 있었다.

치첸이트사는 유카탄반도의 휴양도시 칸쿤에서 서쪽으로 200킬로미터쯤 떨어진 곳에 있는 마야 문명의 고대 도시 유적지였다.

"칸쿤을 갔어야 했는데…"

"여길 갔어야 했는데…"

지윤과 지수가 그중 주요 유적인 엘카스티요 피라미드 신전 모형을 보는 순간 탄식처럼 흘린 말이었다. 지윤은 다시 현우를 생각했고, 지수는 치첸이트사의 실물을 보지 못하는 아쉬움을 드러냈다.

"치첸이트사는 이트사족의 우물 입구라는 뜻이고, 우물은 마야인들에게는 제물을 바치는 용도로 사용되는 신성한 곳이었다고 해요."

지수가 옆에 있는 설명서를 읽고 내용을 전했다. 그는 여행 오기 전에 미리 인터넷을 통해 마야 문명에 대한 지식을 익히기도 했다.

"고도의 천문학적 지식과 건축기술이 합해지지 않고는 불가능한 일일 텐데 정말 대단하구나."

조용히 바라보던 상현이 눈을 크게 뜨고 감탄의 말을 했다.

"이트사족에 의해 최초로 도시가 건설되기 시작한 게 530년 이전 이래. 그 후로 오랜 세월에 걸쳐서 재건되고 11세기에 번성했다가 15세기에 갑자기 멸망했다는 거야."

이번에는 지윤이 설명서를 읽었다. 지수가 종교 예식으로 인신 공양한 우물이 있다는 말을 덧붙였다. 그들은 다시 미로 같은 오솔길을 따라 걸음을 옮겼다. 이번에는 테우티우아칸 유적지의 모형이 나타났다.

멕시코시티에서 북동쪽으로 50킬로 정도 떨어져 있는 유네스코 지정 세계 문화유산으로 역시 고대 도시 유적지였다. 특히 아메리카 대륙에서 가장 거대한 피라미드 건축물이 있는 곳이었다. 그럼에도 누가 언제 지었는지 알려지지 않은 수수께끼 유적이라고 했다.

"중장비도 없는 그 옛날에 어떻게 이렇게 큰 건물을 세울 수 있었을까?"

"더 놀라운 건 지금 눈으로 볼 수 있는 곳은 전체 면적의 십 분의 일밖에 안 된다는 사실이죠. 아직 발굴되지 못한 면적이 대부분이래요.

이 고대 도시의 규모가 얼마나 방대한지 짐작할 수 있어요."

그들은 서로 묻고 대답하며 놀라움으로 입을 다물지 못했다. 도시의 한복판에는 죽은 자의 거리가 있고 이 거리를 중심으로 동쪽에 이 유적지를 상징하는 건축물인 태양의 피라미드가 있었다. 그리고 남쪽에는 달의 피라미드와 크고 작은 피라미드들이 죽은 자의 거리 주변에 배치되어 있었다.

건물 주변에는 마야인 인형들도 있었다. 아주 정교하게 만들어진 인형이었는데 곧 살아서 움직일 듯이 생동감이 들었다.

"이 도시에서는 산 자와 죽은 자가 함께 살았나 봐."

"산 자와 죽은 자, 그리고 신까지 공존하는 세상이었네. 확실히 수수께끼의 도시가 맞네."

조용히 설명을 듣고 있던 정원이 신기하다는 듯이 말했다.

"그런데 마야인들은 어디로 사라졌을까?"

정원이 다시 탄식하듯 속으로 중얼거렸다.

"그런데 어떻게 그 많은 사람이 모두 감쪽같이 사라질 수 있을까?"

그녀는 그 불가사의를 도저히 믿을 수 없어서 또다시, 이번에는 소리를 내 중얼거리듯 말했다. 그때였다. 인형들이 조용히 움직이는가 싶더니 도시 구석구석에서 수많은 마야인이 쏟아져 나왔다.

정원은 현기증이 일 듯 머리가 어질하는 느낌이 들었다. 손으로 머리를 짚고 휘청이는 몸을 가누기 위해 정신을 가다듬었다.

"엄마, 괜찮으세요?"

지수가 걱정스러운 얼굴로 물었다.

"응, 괜찮아."

그녀는 다시 죽은 자의 거리를 응시했다. 고대 도시는 아무 일도 없이 그대로였다. 환시였나 싶었다. 그러고 보니 마야인은 사라진 게 아니라 도시 곳곳으로 투명하게 스며든 거 같았다.

그들은 계속해서 신에게 의식을 올렸던 케찰코아 신전과 대광장, 그리고 물을 끌어들였던 관개수로와 장인과 농부, 상인들이 살았던 주거지와 농경지까지 갖춘 고대 도시의 모습을 보았다. 과학적인 설계로 건설된 현대의 계획도시에 견주어도 조금도 손색이 없는 도시의 모습이라고 생각되었다. 도시 구석구석에서 사라진 마야인들이 우르르 쏟아져 나올 것만 같았다.

다시 숲속 길을 따라 걸었다. 길은 미로처럼 이리저리 나 있어서 자칫 고대 도시의 불가사의한 혼돈에 빠져 출구를 찾지 못할까 염려스러웠다. 마야인들의 숨결 속으로 함몰되어 버린 듯 천년의 자취에 취해 정신이 몽롱해져 있었다.

축소된 모형은 여러 곳에 숨어 있다가 무작정 오솔길을 따라 걷는 그들 앞에 사라진 마야인들인 양 놀라운 모습으로 나타나곤 했다.

숲에서 나오자마자 숨을 크게 내 쉬었다. 비로소 꿈에서 깨어나 현실로 돌아온 느낌이 들었다. 따가운 햇볕이 다시 쨍쨍 내리쬐었다.

눈앞에서 막 볼라도레스 쇼가 펼쳐지고 있었다. 볼라도레스 쇼는 고대인들이 행했던 기우제 의식으로 일종의 전통춤이라고 했다.

앞서 온 관광객들이 등받이가 없는 긴 의자에 마치 전깃줄에 앉은 제비마냥 나란히 앉아 아찔한 공중곡예와 같은 쇼에 시선을 고정하고 있었다. 그들도 남아 있는 자리에 앉아 호기심 어린 눈으로 바라보았다.

젊은 청년들로 보이는 다섯 명의 볼라도르(공연하는 사람)가 각각 줄을 하나씩 잡고 아득해 보이는 철 기둥 위에서 공연을 펼쳤다.

볼라도르는 하늘과 땅을 연결해주는 중개자로 새를 상징하는 모습으로 허공을 날았다. 고대 마야인들이 인간의 소망을 하늘로 가져다 전달해 준다고 믿었던 신령한 동물인 새. 볼라도르의 모습은 안데스 산기슭에 산다는 콘도르를 연상시키기도 했다.

스페인의 정복자들에게 짓밟힌 마야인들은 그들이 신성시한 콘도르를 통해 자유를 꿈꾸며 슬픔을 노래했다. '오, 하늘의 주인이신 전능한 콘도르여, 우리를 안데스산맥의 고향으로 데려가 주오.'라고.

그들은 떨어질 듯 위태롭고 아찔한 모습에 가슴을 졸였다. 위험천만한 묘기에 더위가 싹 가셨다. 공연이 끝나고 다른 관광객들은 볼라도르와 사진을 찍기 위해 몰려나갔고, 그들은 자리를 떴다.

시원한 음료를 파는 가게까지 걷는 동안 다시 더위가 몰려와 등줄기로 금세 땀방울이 흘러내렸다.

"좀 쉬었다 가야겠어. 너무 더워."

그들은 가게 앞에 놓인 빈 테이블에 둘러앉았다. 시원한 트로피컬 음료와 얼음이 많이 들어간 탄산음료를 시켰다.

"열심히 보긴 봤는데 뭘 봤는지 모르겠네."

"글쎄 뭘 본 거 같기도 하고 안 본 거 같기도 하고 마치 꿈을 꾼 거 같아."

지윤의 말에 정원이 대꾸했다. 후덥지근한 무더위에 정신이 없었다. 모기들은 그곳까지 쫓아와 팔과 다리를 물고 피를 빨았다.

삼십 분쯤 쉬고 나자 안내를 맡은 백인 청년이 여기저기 흩어져 있는 관광객들을 소리쳐 불러 모았다. 그리고 올 적에 타고 온 두 대의 승합차에 태워서 처음 차를 탔던 항구 근처에 내려주었다. 이제부터는 자유시간이었다.

그들은 기념품 가게를 돌아보았다. 기념품 가게마다 관광객들로 넘쳐났고, 경쾌한 라틴 음악이 흘러나왔다.

상현과 지수는 멕시코의 전통주인 테킬라가 가득 진열된 가게 안으로 들어가 한참 동안 술병을 구경했다. 마실 때는 왼쪽 손 등에 소금을 묻혀 한 모금 마신 뒤에 한 번 빨고 다시 한 모금 마신 뒤에는 라임 조각을 빨면서 마신다는 술. 전쟁에 나가는 남자가 아내 또는 연인과 이별하기 위해 몸에 소금을 바르고 빨면서 마시고 사랑을 맹세했다는 사랑과 정열의 술이었다.

그들은 이름을 들어본 로스 트레스 토노스, 까사 헤라두라, 문도 쿠에르보 브렌드를 찾아 바라보았다. 보기만 해도 아가베의 달콤한 맛과 향이 물씬 풍겨 나오는 듯했다.

"아빠는 술은 잘 못 하시잖아요? 선물하시려고요?"

"내 주변에는 이렇게 독한 술 마시는 사람 없어. 그냥 기념으로 하나 가져다 두고 볼까 하고."

상현은 원래 술은 즐기지 않는 편이었고, 좀 과하게 피우던 담배도 끊은 지 오래였다. 담배를 끊게 된 건 지수의 역할이 컸다. 뉴욕에 머물던 시절, 초등학교 사학년이던 지수가 학교에서 금연의 필요성에 대한 홍보 영상을 본 뒤로 상현에게 금연할 것을 꾸준히 종용한 결과였다.

다 끼리끼리 모이기 마련이라서인지 그의 주변 역시 골초는 있어도 알코올 농도 40퍼센트의 술을 즐기는 사람은 모여들지 않았다.

"우리가 오랜만에 함께 여행 왔잖니?"

상현이 다시 말했다.

"이 년 전에 몬트리올도 갔었잖아요?"

지수가 뜨악한 표정으로 대꾸했다. 그의 말대로 아주 오랜만은 아니었다. 이 년 전에도 그들 부부가 토론토를 방문했었는데 진호까지 모두 함께 몬트리올을 여행했었다. 그때 여기저기 관광하다가 몽루아얄 꼭대기에 있는 성 요셉 성당에도 가게 되었다.

상현은 마음속으로 자신이 앓고 있다는 파킨슨씨병을 고쳐주시라고 하느님께 간절히 기도했다. 그 얼마 전 감기로 동네 병원에 들렀다가 잠버릇 상담까지 하게 되었는데 전문의를 만나보라는 말을 듣고 혼자 대학 병원에 가서 진찰을 받았었다. 어머니가 치매로 세상을 떴으니 유전적인 요인이 있다는 말도 들었다.

그것이 그의 두 번째 기도였다. 하지만 아직 두 번째 기도를 들어주셨다는 확신은 없었다. 그의 병은 느리지만 계속 진행 중이었다.

그가 맨 처음으로 한 기도는 15년 전에 정원이 암에 걸려 대수술을 받았을 때였다. 아내가 죽을 수 있다고 생각하자 앞이 캄캄했다. 그는 제발 아내를 살려주시라고 수술 시간 내내 병원의 성전에서 무릎을 꿇고 간절하게 기도했었다. 아내를 살려만 주신다면 세례를 받고 하느님을 따르겠다고 약속했다. 그가 기도한 대로 정원은 난소암을 이겨냈다. 그리고 상현은 하느님과의 약속을 지키기 위해 세례를 받고 천주교 신자가 되었다.

"다 마찬가지지 뭐."

상현은 버릇이 된 그 말을 다시 중얼거리면서 문도 쿠에르보를 한 병 집어 들고 카운터로 가서 계산했다. 그는 호주머니에 남은 페소화를 모두 털어 데킬라 값을 계산했다.

정원과 지윤은 티셔츠가 벽면을 가득 메우고 있는 기념품 가게로 들어갔다. 지윤은 진호에게 줄 티셔츠를 하나 골라 값을 계산하고 나오려다 말고 전통 문양의 자수가 놓인 크로스 백을 집어 들었다. 여자아이가 좋아할 듯한 모양이었다. 칸쿤으로 갔으면 다시 만나기는 어렵다는 걸 예상하면서도 혹시나 하는 마음이 들었다.

영어로 코주멜이라고 쓴 머그잔 두 개도 함께 계산했다. 정원과 상현에게 선물하고 싶었다. 두 사람이 함께 크루즈여행을 추억하면서 나란히 앉아 커피를 마시는 모습을 머릿속에 그려보았다.

순간 언제나 조용하고 평온했던 어린 시절의 가정 분위기가 빠르게 머리를 스쳐 지나갔다. 비록 정원에게는 힘든 시간이었을지 모르나 남매에게는 크게 상처받지 않고 자랄 수 있었던 평범한 환경이었다. 거기에 조부모의 사랑까지 받은 기억이 있어서 물질적으로는 풍족하지 않았어도 그다지 남부러울 게 없었다.

그녀는 그 평범함이 값지고 소중하다는 걸 자신이 이혼한 뒤에야 깨달았다. 그걸 생각하면 그런 기본 수준의 가정조차 만들어 주지 못한 진호에게는 항상 마음 한구석에 미안함이 있었다.

"엄마는 살 거 없어?"

"이거 살까? 이건 내가 계산할게."

정원은 챙이 넓은 멕시칸 전통 모자 솜브레로를 집어 들었다.

"진호 주려구?"

"응. 살만한 게 없네."

정원은 솜브레로 값을 계산하고 지윤과 함께 광장으로 나왔다. 상현과 지수가 야자수 그늘에 놓인 벤치에 앉아 그들을 기다리고 있었다.

"우리 저기 가보자."

정원이 광장 한쪽에서 거리 공연을 펼치고 있는 마리아치를 손으로 가리켰다.

그들은 곧바로 그곳으로 걸어갔다.

세 사람으로 구성된 마리아치는 색상이 화려한 판초에 솜브레로를 쓰고, 콧수염을 기른 모습으로 코키리코와 조그만 기타, 그리고 '삼포냐'라는 전통 악기를 연주하고 있었다. 바로 멕시코를 상징하는 그림에서 본 모습 그대로였다.

그들이 연주하고 있는 곡은 한국 아이들도 부르는 '라 쿠카라차'

라는 멕시코 민요였다. 바퀴벌레라는 의미의 라 쿠카라차는 따라부르기에도 쉽고 흥겨웠다.

'병정들이 전진한다 이 마을 저 마을 지나 / 소꿉놀이 어린이들 뛰어와서 쳐다보며 / 싱글벙글 웃는 얼굴 병정들도 싱글벙글 / 빨래터의 아낙네도 우물가의 처녀도 / 라쿠카라차 라쿠카라차 아름다운 그 얼굴 / 라쿠카라차 라쿠카라차 희한하다 그 모습 / 라쿠카라차 라쿠카라차 달이 떠올라 오면 / 라쿠카라차 라쿠카라차 그립다 그 얼굴'

늘 열정적이고 낙천적인 듯 보이는 멕시코인들에게도 외세의 침입으로 슬프고 고통스러운 시절이 있었다. 라 쿠카라차는 바퀴벌레만큼 하찮게 취급당했던 그 시절의 멕시코인들을 상징한다고 했다.

연주가 끝나자 모여든 다른 사람들과 함께 박수로 보답하고 환호했다. 여기저기서 동전을 꺼내 앞에 놓인 모자에 넣었다. 그들도 호주머니를 뒤져 손에 집히는 대로 미국 동전과 남은 페소화 동전을 꺼내 모자에 넣었다.

조금 떨어진 곳에 제법 아름답게 꾸며진 작은 공원이 있었는데 중앙에 물줄기가 치솟는 분수대와 아치형 다리가 보였다. 그들은 섬처럼 생긴 조그만 공원으로 들어가려고 아치형 다리 위로 올라섰다.

"엄마, 거기 서 봐!"

지윤이 정원을 다리 위에 세우고 카메라를 들었다. 그러고 나서 다시 세 사람을 같이 세우고 찍고, 자신이 서고 지수에게 셔터를 누르게 하기도 했다. 모녀가 나란히 서서 찍기도 했고 지나가는 관광객에게 부탁해서 가족사진도 찍었다.

공원 안을 돌며 곳곳에서 열대식물을 배경으로 수없이 셔터를 누르더니, 마지막으로 정원과 상현을 나란히 세웠다.

부부가 단둘이 찍는 사진이 얼마 만인가, 기억이 가물가물했다. 두 사람은 다정하게 미소를 지어 보였다.

"맨날 사진 찍기 싫다고 하더니 오늘은 잘 찍네."

지윤이 정원을 향해 핀잔인지 칭찬인지 모를 말을 했다.

"이제 늙어서 사진이 안 나오니까 그랬지."

"사진이야 생긴 대로 나오는 거지 뭐."

실은 크루즈 여행을 하면서 지윤은 두 사람의 사진을 그들이 모르게 수도 없이 찍었다. 순간 포착을 잘한 덕에 사진으로만 보면 두 사람 사이는 아주 다정다감해 보였다. 두 사람만 모르는 잘 어울리는 모습이었다. 그뿐만 아니라 그들은 서로 닮아 보이기까지 했다.

막상 그들 자신은 긴 세월을 함께 살아오는 동안 서로 닮아가고 있다는 사실을 감지하지 못하고 있었다. 정원은 상현이 말수가 적고 감정 표현이 없어서 목석같다고 했지만, 알게 모르게 서로에게 맞추어가고 있었다는 증거였다. 서로에게 맞추는 것도 사랑을 바탕으로 하지 않으면 불가능한 일이지 않은가?

이 여행이 끝나면 지윤은 두 사람의 사진을 특별히 따로 모아 엄마와 아빠의 폰에 똑같이 저장해 줄 생각이었다.

"사진 많이 찍어서 좋을 거 뭐 있어? 죽기 전에 없애느라 고생만 하지."

"엄만, 꼭 죽을 병에라도 걸린 사람처럼 말하네."

지윤이 못마땅하다는 표정을 지었다.

"잠깐!"

정원이 카메라를 집어넣으려고 하는 지윤을 향해 손을 저었다. 만약을 대비해서 독사진을 좀 찍어둬야겠다는 생각이 들었다. 안경을 벗어서 윗옷 자락 속에 잠시 넣었다 얼른 다시 썼다. 그 새 변색 렌즈는 까만색이 사라지고 맑게 변했다.

"빨리 찍어!"

그녀가 포즈를 취하고 재촉하자 지윤이 서둘러 셔터를 눌렀다.

"잘 나왔니? 어디 보자."

정원은 지윤에게 가까이 다가가서 방금 찍은 사진을 확인했다. 그런대로 괜찮게 나온 편이었다.

"왜 엄마만 독사진 찍어 주니? 나도 찍어줘."

이번에는 상현이 포즈를 취했다. 지윤이 다시 카메라를 들고 셔터를 눌렀다. 상현 역시 더 심해지면 제대로 된 사진을 못 찍을지도 모른다고 생각되었다.

사진 찍기가 끝나고 그들은 공원 안에 있는 열대식물을 구경했다. 관광객들이 알 수 있게 나무마다 이름이 쓰인 명패가 꽂혀 있었다. 여러 종류의 야자수, 코코넛 야자, 대왕 야자, 피닉스 야자, 대추야자 사이에 카카오, 고무나무, 파파야, 망고나무를 볼 수 있었다. 한쪽에는 기둥 모양의 선인장과 멕시코산 용설란도 보였다.

그들은 관광을 끝내고 바닷가에 있는 벤치에 앉아 쉬었다. 해가 어느덧 서쪽 수평선에 가물가물 보이는 유카탄반도 너머로 기울어가고 있었다. 바다에서 시원한 바람이 불어오고 야자나무가 줄지어 서 있어서 그늘이 지긴 했어도 따가운 햇볕의 열기는 피할 수 없었다.

정원이 가방을 열고 봉지에 든 작은 초콜릿을 꺼내 하나씩 돌렸다. 바로 배에서 방을 나서기 전에 챙겨온 거였다.

"이 초콜릿은 카카오의 원산지가 바로 멕시코와 중앙아메리카 열대 지역이니까 바로 제 고향을 찾아온 셈이네."

"그래?"

지수의 말에 정원이 화들짝 반응했다.

"카카오는 마야인들이 아주 신성시한 나무였대요. 그들에게 카카오 열매는 사람의 심장을 상징했고, 초콜릿은 피를 상징했대요. 그래서 그들에게는 카카오신까지 있었다고 해요."

"그러니까 이것이 마야인들의 피를 상징한다고? 재미있는 얘기네."

그녀는 맛을 한껏 음미하는 듯 초콜릿을 입에 넣고 오물거리며 다시 사라진 마야인들을 떠올렸다.

상현은 옆에서 초콜릿에 얽힌 역사 얘기를 해도 말없이 앉아만 있더니 지루한 듯 손목에 찬 시계를 들여다보았다.

"몇 시에요?"

지수 역시 주어진 8시간이 참으로 길다는 생각이 들었다. 시간은 아직도 많이 남아 있었다.

"이제 다섯 시가 다 되었어. 저녁은 배로 돌아가서 먹지 뭐."

상현도 시간이 빨리 가기를 기다렸다. 그는 솔직히 정박지를 관광하는 거보다 배 안이 더 재미있다는 생각이 들었다. 그의 성격대로라면 차라리 배에 남아 혼자 시간을 보내고 싶었다. 그러나 관광객이 관광하는 동안 딱히 즐길 놀이가 없었다. 카지노는 문을 닫는다고 했고, 다른 프로그램도 잠시 쉰다고 했다.

지윤의 시선은 무심코 오른쪽 바닷가 모래사장에서 놀고 있는 가족에게 가 닿았다. 아빠와 딸의 웃음소리가 바람결에 실려 왔다. 아빠와 딸은 모래벌판을 달리고 나이가 지긋해 보이는 여인은 그들을 바라보며 앉아있었다. 맑고 청아한 아이의 깔깔대는 웃음소리. 칸쿤에 있을 거라고 여겼던 민서와 현우가 거기 있었다. 얼마나 반가웠는지 그만 자신도 모르게 자리에서 벌떡 일어나 그곳을 향해 달렸다.

"민서야!"

"아줌마!"

민서도 그녀가 달려오는 모습을 발견하고는 마주 달려와 반갑게 안겼다.

"칸쿤에 간 게 아니었어?"

"갔었는데 아줌마랑 더 있으려고 돌아오자고 했어요. 마이애미까지 함께 돌아갈 수 있게 됐어요."

"그랬어? 잘됐네."

그녀는 민서를 품에 꼭 안아주었다. 그들은 만난 지 사흘밖에 되지 않았지만, 마치 오랫동안 떨어져 지내다 상봉한 모녀 사이 같았다.

"역사박물관 구경은 잘한 거야? 좋았어?"

현우가 천천히 다가와 민서를 안고 있는 그녀에게 물었다.

"응, 멕시코의 역사와 문화 공부 조금 하고 쇼핑하면서 시간 보냈지 뭐. 그런데 왜 바로 돌아왔어? 칸쿤에서 있다가 비행기로 돌아갈 예정 아니었어?"

그녀는 이 부녀가 선뜻 이해되지 않았다. 분명 처음 만났을 때 목적지가 칸쿤이라고 들은 거 같은데 이 시간에 여기 있다는 게 영 이상했다.

"운이 좋았어."

뭐가 운이 좋았다는 건지, 현우는 자세한 설명이 없이 다짜고짜 운이 좋았다는 말만 언급하고는 입꼬리에 웃음기를 머금었다.

그 가족은 원래 칸쿤으로 가서 이틀을 더 머물면서 마야 유적지인 치첸이트사와 테오티우아칸을 둘러보고 비행기로 돌아갈 예정이었다. 그러나 뜻밖에도 배에서 그녀를 만났고, 민서가 그녀와 함께 있기를 원했기 때문에 계획을 변경하게 되었다고 했다. 운이 좋았다는 건 크루즈의 담당자와 계획을 변경하는 논의가 잘 되었다는 뜻이었다.

"그냥 아줌마랑 함께 있고 싶어서 제가 크루즈 타고 가자고 졸랐어요."

"그래? 그럼 나랑 같이 노는 건 어때?"

"좋아요!"

민서는 길게 생각하고 말고 할 거 없이 즉시 대답이 튀어나왔다.

그녀는 신발과 양말을 벗고 맨발로 민서와 함께 백사장을 뛰어다녔다. 그러다 바닷물을 찰방찰방 밟고 걸었다. 모래로 두꺼비집을 만들기도 하고 모래찜질을 해주기도 했다. 까르르 까르르 민서의 웃음소리가 모래사장 위에 낭자하게 퍼졌다. 붉게 번져오는 노을 아래 반짝이는 코발트 빛 바다와 바람에 하늘로 솟은 야자수가 휘어져 날리는 배경 속에서 자연과 융화되어 한 폭의 그림이 되었다.

현우는 어머니 조분이 곁에 서서 말없이 두 여자가 노는 모양을 지켜보았다. 지윤이 깔깔대며 백사장을 뛰어다니는 모습이 꼭 민서 또래의 아이 같았다.

"너 저 친구 좋아하는 거 아니니? 민서하고도 궁합이 잘 맞는 거 같구나."

그들의 노는 모습을 멀리서 지켜보고 있던 어머니가 현우에게 말했다. 현우는 그저 빙그레 미소만 지었다.

지수는 지윤이 현우 가족과 함께 있는 모습을 멀리서 바라보며 잠시 바닷가를 거닐고, 정원과 상현은 벤치에 그대로 앉아 눈이 시리도록 푸른 바닷물을 바라보며 이야기를 나누었다.

"당신 미연이 부모님이 우리 아들을 데릴사위 삼고 싶어 한다는 거 알고 있었어요?"

"그 애가 우리 집으로 들어오는 게 아니라 우리 지수를 자기 집으로 데려간다는 거였어?"

상현은 금시초문이라는 듯이 되물었다.

"당신은 그것도 모르고 무조건 찬성했던 거예요?"

"그럼 둘이서 좋다는데 반대할 이유가 없잖아?"

"그거야 나도 찬성이지만, 결혼하면 우리 아들이 아니라 그 집 아들이 된다는 거죠."

"그 집에 들어가 산다고 우리 아들이 아닌 건 아니잖아? 당신도 허락하는 거지? 아들 빼앗겼다고 울고불고 안 할 자신 있어?"

"난 지수만 행복하다면 뭐든 반대하지 않아요. 지수는 꼭 사랑하는 사람과 결혼하길 바래요."

"우리가 선보고 갑자기 결혼했다고 꼭 불행한 듯이 말하는데, 진짜 불행한 사람 많아. 우리 자식들 속 한 번 썩인 일 없이 바르게 잘 커 주었고, 제 앞가림하잖아? 지윤이 이혼하고 혼자 살아서 안 됐기는 하지만. 자식들이 잘못돼서 모임에 나와서도 고개를 못 들고 어깨를 축 늘어뜨리고 다니는 사람도 있어. 어쨌든 죽으나 사나 나한테는 당신뿐이라는 거 알잖아? 앞으로는 나도 많이 노력할게."

상현은 또다시 앞으로 노력한다는 말을 강조했다.

"그런데 우리 아들을 꼭 뺏기는 기분이 드는 건 사실이에요."

아름다운 자연에 취한 때문인지 상현의 전에 없던 나긋한 말투 때문인지 그녀도 부드럽게 속을 터놓았다.

"저만 잘살면 되는 거지. 당신은 내가 있잖아?"

"당신이 언제 내 편이었다고? 평생 남의 편이었으면서!"

그녀는 투정을 부리듯 그 얘기를 또 했다.

"이제부터 당신 편 할게."

"진작 그러죠. 좋은 세월 다 가고 이제 늙어 꼬부라졌는걸요."

그때 지수가 가까이 다가왔다. 그녀는 아들을 보자 얼굴에 미소를 지었다.

"여기 좀 앉아 봐."

정원이 몸을 움직여 자신과 상현 사이로 아들을 잡아당겼다. 지수는 얼결에 무슨 일인가 싶은지 어리둥절한 표정으로 끌려와 앉았다.

"그만 생각하고 미연이한테 대답해."

"나 벌써 대답했는데요? 데릴사위 하겠다고. 박이 넝쿨째 굴러왔는데 왜 마다해요? 데릴사위만 되면 장인이 호텔을 통째로 물려주신다는데요?"

지수는 사뭇 진지한 척하면서 딴청을 떨었다. 그녀는 뜻밖의 말에 말문이 막힌 채 종잡을 수 없다는 표정으로 그의 얼굴을 빤히 들여다보았다. 결혼하지 않고 연애만 하고 살면 어떨까 운운하면서 심사숙고하느라 발코니에서 캄캄한 밤바다를 하염없이 바라보며 서 있던 장면은 대체 뭐란 말인가 싶었다.

"벌써 대답했어? 그럼 뭘 그렇게 고민한 거야? 그리고 호텔을 통째로 물려준다는 말은 또 뭐야?"

그녀는 아들의 말에 어처구니없고 이해할 수 없어서 연신 물음표를 달았다.

"너의 장인 될 분이 그런 제안을 하셨어? 근데 미연이 아버님이 호텔을 경영하시는 분이었니? 그런 얘기를 왜 이제야 하고 있어?"

상현도 어리둥절해서 물었다.

"실은 아직 대답 안 했어요. 엄마 아빠 좀 놀라시게 하려고 장난 좀 쳤어요. 제가 장인 되실 분이 재력이 있다는 걸 말씀드리지 않은 건, 그건 중요한 문제가 아니니까 그랬던 거예요. 진심으로 미연이를 사랑한다는 게 중요한 거지요."

"으이구!"

정원은 손가락으로 아들의 볼을 어린 아기처럼 잡아당기는 시늉을 했다.

"전 미연이를 사랑하는 만큼 엄마 아빠도 사랑하니까요. 어떻게 하면 부모님과 아내에게 똑같이 잘하고 두 집안 다 편하게 할 수 있을지 고민했던 거예요."

아들의 말에 그녀는 크게 감동했다. 비록 상현과는 맞지 않아 외롭고 힘든 시간이 많았어도 이혼하지 않고 견뎌온 보람을 아들을 통해 느낄 수 있었다. 바로 이것이 아무리 힘들어도 가정을 지켜야 하는 이유라는 걸 그녀는 늦게나마 깨달을 수 있었다. 상현도 그녀를 바라보며 흐뭇한 미소를 보냈다.

"아무 걱정 하지 말고 처가로 들어가 살아. 막 너의 아빠하고 그 의논 끝낸 참이었어. 우리는 너만 행복하면 괜찮아. 그 집으로 들어가 산다고 송지수가 김지수 되는 건 아니잖아? 그리고 어차피 우리하고 한집에 살 것도 아닌데 뭘."

그들은 아들의 조금은 남다른 결혼을 기분 좋게 허락했다. 하지만 뭔지 모르는 허전함이 가슴속으로 밀려와 아들이 눈치채지 못하게 나오는 한숨을 조용히 내쉬었다. 상현도 마찬가지여서 애써 미소를 지으며 붉게 물든 서쪽 바다를 응시했다.

"알아요. 서운하신 거. 어려운 결정해 주셔서 감사합니다. 정말 행복하게 잘 살게요. 그 집으로 들어가도 전 변함없이 송씨 집안 핏줄이고 엄마 아빠 아들이에요. 엄마 아빠께 소홀하지 않도록 명심하고 잘 챙길게요."

말은 또 어찌 이리도 듣기 좋게 하는지, 하마터면 감동에 감동을 거듭해서 눈물이 날 뻔했다. 딸과는 달리 상현을 닮지 않았다는 게 불가사의라는 생각까지 들었다. 어릴 적부터 행동거지가 바른 아이였지만 이렇게까지 속이 깊고 꽉 찬 사람일 줄은 미처 몰랐다. 자기 자식이지만 참으로 대견하고 믿음직스러워서 마음이 든든했다. 그러니 사돈 될 사람이 어찌 이뻐하지 않을 것이며 탐내지 않을 수 있겠나 싶었다.

지윤과 현우 가족이 나란히 걸어서 그들이 있는 곳으로 오고 있었다. 현우와 지윤 사이에는 민서가 서고 지윤 옆에는 현우 어머니가 서서 걷는 모습이 꼭 한 장의 가족사진을 보고 있는 느낌이었다. 지수가 핸드폰을 들어 그들을 사진에 담았다.

그 모습을 본 정원의 머릿속으로 진호가 스쳤다. 진호까지 저 속에 끼어도 무난한 그림이 될까, 그녀는 열심히 그림을 짜 맞추었다. 그런대로 그림은 나쁘지 않다고 생각되지만, 문제는 저들의 품이었다.

진호가 다 컸다고는 해도 아직은 어린애에 불과하니 가족이라는 울타리가 있어 외롭지 않기를 바랐다. 또한 세상에 나가더라도 혼자

247

가 아니라 현우가 있어 기꺼이 힘이 되어 준다면 더는 바랄 게 없을 거 같았다.

정원은 진호가 불쌍한 생각이 들어서 살짝 울적해지려고 했다. 다른 사람들은 외손자는 안중에 두지 않고 딸의 행복만 챙긴다는데 그녀는 항상 진호가 먼저였다. 어린 게 무슨 죄가 있는가, 부족한 부모에게서 태어나 인생이 송두리째 휘둘린다고 생각하면 한없이 딱하고 안쓰러웠다.

두 가족은 유람선을 향해 함께 걸었다. 민서는 이연이 선물로 준 크로스 백을 메고 상현은 손에 데킬라 술병이 든 쇼핑백을 들고 있었다. 정원은 진호에게 선물할 솜브레로가 든 쇼핑백을 들고 걸었다.

그들은 죽 늘어선 주막들을 힐끗거리며 지나갔다. 해가 지면서 길가에 늘어선 주막들이 활기를 띠기 시작했다. 나올 때 텅 비었던 가게에 손님들이 꽉 들어차 술을 마시며 마리아치의 유쾌하고 발랄한 노래와 춤으로 분위기가 무르익어 가고 있었다. 노을에 붉게 물든 카리브해의 코주멜 부두에는 보이는 곳마다 노래와 춤, 그리고 웃음과 함성이 넘실거렸다.

"메스티소들은 낙천적인가 봐요."

"그렇죠."

지수의 말에 지윤 옆에서 걷던 현우가 대답했다.

"멕시코 사람을 메스티소라고 하나?"

말없이 바다를 향해 걸음을 옮기던 상현이 물었다.

"네, 스페인계 백인과 중남미 인디오 혼혈로 태어난 사람을 메스

티소라고 하는데, 어떤 사람들은 백인과 흑인, 그리고 인디오의 혼혈
인 경우도 있어서 라틴 아메리카 특유의 인종이 되었다고 합니다."

현우가 공손하고 친절하게 설명했다.

"그래, 얼핏 보기에도 백인 같기도 하고 인디언 같이 보이기도 해.
가무잡잡한 사람도 있고."

"그렇지요."

"그 얘기 몰라?"

이번에는 지윤이 예전에 들었던 말이 생각났다는 듯 말했다.

"무슨 얘기?"

지수와 현우가 동시에 지윤을 쳐다보며 물었다.

"엘에이에서 어떤 한국분이 비즈니스 하느라고 바빠서 일주일에
두세 번씩 청소하는 사람을 불러서 청소를 시켰다는 거야. 그런데 청
소하는 사람들이 멕시칸이었는데, 하루는 그러더래. 너희 한국 사람
은 열심히 일해서 돈을 많이 벌어 좋은 집에 좋은 가구를 사놓고 살
면 뭐 하냐고. 일만 하느라고 집에는 밤늦게 들어와 잠만 자고 아침
일찍 나가니까, 아무리 값비싼 소파가 있어도 한 번 편히 앉아서 텔
레비전 볼 여유도 없는데. 자기들은 돈이 없어서 가난하지만 날마다
좋은 집에 가서 청소하면서 값비싼 소파에 앉아 잠깐씩 쉬기도 하고
텔레비전도 보면서 사니까 자기들이 더 행복하다고 하더래."

"하하, 말 되네."

"맞아, 한국인은 돈만 버느라 바빠서 즐길 여유도 없지."

그 말을 들은 두 가족이 한꺼번에 웃었다. 그 일화 한 토막으로 두

나라 사람들의 가치관 내지는 인생관의 차이가 명확하게 드러난 셈이었다. 다들 갑자기 조용해졌다. 순간 그들 나름대로 행복이란 무엇일까 생각에 잠기는 듯했다.

이야기하다 보니 어느덧 눈앞에 거대한 유람선이 어슴푸레 어둠이 흘러드는 바다를 가로막고 있었다. 그들은 각기 체크인하고 곧바로 9층의 식당으로 향했다. 우선 저녁부터 먹고 마지막 밤 축제를 즐기자고 의견을 모았다.

"오늘 저녁 메뉴는 멕시코 음식이네요? 어떠셨어요? 코주멜 구경은 잘하셨나요?"

젤다가 큰 소리로 인사하며 식사하고 있는 그들 앞으로 다가왔다. 그들의 테이블에는 각자 들고 온 접시에 커다란 대접 모양의 타코와 케사디아가 담겨 있었다. 그녀는 지윤의 가족과 통로를 사이에 두고 가깝게 자리한 현우의 가족을 동시에 둘러보고는 웃으며 반가워했다.

"이젠 친한 사이가 되신 거예요?"

"원래 알던 사이였는데 이제 가족들도 알게 되었지요."

지윤이 통로 건너에 마주 보고 앉은 현우를 쳐다보며 말했다.

"그런데 여기는 남편이 없고, 저기는 또 와이프가 없군요. 오늘 밤 싱글을 위한 마지막 파티가 있는데 꼭 참석해 보세요. 좋은 인연을 만날 수도 있지요. 매직 홀리데이 크루즈는 그런 곳이지요. 영화 타이타닉의 주인공이 되는 곳. 헤어졌던 사람들도 다시 만나서 아름다운 추억을 되새기는 곳이고요. 아무튼 기적이 일어날 겁니다."

그녀의 말에 지윤과 현우는 부끄럼 타는 십 대들처럼 얼굴이 발그레해졌다. 그 말은 은근히 조바심을 유발하는 힘이 있었다.

"우리도 싱글 파티에 갈까? 헤어졌던 사람도 다시 만나고, 사랑의 기적이 일어난다잖아?"

뚝뚝한 상현 씨가 웬일로 할 줄 모르는 농담까지 했다.

"헤어진 사람들도 아닌데 우리가 거길 왜 가요?"

정원이 팔꿈치로 상현의 팔을 툭 치며 창피하다는 듯 목소리를 깔았다. 그녀의 마음은 지윤과 현우에게 가 있었다. 하지만 눈치 없는 상현의 말에 나오는 웃음을 참지 못하고 자기도 모르게 큭 웃었다.

"당신이랑 하던 대화 마저 해야지? 그러니까 가서 하자는 거지."

상현도 조그만 소리로 소곤거렸다.

"그래요. 묵은 얘기는 배에서 다 하고 가는 게 좋겠지요."

정원의 표정이 진지해졌다.

"내일 오전에는 마이애미 항에 도착할 거예요. 오늘 밤만 지나면 여러분들의 크루즈 여행도 끝나게 되는군요. 오늘 밤은 특히 축제가 많아요. 끝까지 즐거운 여행 되십시오."

젤다는 허리를 굽혀 정중히 인사하고는 복잡한 테이블과 사람들 사이를 지나 돌아갔다. 식사를 마친 지윤과 현우는 두 시간 뒤에 다시 만나기로 약속하고 각자 가족과 함께 자리를 떴다.

객실로 돌아온 지윤은 옷을 갈아입으려다 말고 먼저 진호와 통화했다.

"주말이라고 종일 게임만 했어? 방안에 들어앉아서 게임만 하지 말고 커뮤니티센터에 가서 너 좋아하는 농구도 하고 그래. 게임 그만해. 알았지?"

"오케이! 그런데 게임 안 하면 뭐하지? 할 일이 없는데."

"도서관에서 빌려온 셰익스피어를 읽어. 그리고 줄거리를 요약해서 에세이를 써 봐. 내일 엄마가 집에 가서 볼게."

"주말까지 공부하라는 거야? 주말에는 모든 사람이 다 쉬는데 왜 나만 공부해야 해?"

진호는 볼멘소리를 냈다. 평일에는 일하고 주말에는 쉰다는 사고가 몸에 밴 진호는 대학 입시생이라고 해서 공부에 매달리지 않았다.

"다른 사람들하고 똑같이 하면 좋은 대학에 갈 수 없어. 워털루대나 토론토대에 들어가야 앞으로 프로그래머로서의 네 인생이 수월해지는 거야. 그 대학들은 경쟁이 치열해. 평균 점수 95는 되어야 들어갈 수 있어. 일이 점만 올리면 되는데 넌 영어가 약하잖아? 알았지?"

"노오우! 난 그렇게 생각하지 않아! 엄마는 지금 경쟁심만 부추기고 있어. 대학은 무조건 명문대학을 갈 게 아니라 상위 삼 분의 일에 들 자신이 있는 대학을 가야 공부를 즐길 수 있는 거야."

"제발 엄마 말 들어. 다 너를 위해서 하는 거니까."

지윤은 아들에게 사정하다시피 했다.

"예에스, 예스 예스 예에스!"

녀석이 반발할 때 나오는 말투였다. 이렇게 나오면 엄마가 하는 말은 귓등으로도 콧등으로도 듣지 않겠다고 뻗대는 거라서 도저히 이 길 방법이 없었다.

"알았지? 게임만 하지 말고 엄마 말대로 하는 거야?"

그녀는 전화를 끊었다. 속으로만 '그럼 알아서 해 이놈아! 공부를 하든지 말든지. 지 애비를 닮아서 고집만 피우고 엇나가기 좋아하는 놈아! 내 말 안 듣는 나쁜 놈아!'라고 소리쳤다. 큰 소리로 쏘아붙이고 싶지만, 아직도 사춘기인데 속이 터진다고 하고 싶은 말을 다 하다가 진짜 빗나갈까 봐 차마 그러지는 못하고 정원처럼 주먹으로 답답한 가슴만 콩콩 쳤다.

"진호가 또 주말에 게임만 하고 있나 보네. 이 녀석이 지 애비를 닮아서 다른 사람 말을 안 들어. 지 애비는 중학교 때 아버지한테 맞고 나서 공부하기 시작했다고 했잖니? 그렇게 해서 서울대학에 갔다는데 이 녀석도 맞아야 정신을 차리려나, 그런데 캐나다에서는 때릴 수도 없으니, 어유 속 터져."

통화하는 걸 옆에서 들은 정원이 함께 속상해했다. 기실 말은 이렇게 하지만 속은 분명 다르다는 걸 지윤은 알고 있었다. 진호를 키울 적에 아까워서 한 번도 때리지 못한 그녀였다.

그들 모녀의 공통분모는 진호였다. 진호에 관한 문제에서 항상 의견이 일치한다는 뜻이다. 세상의 모든 할머니가 그렇겠지만, 여섯 살까지 진호를 키운 정원은 누구보다 더 손자의 미래가 탄탄대로이기를 바랐다.

"마음이 안 맞아서 이혼한 사람의 핏줄이니 나하고 맞을 리 없지.

그러니 어쩌겠어? 그렇다고 자식을 내쫓아 버릴 수도 없고. 지 인생 지가 사는 거지 뭐."

"그래도 진호는 포기할 정도의 성적은 아니라며? 수학하고 물리, 컴퓨터 과목은 우수해서 작년엔 두 과목이나 최우수상을 받았다고 했잖아?"

"그러면 뭐 해? 영어 에세이를 잘 못 써서 점수를 다 까먹는데. 영어는 필수과목이라고. 다 잘해야 명문대학에 들어가서 공부하고 전문직을 가질 수 있지. 확실한 전문직을 가져야 캐나다에서 이민자로 살아가기가 수월하다는 거 알면서."

지윤이 한숨을 쉬었다. 하지만 정원도 그녀의 마음을 알고 있었다. 자신처럼 절대로 진호를 포기하지 못한다는 걸.

"그런데 진호 이 녀석은 또 속이 없어. 없어도 너무 없어. 영어 성적이 안 나와서 과외를 시키려고 한국인이 하는 학원에 등록했는데 글쎄, 친구들한테 과외 한다고 다 말하겠다는 거야. 다른 과목은 몰라도 영어는 과외 한다고 까발렸다가 선생 귀에 들어가면 다른 사람이 써 주었다고 점수를 깎는다잖아. 영어는 거의 쓰기로 평가하거든. 너한테 불리할 수 있으니까 제발 하지 말래도 친구들이 물으면 거짓말할 수가 없으니 사실대로 말하겠다는 거야. 그래서 점수 더 맞으려다 오히려 깎일까 봐 과외를 그만두었어. 누굴 닮아서 그런지 모르겠다니까."

그녀는 혼자 아들을 키우는 게 힘들어서 한숨을 쉬면서 기가 막힌다는 듯, 못 말린다는 듯 허허롭게 웃었다. 지수와 상현도 그 말을 듣고 따라 웃었다. 진호가 한심스럽다기보다 오히려 재미있다는 표정이었다.

"애, 누굴 닮았겠니? 그건 지 애비가 아니라 외할아버지를 닮았지. 니 아빠가 실속 없이 평생 남의 편만 든 사람 아니니?"

정원이 불쑥 상현을 갖다 붙였다.

"그 불똥이 왜 나한테 튀지? 그래서 진호가 날 닮았다는 말이야?"

그가 정색하고 물었다.

"그렇죠. 실속 없는 게 똑 닮았지요."

정원은 확신에 차서 의기양양하게 말했다. 외손자를 핑계 삼아 상현에 대한 불만을 슬쩍 풀어놓자는 의도 같았다.

그녀의 뇌리에 아파트를 해마다 늘려 이사하던 시절이 떠올랐다. 아파트 가격을 어떻게든 조금이라도 깎아 보려고 이런저런 흠을 잡아 얘기하면 옆에서 가만히 앉아 듣고 있다가 꼭 상대방의 입장을 먼저 이해해야 한다는 듯이 그쪽 편을 들어 거들곤 했다. 그래서 매번 값을 깎기는커녕 달라는 대로 다 주고 이사 날짜까지 그쪽의 사정에 맞추어 주어야 했다. 그리고 나면 상현이 어찌나 속 빈 강정 같아 보이던지 그저 내쫓아 버리고 싶은 심정이 되곤 했었다.

"내 참!"

상현은 더는 말을 못 하고 입을 다물었다. 대꾸해 보았자 덤터기만 더 뒤집어쓸 게 뻔했다. 상현이 뒤로 물러서자 그녀도 그 선에서 멈추었다.

지윤 역시 속으로 이혼한 전남편이자 진호의 생부인 박수혁에 대한 기억이 머리를 스쳤다. 그는 한 마디로 마마보이였다. 모든 일을 지윤이 아닌 자기 어머니하고 상의했다. 시어머니는 일주일이 멀다고 경상도 시골에서 서울까지 아들이 좋아하는 술을 차에 가득 싣고 올라오지 않으면 아들 내외를 시골로 불러 내렸다. 그러고는 사사건건 간섭했다. 물론 사사건건 수혁의 보고가 먼저 있었기 때문이었다.

게다가 수혁은 가정에 충실한 사람이 아니었다. 전화는 으레 불통이고 위치를 투명하게 밝히지 않아 상대방이 온갖 불쾌한 추측을 하게 만들었다. 자신이 형편없는 의부증 환자나 질투의 화신으로 전락한 듯한 느낌, 그녀는 무엇보다도 그 점이 자존심 상해서 견딜 수 없었다.

시어머니는 수혁의 그런 불성실한 생활 태도를 나무라기는커녕 오히려 부추기는 셈이었다. 그녀는 도저히 그들의 사고를 이해할 수 없었다.

그에 비하면 지효는 결코 마마보이 기질은 보이지 않았다. 그런 성격이 그녀의 마음을 놓이게 만드는 부분이었다. 비록 자신에게는 멀게 느껴져서 외로움을 줄지언정 독립적인 성향을 보인다는 건 고무적인 일이라고 생각되었다.

지수는 발코니로 나가서 미연과 통화했다. 무슨 말을 하는지 방안에서는 정확하게 들리지 않았지만, 얼핏 들리는 말 마디에 꿀이 뚝뚝 떨어졌다.

"논문 쓴다고 너무 무리하지 마. 컴퓨터로 아버님 회사 일 도와드리는 것도 쉬어가면서 해. 내가 가면 도와줄게. 앞으로 힘든 건 내가 다할게. 내일이면 마이애미에 도착할 거야. 그러면 토론토로 곧장 갈 테니까 엄마 아빠하고 인사할 겸 저녁 식사 같이해. 응, 내 걱정은 하지 마. 응, 그때까지 잘 있어. 사랑해, 안녕!"

말하고 나서 끊기 전에 전화기에 대고 쪽쪽 입을 맞추었다. 방안에서 아들의 생소한 모습을 본 정원의 입가에 미소가 흘렀다. 곰살맞게 행동하는 아들이 생소하게 느껴졌다. 이제까지 자신이 본 아들의 모습이 다가 아니었던가 보았다. 목석같은 아버지와 그보다 더한 할아버지까지 대대로 물려받은 유전자인데 저렇게 다를 수가 있을까 싶어서 다시 한번 벌린 입을 다물지 못했다. 아마도 여자를 대하는 매너는 시절이 만드는가 보았다. 시절이 시절인 만큼.

그대에게 이르기까지

시계를 본 지윤은 옷을 갈아입었다. 현우와 약속한 시간에 맞춰 나가기 위해서였다. 화려한 색상의 반소매 시폰 원피스를 입고 기온이 내려가 서늘해질 것에 대비해 긴 팔 흰색 자켓을 덧입었다. 그리고 옷에 맞추어 굽이 높지 않은 흰색 구두를 신었다. 짐이 많은 게 싫어서 정찬 레스토랑에 갈 때 입으려고 딱 한 벌만 준비해 온 옷차림이었다.

그녀는 팔랑팔랑 나비처럼 가볍게 걸음을 떼었다. 마음도 밝고 화사해지는 느낌이 들었다. 그녀가 이렇게 여성스러운 차림을 하고 현우를 만나러 가는 데에 특별한 이유는 없었다. 그냥 오래된 친구인 현우가 큰 부담은 없었지만, 그동안의 공백을 의식해 예의를 차렸을 뿐이었다.

예전에는 그녀가 그 앞에서 아무리 여성스러운 차림을 해도 큰 관심을 두지 않았었다. 그렇다고 아주 무관심하지도 않았고, 에릭처럼 호들갑을 떨거나 과장을 하지 않는 점이 편하고 좋았다. 그녀가 기억하는 현우는 담백하고 사려 깊은 사람이었다.

지윤이 나가고 나서 세 사람도 함께 방을 나섰다. 정원은 밤바람에 추울까 봐 긴 청바지에 분홍색 티셔츠를 입고 그 위에 마직 소재의 베이지색 긴 코트를 걸쳤다. 좀 독특한 차림새였다. 상현은 언제나 어딜 가나 면바지에 반팔 셔츠만 입었다. 비슷한 면바지와 셔츠를 두세 벌 가져와서 번갈아 바꿔 입고 있었다.

"카지노에 간다면서 웬 따뜻한 차림이에요?"

지수가 그녀의 차림새를 보고 의구심을 보였다.

"그냥, 입고 싶어서."

정원은 아들이 함께 있으면 왠지 상현 씨와 대화하기가 머뭇거려졌다. 아들 앞에서 아버지의 과거 행동을 들춰내게 되면 졸렬하고 치사한 기분이 들기 때문이었다. 그렇게 생각하면 지난 일은 묻어 두고 다시 거론하지 않는 게 상책이지만 사람의 마음이 그렇게 뜻대로 되지는 않았다.

오래전 일이라도 가끔은 그때 그가 왜 그렇게 행동했는지 궁금해지기도 했다. 그렇게 해서 서로를 이해하고 맺힌 응어리를 풀 수 있다면 그것도 나쁘지 않다고 생각되었다.

더구나 그녀는 지금 남편인 상현에게 우선으로 말하지 못한 것이 있었다. 끝까지 말하지 않고 있을 수 있는 문제는 아니었다. 치료를 받을 생각이면 더 늦기 전에 서둘러야 할 것이고, 만약 그대로 두고 남은 시간을 알차게 쓸 생각이면 말하는 시기를 잘 잡아야 할 것이다. 그리고 그가 상처를 많이 받지 않도록 설명해야 할 것이다.

그녀는 먼저 상현과 함께 카지노에 가서 슬러트머신을 하는 척하면서 지수의 눈치를 살펴 갑판으로 이동할 참이었다. 그곳에는 밤바다를 감상하면서 조용하게 이야기할 수 있는 곳이 많았다.

카지노의 분위기는 마지막 밤을 즐기기 위한 승객들로 가득 차서 수많은 기계가 한꺼번에 돌아가는 소리로 들썩거렸다. 기계에서 뿜어져 나오는 오색 찬란한 빛깔과 경쾌한 효과음에 취한 사람들의 눈빛이 빛났다. 긴장감이 감돌았다. 자리 잡기가 쉽지 않았다.

대개 슬러트머신 앞에 자리 잡고 앉은 사람은 웬만하면 같은 자리에 앉아 몇 시간이고 기계를 조작하기 마련이었다. 더구나 오늘 밤처럼 사람이 가득 차서 자리가 나오지 않는 때면 기계가 마음에 들든 안 들든 달리 방법이 없기도 하다.

구석에 5센트짜리 기계 두 대가 비어있는 걸 겨우 발견했다. 재빨리 그리로 가서 자리를 잡았는데 가만히 보니 기계 맨 위에 흰 종이쪽지가 붙어 있었다.

"이 기계로 토너먼트 대회를 한다고 9시까지만 하라는데?"

"잘됐네요. 어차피 우리는 잠깐만 하고 나갈 테니까."

삼십 분 시간이 있었다. 정원은 딱 자신들에게 맞춤이라고 여기고 상현과 나란히 자리를 잡고 앉았다. 그러자 지수가 자기 지갑에서 20불짜리 미화 한 장을 꺼내 들었다.

"제가 이걸 10불짜리 두 장으로 바꿔올게요."

게임 할 돈을 아들이 대주겠다는 말이었다. 비록 적은 액수지만 그들은 아들의 호의가 싫지 않았다. 잠시 뒤에 돈을 바꿔온 지수는 눈치도 없이 아예 빈 의자를 가져다 정원 옆에 붙어 앉았다.

"오늘은 수학 문제 안 풀어?"

"집중이 안 돼서요."

"그럼 수영장에 가 봐. 지금쯤 댄스 축제가 있을 텐데."

"엄마 아빠도 곧 나가신다면서요. 같이 갈게요."

그녀는 아들을 따돌리는 데 실패했다. 어쩔 수 없이 함께 있으려니 머릿속으로 궁리하느라 기계에 집중이 안 되었다.

반면 상현은 기계 버튼을 누르는 손가락이 춤을 추듯 신명이 올랐다. 기계가 혼자서 트위스트를 추다가 디스코를 추다가 막춤을 추며 오두방정을 떨어댔다. 지난번에는 그녀가 잭팟을 터트렸는데 이번에는 상현에게 행운이 올 거 같은 예감이 들었다. 정원은 십 분 만에 십 불을 다 날리고 상현에게 나가자고 재촉했다.

"조금만 기다려."

상현은 기계에 정신이 팔려 건성으로 대답했다. 그때 보너스가 터졌다. 다시 기계가 혼자서 트위스트를 추었다. 보너스가 보너스를 터트리기 시작하더니 끝없이 이어졌다. 그녀도 기계가 멈출 때까지 지켜볼 수밖에 없었다. 신나는 효과음을 내면서 혼자서 뒹굴고 흔들고 노래하고 박치기를 해대더니 20분 만에 멈추었다.

단숨에 60불이 쏟아졌다. 이만하면 기분상으로는 상현이 저번에 잃은 돈을 만회한 셈 칠 수 있었다. 만약 여기서 더 한다면 몽땅 다시 잃을 게 뻔했다. 미련을 버리고 일어서는 게 상책이라는 건 그동안의 경험으로 충분히 터득한 바였다.

세 사람은 발걸음도 가볍게 카지노를 나왔다. 수영장으로 나가기 전에 커피를 한 잔씩 뽑아 들었다. 수영장 주변에서는 휘황찬란한 조명 아래 라틴 음악에 맞춰 댄스파티가 한창이었다.

유람선에서 지내는 동안 방송을 통해 귀에 익은 목소리가 들렸다. 수많은 사람이 모여 춤을 추는 맨 앞에 서서 댄스를 가르치는 백인 여자였다. 말꼬리 머리에 반 팔 티셔츠와 검은색 레깅스를 입은 몸매가 날씬했다.

"방송으로 말하던 저 쉰 목소리! 바로 저 여자였어? 춤도 잘 추는 걸 보니 다재다능한 사람이네."

정원이 반갑다고 아는 체했다.

"첫날 안전에 관한 교육을 담당했던 사람도 저 여자잖아요?"

"그랬어? 난 기억이 안 나는데."

그녀는 아들의 말을 듣고도 도통 그 여자가 저 여자인지 분간이 안 갔다.

"너도 젊으니까 저기 가서 춤추고 놀아봐. 어서!"

정원이 지수의 등을 떠밀었다. 웬일로 마다하지 않고 춤추는 사람들 속으로 들어갔다.

'원, 투, 원, 투, 원 투 쓰리 킥!'

사람들은 음악과 여자의 동작에 따라 일제히 하나로 움직였다.

정원과 상현은 군중 속에 끼여 몸을 움직이는 아들을 바라보며 계단을 따라 위층으로 올라갔다. 아래에서 춤추는 모습이 한눈에 내려다보였다. 이제는 원 투 쓰리가 아닌 라틴 음악 '사랑의 힘'이 카리브해의 밤바다를 파도처럼 세차게 휘젓고 날아다녔다.

그들은 춤추는 사람들이 보이는 곳을 비켜나 배의 가장자리로 이동했다. 음악 소리가 직접 들리지 않아 이야기하기에 좋은 곳이었다. 언제 출항했는지 배가 검은 바닷물을 가르며 나아가고 있었다.

그들은 배가 지나온 뒤쪽을 바라보며 난간에 기대섰다. 출항한 지 그리 오래지 않은 듯 멀리 멕시코 본토에서 불빛이 반짝이고 그들이 떠나온 '제비 섬' 코주멜 항구도 환하게 빛나고 있었다.

"나 요즘 반성 많이 했어."

정원이 듣고 싶은 말을 알고 있다는 듯 상현이 먼저 이야기를 꺼냈다.

"뭘 반성했어요?"

"그동안 살아오면서 본의 아니게 당신한테 힘들게 했던 거 같아. 일부러 그런 건 아니라도 말을 안 한 것도 그렇고, 어머니 병간호할 때 당신이 힘들어하는 거 알면서도 모른 척해서 미안하고, 아버지 때도 그랬고."

정원은 상현의 사과를 듣는 순간 뭐가 잘못되었나 싶었다. 평생 벽창호 소리를 들으면서도 자신의 성격대로 살아온 사람이 지난 일을 돌이켜 반성한다는 거 자체가 이상했다. 그게 쉽게 되는 일이 아니라는 생각이었다. 물론 쉽게 안 되니까 70이 넘어서 이제야 사과하는 것이지만 그래도 영 믿기지 않았다.

"이제라도 그걸 안다니 고마워요. 죽을 때까지 모르는 사람도 허다한데. 어머님 아버님 병간호할 때 힘들었던 건 다 지난 일인데요. 됐어요. 뭐 이제 와 새삼스럽게. 그런데 지금도 궁금한 건 있어요. 어머니 때 내가 힘들다고 그렇게 위로 말 한마디라도 해 달라고 할 때는 모른 척하다가 왜 돌아가시니까 수고했다고 했어요? 그럴 거면 바랄 때 진즉 해주지 않고?"

정원은 이제 여유가 생겨서 무슨 말을 하든 받아들일 준비가 되어있었다.

"어머니가 너무 불쌍해서 그랬어. 어머니 딱한 생각만 한 내가 생각이 짧았던 거지. 어머니는 평생 고생만 하셨어. 말로는 다 표현할 수 없을 정도로. 할아버지한테 물려받은 땅이 많았는데 아버지가 다 날려 버리고 집안이 완전히 몰락해서 거지가 되다시피 했어. 그러니까 어머니가 가만히 있었겠어? 아버지는 집에만 들어오면 어머니를 때리고 싸웠어. 평생 고생만 하셨는데 말년에는 치매에 걸리셔서 더 마음이 아팠던 거야."

많은 세월에도 불구하고 상현의 눈가는 촉촉이 젖어 들었다.

"나도 어머니께서 하신 말씀을 듣고 같은 여자로서 너무 안타까웠어요."

그 세대는 정원의 세대보다도 더 여성에 대한 억압이 심했으니까 시어머니는 어찌 보면 시대의 희생양이라고도 볼 수 있었다. 요즘 세상이었다면 그런 모진 고통을 참고 살 여자가 어디 있겠는가. 한 번 결혼했으면 그 집 귀신이 되어야 한다는 불합리한 논리 아래 아무리 고생해도 자신의 권리 주장은 꿈도 못 꾸고 남편의 폭력에도 어디에 대고 하소연조차 할 곳이 없었다.

시어머니가 한 말이 다시 귀에 생생하게 들려오는 거 같았다.

'아무리 세월이 흘러도 안 되는 걸 나보고 어쩌라고?'

상현이 다시 말을 이었다.

"그래도 당신이 어머니하고 사이가 좋아서 다행이었어. 조금이라도 위안이 되셨을 거야."

"그러셨다면 좋겠네요."

정원은 겨우 그 말만 했다.

시어머니가 마지막으로 준 선물에 대한 기억이 났다. 새것도 아니고 입던 스웨터 하나를 마음의 표시로 준 것뿐이었지만 진심을 느낄 수 있었다. 그 기억은 그녀의 가슴을 오래도록 따뜻하게 만들어 주었다.

그녀는 이어서 시아버지 송인규 씨에 대한 기억을 떠올렸다.

뉴욕에서 귀국한 뒤 삼 년 만에 상현은 다시 엘에이 지사로 발령받아 가족과 함께 가게 되었다. 그들은 미국에 대한 추억에 젖어 꿈과 희망으로 가슴이 벅차올라 서둘러 떠날 준비를 했다.

그런데 팔십이 넘은 인규 씨의 건강이 좋지 않았다. 자리보전한 상태는 아니었지만, 노쇠한 데다 지병까지 심해져서 약에 의존해 생을 이어가고 있었다. 상현은 그런 상태인 인규 씨를 모시고 갈 수도 없었고, 그렇다고 혼자 계시게 할 수도 없어서 고민에 빠졌다.

삼 년 전 뉴욕에 갈 적에 대신 맡아준 큰누나 상희 씨에게 다시 부

탁해 보았으나 이번에는 맡아줄 수 없다고 했다. 둘째 상미 씨도 빈
방이 없다는 핑계를 대며 도와주려고 하지 않았다.

"싫다! 나는 가지 않으련다. 미국 가서 죽을 걸 알면서 무엇 때문
에 미국에 가겠느냐?"

있을 곳이 없다는 걸 알면서도 인규 씨는 막무가내로 미국에 동행
하기를 거부했다. 그렇다고 몇 달도 못가 어떻게 될지 모르는 분을
억지로 모시고 갈 수도 없어서 그들은 머리가 터지도록 궁리만 하다
가 결국 정원이 남아 당분간 돌보기로 했다.

부임 날짜를 며칠 남겨둔 상현과 9월 학기에 맞추어 입학해야 하
는 아이들은 먼저 떠날 수밖에 없었다.

정원은 가족을 미국으로 떠나보내고 혼자 남아 시아버지를 보살
피며 지내게 되었다. 가족과 함께 살던 아파트는 이미 세를 준 상태
여서 그녀는 시아버지를 모시고 이웃 동네에 있는 작은 아파트로 옮
겨 이사했다. 임시라는 생각이었다.

인규 씨는 바깥출입이 자유롭지는 않았으나 집안에서 하는 일상
생활은 혼자 해결할 수 있었다. 한 달에 한 번 정기적으로 병원에 가
는 날에는 그녀가 자동차를 운전해서 모시고 다녀오곤 했다. 그 외에
는 가끔 운동 삼아 아파트 단지 안에 있는 가게에 가서 담배를 사 들
고 돌아오는 정도였다.

그녀의 시간은 갑자기 멈추어 버린 거같이 무료하고 적적해서 시
간을 생으로 죽이는 괴로운 날들이 이어졌다. 하루 세 번 식사를 차
려 드리고 청소하고 빨래하는 일 외에 크게 할 일이 없었다. 날마다

시아버지와 얼굴 맞대고 앉아있을 수도 없고, 사실 그럴 필요도 없었다.

깊이 생각한 끝에 틈이 나는 대로 동네 성당에 나가 사람도 만나고 가벼운 봉사활동에도 참여하면서 상현과 아이들에게 갈 날을 기다렸다. 정원이 빠진 상현과 아이들의 미국 생활 또한 엉망이어서 양쪽 다 못 할 일이었다.

그렇게 6개월의 시간을 보냈다. 어느 날, 아파트 경비원이 그녀에게 인터폰을 해서 할 말이 있으니 내려오라고 했다. 그때까지도 시아버지와 단둘이 지내는 모양새가 남의 눈에 이상한 동거로 비칠 수 있다는 걸 그녀는 미처 깨닫지 못했다.

"그 할아버지와는 어떻게 되는 사이인가요?"

경비원은 단도직입적으로 물었다. 정원은 그가 그렇게 묻는 저의를 이해하지 못해서 머뭇거렸다.

"…!"

"그 노인네와 어떤 관계냐구요!"

"저의… 시아버님이신데요. 무슨 일인가요? 저의 아버님이 무슨… 잘못이라도 하셨나요?"

그녀는 서슬 퍼런 경비원의 다그침에 영문도 모른 채 말을 더듬었다.

"주민들이 민원을 제기했어요. 젊은 여자와 할아버지가 이상한 관계가 분명하니 아이들 교육상 그냥 둘 수 없다는 거예요."

"네에?"

그녀는 그제야 자초지종을 알아들을 수 있었다. 처음에는 기가 막혔지만 생각해 보니 그런 오해를 받을 수도 있겠다 싶었다. 그래도 오물통을 뒤집어쓴 것처럼 불쾌한 건 사실이었다.

"분명 시아버님이 맞는 거지요?"

"그렇다니까요. 곧 제 가족이 있는 미국으로 모시고 갈 거예요."

정원은 참으로 황당해서 해명한다는 자체가 선뜻 마음 내키지 않는 일이었지만 사실대로 설명하지 않으면 돌팔매질이라도 당할 거 같은 분위기에 눌렸다.

그녀의 해명을 들은 경비원은 일단 의문의 눈초리는 거두었다. 그러나 사실을 규명하는 게 당연한 임무라는 듯 자신과 이웃들의 무례함에 대한 사과는 한마디도 없이 쭈뼛거리며 마무리했다. 그녀는 해명이 되었음에도 생각할수록 그 뒷맛이 씁쓸해서 곱씹게 되었고 그럴수록 모욕감이 들었다.

그런 상황이 올 수 있다는 걸 그녀는 단 한 번도 생각해 보지 못했다. 그 일은 오해에서 비롯된 해프닝으로 끝났지만, 정원은 자신이 얼마나 세상 물정 모르는 순진한 사람인지 뒤늦게 깨달을 수 있었다.

더는 미룰 수 없었다. 인규 씨를 억지로라도 모시고 가기로 상현과 전화로 의견을 모으고 서둘러 수속을 시작했다.

"내가 왜 미국에 가서 죽니? 죽을 데가 없어서 미국에 가서 죽는다니?"

인규 씨는 쉽사리 고집을 꺾으려고 하지 않았다. 그의 입장도 참으로 딱했지만 어쩔 도리가 없었다. 그녀는 인규 씨를 어린아이 달래듯

구슬리기를 반복해서 마침내 설득하는 데 성공했다.

그로부터 두 달의 시간이 더 지나 그녀는 인규 씨를 휠체어에 태워 모시고 엘에이 공항에 도착했다. 가족과 8개월 만의 재회였다. 이후로 그들 가족은 예전의 안정된 생활을 되찾은 듯싶었다.

미국에 도착한 인규 씨는 여전히 바깥출입은 잘 못 하고 집안에서만 지냈다. 그녀와 아이들이 인규 씨를 자동차에 태우고 나가 한인타운을 중심으로 엘에이 지역을 한 바퀴 돌아본 게 미국 구경의 전부였다.

그는 마침내 병세가 깊어져서 거동도 못 하게 되었다. 자신이 예상한 대로 미국 땅에서 죽음을 맞이해야 하는 게 그의 운명이었다.

정원은 밤잠도 못 자고 시아버지의 간호에 매달려야 했다. 인규 씨는 밤이나 낮이나 그녀만 찾았다. 시어머니를 간호했던 건 그래도 같은 여자의 입장이어서 나았다. 시아버지의 대소변을 처리하는 일은 말로 표현할 수 없는 고역이었다. 그건 상현이 해야 하는 일이었지만 그는 회사에 나가 일해야 했으니, 큰 도움이 되지 못했다. 아이들 어릴 적에 기저귀 한 번 갈아준 경험이 없는 탓에 잘 처리할 줄도 몰랐다. 아이들을 시킬 수도 없었으니 이번에도 시아버지의 병간호는 정원의 몫이었다. 상현은 가끔 인규 씨가 누워있는 방에 들어가 하는 일 없이 우두커니 앉아있다가 나오곤 했다.

그녀는 한인타운에 있는 의료기 판매점에서 패드를 구입했다. 그러나 패드만 있다고 대소변 받아내는 일이 해결되는 건 아니었다. 갓난아기를 씻기듯 시아버지의 몸을 손으로 이리저리 밀치고 옮기며 묻은 변을 닦아내야 했다.

식사를 잘 못 하는데도 배변의 횟수는 왜 그리도 잦고 양은 또 왜 그리 많은지 몰랐다. 게다가 그 와중에 잠은 또 왜 그리 쏟아지는지, 무엇보다도 견디기 힘든 게 수면 시간의 부족이었다. 그로 인해 그녀의 몸과 정신이 피폐해져서 곧 무너져버릴 것만 같았다.

"얘야!"

죽어가는 사람의 애절한 목소리는 모든 걸 멈추게 만드는 법. 시간까지 멈춰버린 듯 가지 않는 긴 밤을 인규 씨 곁에서 졸다 나오면 금세 다시 불러댔다.

그녀는 눈이 떠지지 않아 감은 채로 비틀거리며 상현에게 부탁했다. 그러나 인규 씨는 상현이 들어가면 나가라고 손을 젓고 정원만 찾았다.

정원은 인규 씨가 무엇을 원하는지 무엇이 필요한지 말하기 전에 알아서 척척 해결해 주지만 상현은 말귀도 못 알아듣고 눈치까지 없으니 해결이 안 되었다. 그는 환자를 편하게 해주지 못했다. 하는 수 없이 그녀가 비틀거리며 인규 씨방으로 들어가 하소연을 듣고 불편한 곳을 살피곤 했다.

사실 하는 일이라야 대소변을 받아내고 진통제를 챙겨 주고 가끔 아픈 팔다리를 주물러 주는 등 사소한 일이었고, 그녀가 크게 개선해 줄 수 있는 건 없었다.

불러놓고도 요구사항이 없을 때가 많았다. 그냥 한 시도 떠나지 말고 곁에 있어 주기를 바랐다. 죽음 앞에서 절대적인 고독과 맞서 홀로 싸우는 중이었으니 오죽했겠는가, 그 싸움이 힘겨워 누군가 곁에 있어 주기를 바란다는 걸 모르는 바 아니었다. 말도 필요 없고 오직 곁에 있어 주는 거 하나로 큰 위로가 된다는 거.

하지만 아직 젊은 그녀는 절박한 인규 씨의 심정을 이해는 해도 실천하기는 어려웠다. 잠이 쏟아져서 눈을 뜰 수가 없었다. 무엇보다도 누적된 피로와 수면 부족으로 한계점에 이른 몸이 말을 안 들었다. 밤이나 낮이나 그녀를 움직이는 주체가 잠인지 그녀 자신인지 분간이 안 갈 정도로 잠에 절은 듯 눈을 뜰 수가 없었다.

그렇게 두세 달쯤 보낸 뒤에 그녀는 패드를 사기 위해 의료용품 가게에 들렀다가 사장이 귀띔해 주는 말을 들었다.

미국에서는 환자라도 집에서 사망하면 절차가 복잡하다는 말과 의료보험이 없더라도 911에 전화해서 응급으로 병원에 들어갈 수 있다는 말이었다.

그녀는 그 말을 듣고 곧바로 911 번호를 돌렸고 마침내 인규 씨를 병원으로 옮길 수 있었다. 인규 씨는 병원에서 열흘 남짓 외국 의료진들의 도움을 받다가 세상을 떠났다.

수영장이 있는 갑판 위에서는 여전히 음악에 맞춰 춤을 추느라 온통 열정의 도가니로 변해 있었다. 캄캄한 바다 한가운데에서 오색의 불빛 아래 펼쳐지는 호화로운 향연은 지칠 줄 모르고 계속되었다.

"그런데 당신 인생에서 당신이 없다고 했는데, 왜 그런 생각을 한 거지?"

상현이 정원의 얼굴 가까이 자신의 얼굴을 들이대고 장난치듯이 바라보았다.

"말 그대로에요."

"당신이 없다고? 왜? 가정이 있고 남편과 자식이 있는데 왜 당신이 없어?"

"없잖아요? 시부모님, 시누이들, 그리고 남편과 자식이 있었을 뿐이에요. 난 그게 내 인생인 줄 착각하고 살았더라고요."

정원은 그 당연한 걸 모르겠냐는 듯이 아주 예사롭게 말했다.

인규 씨의 장례를 치른 후 정원은 한동안 멍한 상태로 앉아있곤 했다. 시부모의 죽음을 통해서 본 인생, 그 인생이란 무엇인가 하는 문제를 놓고 생각하게 되었다. 상현의 집안에 들어와 산 이십여 년을 돌아보았다.

열심히 살았는데 자신이 나이를 먹은 거 이외에 달라진 것도 얻은 것도 없었다. 뭔지 모르게 속이 몹시 허하다는 생각이 들었다. 속의 양분은 다 빠져나갔는데 채우지 못해 빈 껍데기만 남은 느낌.

그녀는 시부모와 남편, 그리고 자식들을 위해서 산 것이 자신을 위한 것인 듯 착각하고 살았다는 사실을 깨달았다. 자신은 거기에 없었다. 자신의 인생에서 자신이 없다는 건 분명 잘못 산 결과라고 생각되었다.

자신이 원래 원했던 삶은 이런 게 아니었다고 그녀는 고개를 저었다. 혹자는 말할지 모른다, 그게 여자의 인생이라고. 하지만 그녀의 생각은 달랐다.

아무리 남편을 위하고 자식을 위해서 희생한다고 해도 평생 하나쯤은, 작은 것이라도 자신을 위해 이룩한 게 있어야 하는 거라고, 그래야 마지막 가는 순간 후회가 남지 않을 거 같았다.

그때 지수가 그들에게로 왔다. 두 사람은 이야기를 중단하고 웬일인가 싶어서 그를 바라보았다.

"배가 코주멜로 돌아간다는데 들으셨어요? 방금 방송으로 나왔어요. 지금 쿠바 근처로 갑자기 태풍이 올라와서 잠깐 피해 있다가 다시 출항한다나 봐요."

"그래? 태풍이 오면 미리 일기예보를 듣고 피해 간다더니 정말 그여자 말대로 하네."

정원은 승무원 젤다의 말이 생각났다.

"근데 태풍이 부는 거 같지 않은데?"

"여기선 먼 곳이죠. 이 배가 지나가는 길목에 태풍이 분다는 거지 여기는 아니죠. 계속 가다가는 태풍을 만나게 되니까 미리 피한다는 거죠."

그들은 이야기하며 컴컴한 바닷물을 내려다보았다. 파도가 약간 거칠어진 거 같았지만 바람도 그다지 세지 않아서 평온하기만 했다.

"우린 이야기를 마저 끝내고 들어갈 테니까 너 먼저 가 있어. 금방 끝날 거야."

그녀는 상현과 이렇게 긴 대화를 해보는 건 처음이었기 때문에 끝까지 하고 싶은 이야기 다 하고 끝내고 싶었다.

"그럼 저기 수영장 입구에 있는 테이블에 앉아있을게요. 그리로 오세요."

지수는 말을 마치고 그곳으로 걸어갔다.

한 층 아래 수영장이 있는 갑판에서는 여전히 음악과 함께 춤의 축제가 계속되고 있었다. 수영장 위쪽에 높이 설치된 스크린에서 비치는 오색 불빛이 번쩍이며 한 번씩 주변을 훑고 지나갔다.

그들은 다시 대화를 이어갔다.

"인생이 다 그런 거 아니겠어? 결국은 그렇게 다 내주고 빈껍데기만 남아서 돌아가게 되는 거지."

정원이 상현을 보며 웃음을 지었다.

"생각이 아주 없는 건 아니네요? 근래 바둑 두는 시간을 줄이더니 인생에 대해 좀 생각하는군요."

"나도 생각할 줄 알아. 말을 안 해서 그렇지."

그가 정색하는 시늉을 했다.

상현은 그때 이혼은 절대 안 되고 공부를 하는 게 어떠냐고 권했다. 허한 가슴을 채우는데 공부만큼 좋은 건 없었다.

정원은 한국으로 귀국하자마자 상현의 제안을 받아들여 늦은 나이에 대학에 입학해서 결혼으로 중단했던 학업을 마쳤다. 그러자 그는 공부하는 거라면 박사까지도 밀어주겠다면서 대학원에 들어가 학업을 계속할 것을 다시 제안했다.

그녀는 생각이 달랐다. 이혼은 못 했지만, 대학은 마쳤으니 대학원보다는 소설 공부를 해서 늦게라도 꿈을 이루고 싶었다. 그녀는 신문사의 문화센터 소설창작반에 등록하고 습작에 몰두했다.

상현은 마음으로 응원하고 밀어주었다. 그리고 등단이라는 문단의 첫 관문을 통과할 수 있었다. 그때가 40대 후반이었다. 겨우 첫걸음을 뗀 거였지만, 그녀는 세상에 태어나 처음으로 뭔가 이루었다는 생각에 뿌듯한 행복감을 맛보았다. 하지만 소설가로서 그녀의 인생은 뜻대로 되지 않았다.

정원이 막 등단이란 관문을 통과한 날이었다. 미국에 있는 지윤에게서 갑자기 대학원을 중단하고 귀국하겠다는 연락이 왔다. 자신이 지친 거 같아 좀 쉬고 싶다고 말했다.

그 얼마 전에 5중 충돌의 자동차 사고가 있었는데 외관상 다친 곳은 없고 자동차만 폐차될 정도로 심하게 부서졌다는 말은 이미 들은 바였다. 트라우마가 겹쳐서 더 이상 버티기가 어려웠던 거였다.

친구 혜린이 잘못된 뒤로 얼마나 힘들게 버텨왔는지 속사정을 아는 정원과 상현은 지윤의 뜻을 받아들였다. 지윤은 그때까지 트라우마에 대한 치료를 제대로 받지도 못했다. 다들 그런 경험에 대해 들은 바가 없었기 때문에 시간이 지나면 기억이 희미해지고 차츰 잊을 수 있으려니 여겼을 뿐이었다.

그렇게 한국으로 귀국한 지윤은 잠시 쉬었다가 대학원 과정을 마쳤다. 부모 곁에 있으니 훨씬 편안했다. 외국계 기업에 취직도 했다. 그리고 대학원에서 만난 친구의 소개로 박수혁을 만나 결혼하게 되었다. 레지던트 과정을 밟고 있던 의사였다.

정원과 상현처럼 급속도로 이루어졌다. 그리고 3년 만에 파경을 맞았다. 지윤의 이혼은 가족 모두에게 큰 충격을 주었다.

박수혁과 지윤이 결혼한 걸 돌이켜 보면 약간의 시간 차이는 있었으나 정원이 뼈저리게 느꼈던 잘못이 다시 반복된 셈이었다. 상대방을 충분히 알기도 전에 서둘러 결혼했다는 점이었다.

"난 그가 명문대학을 졸업한 의사라는 조건 때문에 끌렸던 거 같아."

지윤은 자신의 실수를 후회했다.

정원은 지윤이 아기를 낳자마자 육아를 떠안게 되었다. 지윤이 회사에 나가 일하기 때문에 아이를 키울 수가 없었다.

그녀는 지윤의 귀국과 결혼, 그리고 이혼으로 정신을 차릴 틈이 없이 혼란을 겪긴 했지만, 등단한 지 얼마 지나지 않아 한참 창작에 대한 열정이 불타오르고 있었다. 이제 글을 써야지, 이제 써야지 하면서 집중하려고 했는데, 육아라니 전혀 예상하지 못한 일이 벌어졌다. 그 일을 떠맡는 건 정말 싫었다.

정원은 오로지 글을 써야겠다는 일념으로 컴퓨터로 인터넷 검색을 해서 집에서 가까운 아기방에 외손자를 맡기고 신설동까지 자동차를 운전해서 달려갔다. 친구에게 소개받은 창작 공부와 친목을 겸한 신인 작가 모임에 참석하기 위해서였다.

강남의 외곽에 있는 신도시에서 출발해 신설동의 모임이 있는 장소에 다다랐을 때 전화벨이 울렸다. 아기방 보모로부터 걸려온 전화였다. 전화선 너머에서 들려오는 세상이 떠나갈 듯 맹렬하게 울어대는 아기 울음소리가 고막을 때렸다.

"할머니가 나가시자마자 울기 시작했는데 아무리 해도 그치질 않아요. 할머니가 오셔야겠어요."

긴 설명을 들을 필요가 없었다. 그녀는 즉시 자동차를 돌려 외손자에게 달려갔다.

그 집 대문을 열자 아기 울음소리가 천지를 진동하는 듯했다. 그녀가 집에서 출발해서 되돌아올 때까지 장장 세 시간 동안을 쉬지 않고 계속 울었다는 거였다.

"진호야!"

다급하게 현관문 안으로 뛰어 들어간 그녀가 외손자 이름부터 불렀다. 그 순간 아기가 울음을 딱 그쳤다. 기가 막혔다. 이제 겨우 두 달밖에 되지 않은 핏덩이가 외할머니의 목소리를 어떻게 기억하는 것일까, 정원을 비롯해 거기 있던 모든 사람이 놀라 입을 다물지 못했다.

그 일이 있고 정원은 소설 쓰기를 깨끗이 접었다. 등단까지는 해 보았으니 여한이 없다고 여겼다. 자신의 꿈보다 더 소중한 게 어린 생명이요, 창창한 미래를 펼쳐갈 손자라고 생각했다. 진호야, 부르자 울음을 딱 그친 그 순간 외손자가 자신의 손을 꽉 움켜쥔 걸 느꼈다. 운명이라고 생각되었다.

그 뒤로 정원은 외손자를 정성을 다해 키웠다. 그녀가 어린 나이에 남매를 낳아 기를 적에는 몰랐던 즐거움과 행복을 맛볼 수 있었다. 그때는 경험이 없어 미숙했던 점도 보완해 가면서 최선을 다했다.

하지만 안타깝게도 손자가 9개월이 되었을 때 시련이 왔다. 그녀가 난소암에 걸려 대수술을 하고 항암치료를 받게 되었다. 그러나 그녀는 치료받는 동안에도 돌보는 걸 멈추지 않았다. 입원과 퇴원을 반복하면서도 몸이 허락하는 한 지윤을 도와 진호와 시간을 보냈다.

'내 뼈와 살을 갈아줄게. 너는 그것을 먹고 부디 잘 자라거라.'

뼈마디가 쑤시고 아플 적마다 그녀는 중얼거리곤 했다. 진정 뼈와 살을 갈아주어도 아깝지 않을 거 같았다.

손자를 돌보다가 죽을 각오를 했는데, 어쩌면 진호가 있어서 그녀는 힘든 투병 생활을 견딜 수 있었는지 몰랐다.

의사들이 난소암 중에서도 가장 예후가 안 좋은 경우라고 했던 암을 이겨내고 다시 외손자 육아에 전념할 수 있게 되었다. 육아는 진호가 여섯 돌을 넘기고 지윤을 따라 캐나다로 이주하기 전까지 계속되었다. 진호는 그녀가 그렇게 자신의 꿈과 바꿔 키운 손자였다.

지윤과 현우는 수영장 근처에서 만나 바다를 바라보며 천천히 걸었다. 오늘따라 현우의 눈에 비친 그녀의 옷차림은 가을바람에 하늘거리는 코스모스를 연상시켰다. 그래서 코스모스에 둘러싸인 듯한 그녀의 모습은 청아하면서도 예전과는 다른 성숙미가 돋보였다. 인생을 살아낸 나이만큼의 원숙미가 그녀의 모습에서 묻어나오는 것이리라.

그는 한결 친근감을 느꼈다. 그래서인지 그녀를 바라보는 눈길에 흐뭇한 미소가 어렸다.

"내 옷차림이 이상해?"

지윤이 웃음기를 머금고 바라보는 현우의 눈길을 의식하자 새삼 어색한 느낌이 들었다. 가슴이 뛰었다. 그녀의 감정은 이십 년이란 긴 세월의 공백을 뛰어넘어 다시 이어지고 있었다.

"아니, 예뻐. 그때와는 또 다른 느낌인데 더 아름답게 보여."

현우도 그렇게 말하고는 갓 스무 살 청년처럼 부끄러움으로 얼굴이 달아올랐다. 그러고는 혹시나 그런 모습을 그녀에게 들킬까 염려스러웠다. 다행히 그들이 걷는 갑판 위로 비치는 불빛은 희끄무레했으므로 달아오른 그의 얼굴이 보이지 않았다.

"너도 이제 예전의 모습이 살짝 보이는 거 같은데 더 멋있어진 거 같아."

그 말은 이제야 현우에게 느꼈던 예전의 감정을 다시 느낄 수 있다는 말이었다. 이 배에서 처음 만났을 적에는 이십여 년 세월의 무게가 양어깨에 얹혀 있는 듯 조금은 지친 모습이었는데, 며칠 사이에 가벼워진 느낌이랄까, 아니면 표정이 밝아졌다고나 할까, 뭔지 모르게 달라져 보였다.

"아까는 고마웠어. 민서와 놀아주고 선물까지 줘서. 민서가 선물을 받고 많이 좋아했어. 어린 나이에 엄마를 잃어서 외로움을 많이 타는 거 같아. 게다가 난 엄마의 빈 자리를 채워주지도 못하니까."

"천성이 밝고 귀여운 아이인 거 같았어. 어딘지 내 어릴 적과 비슷한 점이 있는 거 같기도 하고."

현우는 그녀를 고마운 마음을 듬뿍 담은 표정으로 바라보았다. 그는 이제야 혜린의 그림자에서 벗어날 수 있다는 생각이 들었다. 그녀를 혜린의 빛깔을 통해 보지 않고 오로지 그녀만의 모습으로 받아들일 수 있다는 자신감이 생겼다고나 할까.

"칸쿤에서 돌아온 이유가 꼭 민서 때문만은 아니었어. 난 이제 진실을 말할 수 있어. 우리의 진실은 지금 여기에 함께 있다는 거야. 그것이 신이 우리에게 준 기회이고 뭐라고 할까, 여기가 진실게임의 끝이라고 여겨져. 이십 년이 넘는 시간을 돌고 돌아 우리가 다시 만났다는 사실. 이제 다시 시작할 수 있다는 생각이 들어."

그녀는 말없이 그의 눈을 바라보고 서 있었다. 말을 안 해도 현우는 그녀의 대답을 마음으로 들을 수 있었다. 현우의 입술이 순간 그녀의 입술을 향해 서서히 다가갔다. 그녀는 눈을 살포시 감고 그의 입술을 받아들였다.

신이 허락하지 않으면 감정만으로는 사랑이 이루어지지 않는다는 걸 그들은 이미 깨닫고 있었다. 지금 여기에 함께 있다는 건 분명한 진실이었다. 그러고 보니 그들이 서로의 마음에 이르게 된 시간이 무려 이십오 년이 걸린 셈이었다.

정원은 멀리 캄캄한 밤바다를 응시하며 천천히 걸음을 옮겼다. 그 뒤로도 상현과 함께 살아온 시간 속에 아직도 자신은 없다고 판단되었다. 또한 내세울 거 하나 없는 지극히 평범한 인생이었다. 그나마 다행인 건 대학 공부를 마무리했다는 것과 꿈을 완전히 이루지는 못했어도 등단이라는 관문을 통과해 보았다는 게 큰 위안이 되었다. 그리고 외손자도 키웠으니 이제 지수만 결혼시키면, 지윤도 현우를 다시 만났고, 자신이 가족을 위해 해줄 일은 거의 마치는 셈이라고 생각되었다. 그녀는 이제 스스로 자신을 내어준 일을 후회하지 않을 자신이 있었다.

"나 당신한테 말할 게 있어."

상현이 먼저 말을 꺼냈다.

"나도 할 말이 있어요. 먼저 말해 보세요."

그녀가 상현의 얼굴을 지긋이 보며 기다렸다.

"미안한데 나 파킨슨씨병에 걸렸대."

"네?"

"놀라지 마. 미안해. 내가 어머니의 유전자를 받았나 봐. 퇴직한 직후부터 꿈을 꾸기만 하면 손을 내두르고 발길질을 했던 게 이 병의 시작이었대. 결국 치매로 가서 죽게 된대. 당신에게 힘든 일을 또다시 시키게 될 거 같아 말을 못 했어."

그는 죄지은 사람처럼 정원의 얼굴을 똑바로 보지 못했다. 그리고 자꾸 미안하다고 말했다. 정원은 말문이 막힌 듯 그를 바라보기만 하고 아무 말도 못 했다.

"미안해."

그가 다시 말했다.

"그래요. 미안해하세요. 나도 없으면 어떻게 하려고… 홀가분하게 떠나고 싶은 사람을 이렇게 발목을 잡는 거예요?"

그녀는 갑자기 말을 하다 말고 눈물을 흘리며 울었다. 상현은 그만 당황스럽고 무슨 말인지 알아듣지 못해 우두망찰 바라보기만 했

281

다. 자신이 병에 걸렸다는 말에 이렇게 눈물을 쏟을 줄은 미처 예상하지 못한 것이다.

한참 울고 난 그녀가 마음을 정한 듯 다시 말했다.

"당신이 나한테 한 가지 고맙게 해준 일이 있어요."

"내가 당신한테 해준 게 있었어? 그게 뭔데?"

"전에 내가 항암치료 받을 때 당신이 날마다 하루도 빼놓지 않고 내가 입원해 있는 병실에 와 주었잖아요? 그리고 말없이 아파서 힘들어하는 내 손을 꼭 잡아 주었잖아요? 그때 난 당신이 손을 잡아 주어서 힘이 났어요. 그래서 병을 이길 수 있었어요."

15년 전 그녀가 수술하고 항암치료를 받을 적에 그는 아침이면 그녀의 병실로 오고 저녁이면 퇴근하듯이 집으로 돌아가기를 하루도 거르지 않고 했다. 그가 은퇴하고 집에 있을 때라서 시간이 많았다.

그런데 그는 틈만 있으면 누워 잠자는 버릇대로 병실에 와서는 줄곧 보호자용 침상에 누워 잠만 자다 집으로 돌아가곤 했다. 어디가 아프냐 좀 어떠냐 묻지도 않았다. 얼굴을 보면 그걸로 끝이었다.

그렇게 뚝뚝한 그가 정원이 말도 못 하고 몹시 아파할 때면 옆에서 손을 꼭 잡아 주었다. 어떨 때는 손만 잡고 그대로 자신은 엎드려 잠이 들기도 했다. 그럼에도 정원은 그가 손을 잡아 주면 힘이 나고 덜 아픈 거 같았다. 건강을 회복한 뒤에도 그 장면은 뇌리에서 사라지지 않고 문득문득 떠오르곤 했다.

"그게 뭐 대단한 일이라고… 그게 할 말이었어?"

상현은 맥이 빠진다는 듯이 말했다.

"내 손을 한 번 더 잡아 주세요."

"응?"

"당신이 그때처럼 내 손을 잡아 주면 한 번 더 힘을 내서 치료해 볼 게요. 나 암이 재발했대요. 폐에 종양이 생겼대요."

"…?"

상현은 말을 못 하고 그녀의 얼굴을 바라보았다.

그녀가 다시 말을 이어갔다.

"치료받지 않고 그대로 떠나고 싶었는데, 이제 당신 때문에 조금 만 더 살아야겠어요. 아픈 당신을 두고 떠날 수가 없어요. 그러니까 당신이 먼저 내가 잘 치료받도록 힘을 주세요. 그다음에는 내가 당 신을 돌볼 테니까요. 그것이 내가 더 살아야 하는 이유가 되었네요."

그녀는 다시 눈물을 흘렸다. 상현은 말없이 그녀를 가슴에 꼭 끌 어안았다. 그리고 두 사람은 한참 동안 흐느껴 울었다. 그들은 비로 소 부부란 무엇인지, 서로에게 어떤 존재인지 알 거 같았다. 아쉽게 도 그 많은 시간을 다 허비하고 나서 둘 다 늙고 병이 들어서야 서로 의 소중함을 깨닫게 된 것이다.

정원은 이제야 상현과 하나가 된 거 같았다. 참으로 어리석다는 생각이 들었으나 그나마 다행이라는 생각도 동시에 하게 되었다. 그 러고 보니 결혼이란 인내하고 또 인내하면서 서로에게 영혼을 내어 주는 일이었으며 부부란 사랑으로 묶인 사이라는 걸 깨달을 수 있었 다. 서로를 외면하고 싶었던 순간에도 그들은 사랑을 멈추지 않았다 는 걸 인정하지 않을 수 없었다.

그들은 이제까지 서로의 깊은 내면의 방에 들어가지 못하고 주변만 맴돌고 있다고 생각되었는데 오늘 비로소 그곳에 다다른 거 같았다. 참으로 어렵게 그 깊은 방에 다다르기는 했는데 그 방은 진정 외로워 보였다.

정원은 말없이 상현을 바라보았다. 조금 늦은 감이 있지만 더는 말이 필요하지 않았다.

바람이 세차게 불어와 머리카락이 얼굴을 덮었다. 별이 총총한 밤하늘에 검은 구름 덩어리 하나가 배와 나란히 간격을 두고 경주라도 벌이듯 떠가고 있었다. 거기에서 번개가 일고 천둥이 울렸다. 소나기가 쏟아지는 것처럼 보였다. 이쪽은 멀쩡한데 그곳에서만 천둥 번개와 함께 비가 쏟아지는 모습을 보니 묘한 느낌이 들었다. 참으로 신기한 현상이었다.

"저거 봐요. 참 신기하죠?"

정원이 손가락으로 가리켰다.

"묘하게도 저 구름 아래만 천둥 치고 비가 쏟아지네."

상현도 그 현상을 바라보며 놀랍다는 표정을 지었다. 꼭 무슨 일이 벌어질 것만 같이 불길한 느낌이 들었다.

갑판 위에 있던 다른 사람들도 그것을 바라보며 수군거렸다. 그러나 수영장 주변의 많은 사람은 크루즈가 역행을 해도 태연하게 춤을 추었다. 낙천적인 그들은 누군가 '카르페 디엠!'을 외치자, 또 다른 누군가는 '주아 드 비브르!'라고 받으며 타이타닉호처럼 폭풍으로 배가 파선하여 침몰한다고 하더라도 인생을 즐기겠다는 듯이 아랑곳하지 않았다.

그때 한 여자가 갑자기 그들이 서 있는 자리로 뛰어왔다. 그녀는 상현과 정원이 서 있는 틈을 밀치고는 순식간에 난간을 뛰어넘어 바다로 떨어졌다. 곧 뒤이어 한 남자가 뒤따라 뛰어왔다. 그 여자의 이름을 부르며 힘껏 몸을 날려 손을 뻗었지만 잡지 못하고 그 자리에 주저앉았다. 그는 다시 일어나 여자의 이름을 부르더니 그대로 날아가듯 바다로 함께 빠졌다. 아주 순식간에 벌어진 일이었다.

정원의 기억에 얼핏 본 남녀의 얼굴은 가무잡잡했는데 불그레 상기된 안색에 아주 슬픈 표정을 지었던 거 같았다. 그 외에 어느 나라 사람으로 보였는지 생김을 정확하게 알 수 없었다.

여자가 떨어질 때 바람에 휘날리던 색상이 빨갛고 화려한 치마와 남자의 옷에 붙은 기다란 술만 선명하게 기억될 뿐이었다. 치마 밑단에는 멕시코인들의 상징인 전통 문양이 수놓아져 있었다. 어디서 본 듯한 의복 차림이었다. 어디서 보았던가, 찰나였지만 낯이 익어 보였다.

그녀는 이게 무슨 일인지 의식할 사이도 없이 눈앞에서 벌어진 일에 충격을 받고 그대로 데크 위에 주저앉았다. 상현이 얼결에 정원을 잡으려고 팔을 뻗었지만 잡지 못했다. 그녀는 꼭 악몽을 꾸고 있는 것만 같아서 조금 전에 그들의 눈앞에서 벌어진 일이 무슨 일인지 판단이 안 되었다. 그러다 온몸이 덜덜 떨려서 겨우 작은 소리로 외쳤다.

"사람이 떨어졌어요. 두 사람이 바다에 빠졌어요!"

음악과 군중이 합창하는 노랫소리, 그리고 장막처럼 드리운 어둠 속에서 그녀는 힘껏 소리쳤지만 기진하여 목소리조차 잘 나오지 않았다. 가까이에 있던 두어 사람만 다가와서 그녀에게 괜찮냐고 물으며 자초지종을 듣고는 시커먼 바다를 내려다보았다. 두 사람을 삼킨 바다는 아무 일도 없었다는 듯이 파도만 출렁거렸다.

"미안하지만 크루즈 경비원한테 신고해 주세요. 그들을 찾아야 해요."

그녀는 다리가 후들거리고 말이 제대로 나오지 않아서 일단 그들에게 부탁했다. 그들은 승무원을 찾아 달려갔다가 마침 가까이서 근무 중인 경비 직원 두 사람과 함께 돌아왔다. 경비원들이 입은 감색 유니폼 등판에는 'SECURITY'라는 글자가 새겨져 있었다.

정원은 숨을 골라가며 조금 전에 본 것을 더듬거리는 영어로 설명했다.

"우선 주변의 카메라를 확인해야 하니까 함께 가시지요."

그녀는 상현에게 의지해서 그들을 따라 엘리베이터를 타고 사무실로 내려갔다. 그곳에는 배의 구석구석을 한눈에 볼 수 있도록 수없는 모니터 화면이 설치되어 있었다. 경비원들은 정원과 상현이 있던 부근의 영상을 찾았다. 그들이 나란히 서서 컴컴한 바다를 바라보며 이야기하는 모습이 고스란히 담겨 있었다.

그런데 이게 웬일인가, 아무리 보아도 그들 사이를 밀치며 바다에 떨어지는 두 남녀의 모습은 없었다. 처음부터 끝까지 그들 부부의 모습만 찍혀 있었다. 나중에는 그녀가 데크 바닥에 힘없이 주저앉았고 주위에 있던 두어 사람이 달려와 이야기를 주고받는 장면도 찍혀 있었다. 그러나 두 남녀가 바다에 빠지는 장면은 나오지 않았다.

"아무 사고도 없어서 다행입니다. 그 특이한 구름 때문에 마담이 많이 놀라서 착각을 일으킨 거 같아요. 이곳에서 가끔 있는 자연 현상입니다. 방으로 돌아가서 안정을 취하면 곧 좋아질 거예요. 돌아가서 쉬십시오."

그녀는 아무 말도 못 하고 그곳을 나왔다. 배는 여전히 태풍을 피해 출발 지점으로 되돌아가는 중이었다. 쉬지 않고 도망치듯이 달려서 마침내 코주멜 항구를 향해 남쪽으로 방향을 틀었다. 그 기이한 구름 덩어리는 언제 사라졌는지 보이지 않았다.

그들 부부는 충격이 쉽사리 가라앉지 않아 기진맥진한 모습으로 서로에게 의지해 지수가 있는 곳을 향해 발걸음을 옮겼다. 상현은 아마도 그녀 때문에 더 놀란 거 같았다.

아래에서는 바로 위층에서 무슨 일이 일어났는지 알지 못한 채 인생을 즐기려는 사람들의 열정으로 뜨거웠다. 그들은 한쪽에서는 사람이 바다에 빠져도 다른 쪽에서 여전히 하던 일을 계속할 사람들이었다. 한쪽에서는 죽고 다른 쪽에서는 먹고 마시고 떠들고 즐기는 것이 바로 사람이 사는 일이었다.

'죽음도 삶도 결국 같은 일이야. 다른 게 아니야.'

정원은 여전히 꿈속에서 헤매고 있는 듯 중얼거렸다. 지금까지 자신이 겪은 일을 믿을 수 없었다. 그런 일이 있었다는 게 사실이라도 믿을 수 없었을 터인데 아무 일도 없었다고 하니 더 믿을 수 없었다. 이거야말로 고대 신들의 도시에서 느꼈던 불가사의한 혼돈 속에 빠진 거 같았다.

지윤과 현우는 맨 꼭대기 층에 있는 푹신한 의자에 나란히 앉아 돌풍 덩어리를 바라보았다. 마치 공중에 떠 있는 커다란 화면을 통해 한 편의 다큐멘터리를 보고 있는 거 같았다. 커다란 구름 덩어리 속에서 천둥 번개가 치고 그 아래에만 비가 쏟아지는 건 예사롭지 않은 광경이었다. 구름 덩어리가 가리지 않은 하늘에는 별이 총총히 빛나고 있었다.

그들은 그 기묘한 현상을 바라보며 키스를 했다. 그리고 혜린이 아파트에서 뛰어내린 날의 기억 속으로 빨려 들어갔다. 그러나 이번에는 혜린 때문이 아니었다. 굳이 이유를 말한다면 이십여 년의 시간이 흐르고 난 뒤에 남은 단 하나의 진실 때문이라고 할 수 있었다. 우연이든 필연이든 그 많은 시간이 흐르고 나서도 함께 있다는 사실만이 진실이라고 믿었다. 이것이 진정한 진실게임이었다.

'사랑은 나중에 하는 것이 아니라 지금 하는 것입니다. 살아있는 지금, 이 순간에'

그녀는 언젠가 읽은 요절한 중국인 교수의 말이 떠올랐다. 그것은 꼭 혜린이 그녀에게 당부하는 말 같았다.

천년 사랑의 인연

정원은 죽은 자의 거리에 서 있었다. 그리고 거대한 태양의 신 피라미드가 앞을 가로막고 있었다.

"마야인들은 어디로 사라졌을까?"

그녀가 중얼거렸다. 그때였다. 건물 구석구석에서 갑자기 마야인들이 그림자처럼 소리 없이 움직이기 시작했다. 그리고 태양의 피라미드 꼭대기에서는 환청인 듯 신께 제물을 바치며 부르는 노랫가락이 들려왔다. 그녀는 정신을 가다듬기 위해 두 손으로 양쪽 귀를 눌렀다. 어지럼증이 이는 듯 세상이 빙그르르 한 바퀴 도는 느낌이 들었다.

"저 여자를 사로잡아라!"

누군가 소리치자 마야인들이 그녀를 향해 쫓아왔다. 정원은 있는 힘을 다해서 도망치기 시작했다. 도시의 한복판 죽은 자의 거리에서 쫓고 쫓기는 숨가쁜 추격 장면이 펼쳐졌다.

"여보! 도와줘요. 살려줘요!"

그녀는 다급하게 상현을 불렀다. 곧 한 남자가 나타났다.

"저 남자도 잡아라! 저자가 바로 부족의 왕이다! 두 남녀를 신께 제물로 바쳐야 한다."

정원을 쫓아오던 마야인들은 부족의 왕까지 함께 잡으려고 달려왔다. 곧 잡힐 듯 절체절명의 순간이 이어졌다. 하지만 그 왕이라는 남자는 다급한 순간에도 혼자만 도망치지 않았다. 그녀의 손을 잡고 함께 달렸다. 그녀가 달리다가 넘어졌다. 그러자 부족의 왕이 잠시 멈추어 그녀를 일으키더니 손목을 잡고 다시 도망쳤다.

그들은 죽은 자의 거리를 달리고 달렸으나 결국 마야인들에게 붙잡히고 말았다. 마야인들은 그들을 들것에 올려놓고 들어 올려 어깨에 메고 신전 꼭대기로 올라갔다. 어찌 된 일인지 들것에 올려진 몸은 마비된 듯 움직일 수가 없었다. 마침내 그들은 제단에 나란히 올려졌다.

정원은 모든 걸 체념하고 손을 뻗어 그의 손을 잡으려고 애를 썼다. 그도 손을 뻗었다. 그의 얼굴이 보였다. 그는 바로 상현이었다.

"안돼!"

정원이 소리쳤다. 그러나 소리는 크게 나오지 않았다.

"엄마, 괜찮으세요? 꿈을 꾸셨어요?"

지수가 잠결에 놀라 정원을 깨웠다. 너무도 선명한 꿈이었다. 온몸이 땀으로 축축했다.

"응, 괜찮아."

"어젯밤에 사람이 바다에 빠졌다고 하더니 꿈까지 꾼 거야? 몸이 허해서 그래."

상현이 잠에서 깨어 걱정스러운 얼굴로 말했다.

정원은 정신을 가다듬었다. 좀 전의 장면이 눈앞에 선명하게 떠올랐다.

'아마도 이건 무의식의 상상 때문일 거야. 무슨 말도 안 되는 이런 상상을 한 거지?'

그녀는 속으로 중얼거렸다.

크루즈는 동이 틀 무렵에서야 다시 출항할 수 있었다. 바다에 빠진 남녀의 시신을 찾았다는 소식 같은 건 없었다. 사고에 대한 언급 자체를 아예 하지 않았다. 다만 카리브해 남쪽에서 생성된 열대저기압이 갑자기 발달하면서 예상 진로를 바꿔 쿠바로 올라올 거라는 예보가 있었기에 승객의 안전을 위해 어쩔 수 없이 회항했다는 해명과 함께 몇 시간이 지체된 것에 대해서만 사과했다.

정원은 새벽녘에야 들어와 잠자리에 든 지윤을 깨워 다른 가족과 함께 식당으로 나갔다. 식당에는 현우의 어머니와 민서가 식판을 들고 줄을 서 있었다. 그들은 바닷물이 보이는 곳에 테이블을 정하고 음식을 식판에 담아 왔다. 현우의 가족도 지윤의 가족이 앉은 자리에서 가까운 곳에 자리를 잡고 앉았다.

젤다가 웃으며 다가와 인사했다. 아마도 마지막 인사를 하려고 찾아온 모양이었다.

"크루즈의 출항이 늦어져서 점심 식사 뒤에 하선하시게 될 겁니다. 그동안 즐거우셨나요? 예보와는 달리 태풍이 방향을 바꾸는 바람에 갑자기 코주멜로 돌아오게 되었지요."

"혹시 어젯밤에 수영장 부근 갑판에서 바다로 떨어진 남녀 얘기를 들었나요?"

정원은 젤다를 보자마자 자신이 두 눈으로 본 그 사고가 환상이 아니었다는 것을 다시 확인하고 싶었다. 상현과 자신의 사이를 밀치고 뛰어내린 두 남녀의 모습이 환영처럼 계속 눈앞에 어른거렸다. 그녀의 팔에 짙게 남은 밀칠 때의 감촉이 아직도 선연하게 기억되었다. 분명한 사고였는데 경비원들은 착각이었다고 일축해 버렸다. 그녀가 만약 그것이 사실이었다고 더 주장한다면 그들은 그녀를 정신병자로 몰아갈지도 몰랐다. 그건 끔찍한 일이었다. 그러니 정원은 답답해서 죽을 지경이었다.

"무슨 말씀을 하시나요? 태풍 때문에 배가 회항한 일 말고 또 무슨 일이 있었나요?"

젤다는 아무것도 모른다는 듯이 되물었다.

"어젯밤 수영장 근처 갑판에서 두 남녀가 바다에 빠졌어요. 여자가 먼저 뛰어내렸고, 뒤이어 그 여자를 따라온 남자도 함께 바다에 떨어졌어요. 그래서 내가 사람이 떨어졌다고 소리쳤고 두 사람이 달려와서 신고했는데 경비원들은 그런 일이 없었다고 해요. 실은 주변에 설치된 카메라를 확인했는데 그런 사람들은 사진에 없었어요. 하지만 분명한 사실이거든요. 제 남편도 그 자리에 함께 있었어요."

정원은 상현을 쳐다보며 말했다. 그러나 상현은 입을 꾹 다물고 아무 말도 하지 않았다. 다른 가족들은 두 사람의 주고받는 말을 들으며 고개를 숙이고 조용히 식사만 했다. 그녀와 상현의 말을 들어서 이미 알고 있는 데도 그녀의 말에 동의하지는 않았다.

"아주 드문 일이긴 한데 가끔 우울하거나 만취한 사람이 바다로 뛰어내리는 일이 있기는 하지요. 하지만 그런 사고가 있었으면 승무원인 제가 모를 리 없는데요."

젤다는 금시초문이라는 듯 뜨악한 표정을 지었다.

"정말이에요. 아마도 당신이 못 들었나 봐요. 분명 우리가 서 있는 곳에서 일어난 일이에요."

정원이 강하게 주장하는 데도 그녀는 아무렇지 않은 듯 여유로운 미소까지 띠었다.

"그럼 그 이상한 구름은 보았어요?"

"아, 그 구름 덩어리요? 바다에서 장시간 지내다 보면 가끔 그런 현상을 보게 되지요."

그럼 뭐란 말인가, 혹시 도플갱어? 아니면 사라진 마야인의 환상을 본 것인가? 정원은 아직도 꿈을 꾸고 있는 거같이 혼란스러워서 고개를 세차게 흔들었다.

"그러고 보니 언젠가 마담과 비슷한 말을 한 사람이 있었어요. 그때도 그 구름 덩어리가 발생한 다음이었어요. 그 여자도 그 기묘한 현상을 목격한 뒤에 누군가 바다에 떨어졌다고 했지요. 그러나 그 주장은 사실이 아니었어요. 배가 떠나지도 못하고 주변을 몇 시간 동

293

안이나 수색했는데 시신을 찾지 못했어요. 실종신고도 없었고 물론 CCTV에도 떨어지는 장면이 찍히지 않았고요."

"…!"

"부인께서도 아마 그 여자처럼 환상을 보셨나 봅니다. 하지만 염려하지 마세요. 그건 아주 좋은 징조예요. 마담 대신 바다에 떨어져 죽었으니까 나쁜 것들이 한꺼번에 사라지고 마담은 새로운 사람이 된다는 거죠. 우리끼리 하는 말이기는 한데, 행운의 징조라고 합니다."

젤다는 행운의 징조를 강조하면서 정원의 표정을 살폈다.

"엄마! 그만하고 가자."

지윤이 그녀의 팔을 잡아끌었다.

정원의 뇌리에 수영장에서 춤을 추던 사람들의 열정적이고 발랄한 몸동작이 스쳤다. 어딜 가나 밝게 웃고 먹고 큰 소리로 떠들어대던 사람들. 그들의 모습에 어디 한 군데라도 우울한 기운이라고는 찾아볼 수 없었다. 인생을 즐기는 문화가 몸에 밴 사람들 틈에 끼어 있는 극소수의 우울한 사람을 찾아내기란 불가능할 것이다. 그들이 바다로 뛰어내리기 전까지는. 하지만 더는 꼬치꼬치 캐물을 수도 없어서 고개를 갸웃거리면서 돌아설 수밖에 없었다.

"점심 식사 때는 만나지 못할 거 같습니다. 그럼, 여기서 인사드리겠습니다. 안녕히 가세요. 만나서 즐거웠습니다. 오늘도 즐거운 하루 되시고, 바이! 바이! 아 참! 꼭 좋은 평 남겨 주시기를 다시 한번 부탁드립니다."

젤다는 돌아서서 가려다 말고 지수를 돌아보며 다시 한 마디를 덧붙였다.

"염려 말아요. 꼭 좋은 평 올려 줄게요."

지수도 손을 들어 흔들며 인사했다.

두 가족은 마지막으로 수영장 주변을 둘러보았다. 그곳에는 여전히 음악이 흐르고 있었다. 크루즈 여행을 마치기가 아쉬운지 몇 사람이 길게 늘어서더니 서로 앞 사람의 등에 두 손을 올린 채 음악에 맞춰 몸을 흔들며 돌았다. 어릴 적에 했던 기차놀이를 하는 거 같았다. 식사를 마친 사람들이 나와서 합세했다. 줄은 길어졌고 마침내 꼬리와 이어져 커다란 원을 이루었다. 그 모양이 지구를 의미하는 거 같았고, 지구상의 모든 인류가 하나가 된 듯했다. 헤어지는 걸 아쉬워하며 평화를 염원하는 마음에서 나온 자발적 이벤트였다. 외모와 언어는 서로 달라도 그 순간 마음속 생각은 하나였다.

그들도 그 사람들 속으로 들어가 줄을 서서 앞 사람의 어깨에 손을 얹고 걸으며 원을 그렸다. 현우의 앞에는 민서가 있었다. 그리고 지윤이 현우의 허리를 잡았다. 지윤의 뒤에는 지수가 서고 상현은 지수의 허리를 잡았다. 그리고 상현 뒤에는 정원이 허리를 잡고 돌아갔다. 맨 끝에는 현우의 어머니가 정원의 등에 손을 얹고 웃었다.

지윤의 머릿속에 불현듯 20여 년 전 맨자나 행사에 갔었던 기억이 떠올랐다. 혜린이 떠나고 우울해 있던 그녀에게 유조가 연락을 취해 왔었다. 선뜻 마음이 내키지 않았지만, 혹시 깊은 우울감에서 벗어날 수 있을까 하는 기대가 있어 유조를 따라나섰다. 뜻밖에도 그곳에서 현우를 만났었다. 그러나 왠지 서로 어색해져서 아무 말도 못 한 채 그대로 헤어지고 말았다.

그날 행사 마지막에 평화 행진이 있었다. 바로 지금처럼 여러 인종이 모여 손을 맞잡고 평화를 기원하며 길게 인간 띠를 만들었다. 모두 함께 어울려 살 수 있는 평화롭고 아름다운 세상을 만들자는 취지였다.

"아줌마, 우리 만나러 뉴욕에 꼭 올 거죠? 저도 토론토에 가고 싶어요."

이윽고 음악이 끝나고 평화를 위한 행진도 끝났을 때 민서가 지윤을 돌아보며 말했다.

"민서가 초대하면 갈게."

"약속해요."

"언제든 아줌마 생각이 나면 연락해. 네 핸드폰에 저장한 내 번호로."

"네."

민서가 새끼손가락을 내밀자 그녀도 새끼손가락을 걸었다. 그리고 도장 찍고 복사하는 시늉에 코팅까지 했다. 지윤은 민서를 다시 꼭 안아주었다. 아이에게서 엄마를 그리워하는 마음이 가슴으로 전해와 애잔했다.

민서는 지윤과 포옹을 풀고 해맑게 웃으며 현우의 얼굴을 바라보았다. 현우도 민서를 보고 고개를 살짝 끄덕였다. 아줌마와 꼭 다시 만나게 해 달라는 부탁을 민서가 하고 현우가 그렇게 하겠다고 하는 무언의 약속인 모양이었다.

하선할 때는 혼잡하고 바빠서 인사할 겨를도 없을 거 같아 다른 사람들과도 미리 인사를 나누었다.

"미리 인사드리겠습니다. 먼 길 조심해서 가십시오."

현우가 상현에게 먼저 다가와 허리를 굽혔고, 지수와도 악수하며 인사했다.

"내내 건강하세요."

"우리 꼭 또 만나요."

현우 어머니도 지윤의 손을 잡고 아쉬운 마음으로 말했다. 정원은 민서를 안고 등을 토닥여 주었다. 마지막으로 정원과 현우 어머니가 서로 포옹하며 건강을 빌어 주었다.

지윤과 현우는 손을 살짝 들어 올렸을 뿐 특별한 인사를 나누지는 않았다. 새벽녘에 헤어지면서 미리 약속하고 인사해 둔 것이다. 그들은 결혼에 관해서는 어떤 언질도 서로 없었다. 그런 틀에 얽매이고 싶지 않았다. 다만 이제는 헤어지지 않을 거라는 확신이 있었다.

선실로 돌아온 정원은 짐을 미리 챙겨 놓고 나서 발코니로 나갔다. 상현도 따라 나왔다. 지난밤 그 난리 경황 중에 끝내지 못한 말이 아직 남아 있었다.

언제나 그렇듯 눈앞에는 눈이 시리도록 맑고 푸른 바다가 끝없이 펼쳐져 있었다. 잔물결 위에는 햇빛을 받아 윤슬이 반짝거렸다.

그녀는 어젯밤 배와 나란히 떠가던 커다란 구름 덩어리를 기억해냈다. 마치 바닷속에 떠 있는 섬처럼 별이 반짝이는 하늘에 시커먼 구름 한 덩이가 떠가고 그 속에서 번개가 치고 천둥이 울리며 비가 쏟아지던 게 참으로 신기했다. 한편으로는 두렵기도 했었다. 그리고 분명 한 여자가 바다로 뛰어내렸고, 뒤이어 달려온 남자도 떨어졌다. 순식간의 일이어서 꼭 꿈을 꾼 것만 같았다. 뭐가 잘못되었을까?

"여보, 어젯밤에 분명 한 여자하고 남자하고 바다에 떨어졌잖아요?"

"응, 그랬지."

상현은 대수롭지 않다는 듯이 고개를 끄덕였다.

"그런데 왜 당신은 가만히 있었어요? 경비원하고 젤다한테 함께 봤다고 말하지 않고요."

"그런 말 하면 뭐해? 아니라는데. 어쨌든 우리 두 사람한테 좋은 일이 있으려나 보지. 그 얘기는 이제 그만해. 우리 얘기나 해."

상현은 말을 바꾸었다.

"그래서요?"

정원이 일부러 시치미 떼는 척 반문했다.

"내가 당신 간호 잘할게. 부디 힘내서 치료받기를 바래. 그리고 내가 그런 병에 걸려서 당신을 또다시 힘들게 할 거 같아 정말 미안해. 심해지면 요양원에 갈게."

"누가 요양원에 가래요? 당신은 내가 끝까지 돌볼 거예요."

"그럼 이런 말 어때? 내가 이제까지 못 한 말인데, 사랑해!"

"아니, 애들이 듣잖아요."

정원은 상현의 말에 갑자기 못 들을 말이라도 들은 듯 쑥스러워졌다. 진정 낯선 말이었다. 하지만 기분은 좋았다.

그녀는 자신들이 어떤 사고도 당하지 않고 멀쩡하게 살아있으니 되었다고 여겼다. 어쨌든 살아있으니 지난 시간을 뒤돌아볼 수 있었고, 목석같이 뚝뚝한 남편으로부터 사랑한다는 말도 들을 수 있었다. 살아 있다는 사실, 이거야말로 진정 기쁨이며 무한한 가능성이라고 생각되었다. 또한 헤어지지 않은 게 얼마나 다행스러운 일인가, 그러고 보니 긴 세월 동안 결혼을 지속시키는 힘은 사랑보다는 신뢰와 인내라는 생각이 들었다.

"우리 이제 완전 화해가 된 거야?"

"그냥 당신을 보이는 대로, 있는 그대로 인정하기로 했어요. 평생 정말 재미없고 삭막했지만, 당신이 말을 안 해도 이제 워낙 익숙해져서 아무렇지 않아요. 그대로 보기까지 참으로 오래 걸렸네요."

그 말에 상현이 시죽이 웃으며 다시 말했다.

"나도 당신에게 해주고 싶은 말이 있어. 당신은 조금도 실패하지 않았어. 완전히 성공한 인생이야. 많은 어려움에도 순간순간을 열심히 살았으니까."

"그런가요? 그렇게 말해주니 고마워요."

그때 정원의 머릿속에 반짝 스치는 게 있었다. 바로 간밤의 꿈속에서 보았던 수많은 마야인의 환영이 떠올랐다. 그리고 자신과 상현의 얼굴 모습을 한 마야인 남녀. 그들이 입었던 전통 복장과 어젯밤 바다에 빠진 남녀의 차림이 같은 복장이었다. 어젯밤에 바다에 빠진 그들은 바로 그 마야인 남녀라는 생각이 들었다. 그렇다면 상현과 자신은 마야인의 혼을 가졌으며 천년 사랑의 인연으로 맺어진 부부라는 말인가?

종로에 나가 아무나 잡아당긴 거 같이 만나 결혼한 상현이 천년 사랑의 인연으로 만난 사이라니, 말이 안 되는 거라고 고개를 저었다. 그런데 뭔가 그럴싸한 부분이 있다는 생각도 들었다. 상현이 마야인의 부족 왕이어서 평생 그렇게 손 하나 까딱 안 하고 살았나 생각하니 비로소 고개가 끄덕여졌다.

그는 자기 손으로는 냉장고에 있는 음식도 꺼내 먹지 못하고 옆에 있는 재떨이도 대령해야 했으니 확실히 왕처럼 살긴 살았다. 하지만 환영 속에서의 그는 왕인데도 사랑하는 여자와 끝까지 함께 했다. 여자와 함께 잡혀 인신 공양의 제물이 되었고, 여자를 따라 바다에 몸을 던지기도 했다.

상현이 뒤에서 슬며시 그녀를 껴안았다. 그녀는 웃으면서 한국에서 출국 전에 읽은 인터넷 기사를 떠올렸다. 먼 옛날로 거슬러 올라가면 한국인의 조상과 마야인은 같은 핏줄이라니 영 터무니없는 상상은 아닌 거 같았다. 이어서 마음속으로 말했다.

'이제부터는 제발 속 좀 보여 주고 삽시다. 그렇게 목곧이 같이 행동하지 말고. 내가 뭐 대단한 거 바란 것도 아니고, 간절하게 원할 때 눈 가리고 아웅, 이라도 하는 척하면 좀 좋아요? 그게 낯간지러운 짓인 거 같아도 다 인간미 아니겠어요?'

이제는 굳이 소리 내어 말할 필요가 없는 거 같았다. 그리고 보니 상현이 자주 하던 말대로 말을 하나 안 하나 다 마찬가지인가 싶어 소리 안 나게 또다시 웃었다. 남편을 이해하기까지 참으로 긴 시간이 걸렸다고 생각되었다. 그들은 생의 갈피를 돌고 돌아 이제야 비로소 제자리로 돌아온 느낌이 들었다.

일상에서 탈피해 망망대해에 나오니 평소와는 달리 인생에 대해 깊이 생각하게 되었다. 과거를 돌아보는 여유도 생기고 아집에 사로잡혀 삭막하던 부부 관계를 돌아보며 반성의 기회를 가질 수도 있었다.

정원은 벌써 힘이 나는 거 같았다. 치료 잘 받고 건강해져서 상현을 끝까지 돌보리라 다짐했다. 하지만 어젯밤에 본 게 무엇이었는지 정말 이해가 안 되었다. 어쩌면 그들의 내면에 깊이 자리 잡고 있던 응어리가 빠져나간 건지도 모른다는 생각이 들었다.

"엄마, 아버지! 미연이한테 문자가 왔어요. 미연이 부모님께서 상견례 하시러 당장 토론토에 오시겠대요. 어떻게 해요?"

지수가 전화기를 들고 발코니로 나와서 다급하게 말했다.

"뭐라고?"

지윤도 지수를 따라 발코니로 나오며 물었다.

"어떻게 하기는 뭘 어떻게 해? 오시라고 해야지."

정원이 모두가 들으라는 듯이 큰 소리로 대답했다. 그들 네 사람은 발코니 난간에 나란히 서서 광활한 바다를 바라보았다.

지윤과 지수는 짝을 만났으니 그들 부부는 서로를 간호하며 남은 생을 살 것이다. 당분간 아이들에게는 그들 부부의 병을 말하지 않기로 했다. 좋은 일에 초를 칠 필요는 없다는 게 부부의 의견이었다.

지윤은 머릿속으로 자신이 쓸 소설을 구상하고 있었다. 결혼이라는 건 무엇인지, 부부란 무엇인지 다시 생각해 보고 싶었다. 그리고 서로를 얽매지 않고 사랑하며 사는 방법을 모색해 보고 남자와 여자의 정해진 역할의 틀도 부수고 싶었다. 자신과 현우는 결혼이라는 틀에 얽매이지 않고도 사랑의 동반자가 될 수 있을 거라는 확신이 들었다.

그들을 태운 크루즈 선은 늦은 시간을 만회하려는지 전속력으로 달리고 있었다. 배가 지나가는 대로 물결이 갈라져 포말을 일으키며 길이 만들어지고 있었다. 햇빛이 물결 위에서 반사하며 눈부시게 빛났다. 아름다운 마이애미의 전경이 아련히 손에 잡힐 듯 다가오고 있었다. 그들을 태운 배는 되돌아갔다가 오느라 시간이 지체되긴 했지만, 곧 마이애미 항구에 다다를 것이다.

*중앙일보 인터넷 기사 〈한국인과 「멕시코」 인은 같은 핏줄인가〉 참고함.
*기타

외로운 방

초판 1쇄인쇄 2021년 11월 15일
초판 1쇄발행 2021년 11월 17일

저 자 김채형
발행인 박지연
발행처 도서출판 도화
등 록 2013년 11월 19일 제2013 - 000124호
주 소 서울시 송파구 중대로34길 9-3
전 화 02) 3012-1030
팩 스 02) 3012-1031
전자우편 dohwa1030@daum.net
인 쇄 (주)현문

ISBN ∣ 979-11-90526-55-5 *03810
정가 13,000원

도화道化, fool는
고정적인 질서에 대한 익살맞은 비판자,
고정화된 사고의 틀을 해체한다는 뜻입니다.